U0495209

霍松林选集

霍松林 著

HUO SONGLIN XUANJI

第七卷 译诗集

陕西师范大学出版总社有限公司

图书代号：ZH10N0962

图书在版编目(CIP)数据

霍松林选集. 第七卷, 译诗集 / 霍松林著. —西安：陕西师范大学出版总社有限公司, 2010.10
ISBN 978－7－5613－5259－5

Ⅰ. ①霍… Ⅱ. ①霍… Ⅲ. ①霍松林—选集②古典诗歌—译文—中国—文集③古典散文—译文—中国—文集 Ⅳ. ①I217.2

中国版本图书馆 CIP 数据核字(2010)第 173662 号

霍松林选集　第七卷　译诗集
霍松林　著

出版统筹	刘东风　冯晓立
责任编辑	安　雄
封面设计	安宁书装
版式设计	朱　雨
出版发行	陕西师范大学出版总社有限公司
	（西安市长安南路 199 号　邮编　710062）
网　　址	www.snupg.com
印　　刷	万裕文化产业有限公司
开　　本	710mm×1020mm　1/16
印　　张	326
插　　页	4
字　　数	6135 千
版　　次	2010 年 10 月第 1 版
印　　次	2010 年 10 月第 1 次印刷
书　　号	ISBN 978－7－5613－5259－5
定　　价	2980.00 元（全十册）

读者购书、书店添货或发现印刷装订问题，请与营销部联系、调换。
电话：(029)85307864　　传真：(029)85251046

目 录

王维诗选译

杂诗/002
送元二使安西/002
渭川田家/003
辋川闲居赠裴秀才迪/003
山居秋暝/004
过香积寺/005
观猎/006
临高台送黎拾遗/007
送秘书晁监还日本国/007
送梓州李使君/008
鸟鸣涧/009
辛夷坞/009
积雨辋川庄作/010

李白诗选译

古风(其十五)/014
古风(其二十四)/015
古风(其四十七)/016
渡荆门送别/016
春思/017
子夜吴歌·秋歌/018
横江词(其四)/018
横江词(其五)/019
横江词(其六)/020

秋浦歌(其十四)/020
赠汪伦/021
闻王昌龄左迁龙标遥有此寄/021
梦游天姥吟留别/022
金陵酒肆留别/025
黄鹤楼送孟浩然之广陵/026
金乡送韦八之西京/026
鲁郡东石门送杜二甫/027
送友人/028
送友人入蜀/029
访戴天山道士不遇/029
山中问答/030
登金陵凤凰台/031
望庐山瀑布/032
秋登宣城谢朓北楼/032
客中作/033
早发白帝城/034
越中览古/034
独坐敬亭山/035
哭宣城善酿纪叟/035

杜甫诗选译

望岳/038
房兵曹胡马诗/038
画鹰/039
奉赠韦左丞丈二十二韵/040

自京赴奉先县咏怀五百字/043
月夜/050
春望/050
述怀/051
羌村(其一)/053
羌村(其三)/054
赠卫八处士/055
秦州杂诗二十首(其十三)/057
天末怀李白/058
月夜忆舍弟/059
山寺/059
空囊/060
凤凰台/061
恨别/063
客至/064
春夜喜雨/065
茅屋为秋风所破歌/065
百忧集行/067
闻官军收河南河北/068
登楼/069
绝句/070
丹青引赠曹将军霸/070
旅夜书怀/073
古柏行/074
江上/075
诸将五首(其一)/076
诸将五首(其二)/077
壮游/078
秋兴八首(其三)/087
秋兴八首(其四)/088
咏怀古迹五首(其一)/089

咏怀古迹五首(其二)/090
又呈吴郎/091
江汉/092
蚕谷行/093
登岳阳楼/094

白居易诗选译

讽谕诗

读张籍古乐府/096
哭孔戡诗/098
观刈麦/101
月夜登阁避暑/102
杂兴二首/104
宿紫阁山北村/107
登乐游园望/108
寄唐生/109
伤唐衢二首/113
慈乌夜啼/117
采地黄者/118
新制布裘/119
杏园中枣树/120
村居苦寒/122
纳粟/123
秦中吟十首(并序)/125
    议婚/125
    重赋/127
    伤宅/129
    立碑/131
    轻肥/133
    歌舞/134
    买花/135

赠友诗(并序)/137

寓意诗/139

有木诗八首(并序)/140

叹鲁二首/149

新乐府(并序)/151

 七德舞/151

 海漫漫/154

 上阳白发人/156

 新丰折臂翁/158

 太行路/161

 昆明春/164

 道州民/166

 缚戎人/168

 骊宫高/171

 百炼镜/172

 两朱阁/174

 西凉伎/175

 八骏图/178

 涧底松/180

 牡丹芳/182

 红线毯/185

 杜陵叟/187

 缭绫/188

 卖炭翁/190

 母别子/192

 阴山道/194

 时世妆/196

 李夫人/197

 陵园妾/200

 盐商妇/202

 井底引银瓶/204

 官牛/206

 紫毫笔/207

 隋堤柳/209

 草茫茫/211

 黑龙潭/212

 天可度/214

 秦吉了/215

 鸦九剑/217

 采诗官/218

闲适诗

归田二首/220

秋游原上/223

观稼/224

访陶公旧宅(并序)/226

自蜀江至洞庭湖口,有感而作/228

感伤诗

游襄阳怀孟浩然/231

夜雪/232

感情/233

过昭君村/234

生离别/236

江南遇天宝乐叟/238

客中月/240

长相思/241

山鹧鸪/243

放旅雁/244

山石榴寄元九/246

长恨歌/248

妇人苦/256

琵琶行(并序)/258

花非花/264

醉后狂言酬赠萧殷二协律/265

杂律诗
赋得古原草送别/267
邯郸冬至夜思家/268
自河南经乱，关内阻饥，兄
　弟离散，各在一处，因望
　月有感，聊书所怀，寄上
　浮梁大兄、于潜七兄、乌
　江十五兄、兼示符离及
　下邽弟妹/268
放言五首（并序）/269
大林寺桃花/272
建昌江/272
浔阳春·春生/273
问刘十九/274
编集拙诗成一十五卷，因题卷
　末，戏赠元九李二十/275
鹦鹉/276
暮江吟/276
啄木曲/277
别州民/278
和微之《听妻弹〈别鹤操〉》，因
　为解释其义，依韵加四句/279
鹦鹉/281

问杨琼/282
秋思/283
魏王堤/283

李商隐诗选译
夜雨寄北/286
晚晴/286
无题/287
贾谊/287
隋宫/288
安定城楼/289
七月二十九日崇让宅宴作/290
天涯/290
流莺/291
谒山/292

唐文今译
与元九书/白居易/294
祭十二郎文/韩愈/307
祭鳄鱼文/韩愈/311

附：
论霍松林先生"古诗今译"理论与实
　践/韩梅村/313

王维诗选译

杂 诗

你刚从家乡出来,该知道家乡近况。
在我那雕花窗前,梅花可已经开放?

原 诗

君自故乡来,应知故乡事。
来日绮窗前,①寒梅着花未。②

注释

①绮(qǐ)窗:雕刻花纹的窗子。　②着花:开花。

送元二使安西①

在渭城的客店里为你饯行,
早晨的细雨,沾湿了路上的灰尘。
柳条儿泛起新绿,
景色格外清新。
朋友啊,请再喝干这杯美酒,
别忙着起程。
西出阳关,
可就再没有熟人!

原 诗

渭城朝雨浥轻尘,②客舍青青柳色新。
劝君更尽一杯酒,西出阳关无故人。③

注释

①安西:在今新疆维吾尔自治区库车附近。　②浥(yì):湿润。　③阳关:故址在今甘肃省敦煌县西南。

渭川田家

夕阳的余辉洒满村庄,
放牧的牛羊都该回到深巷。
老头儿惦念牧童,
扶着拐杖在门前眺望。
野鸡欢叫,麦苗正在扬花,
蚕儿休眠,桑叶已疏疏朗朗。
农夫们扛着锄头从田间回来,
村头相遇,亲切地共话家常。
啊,这样安详闲适,真令人羡慕,
我何不离开官场,回到家乡!

原 诗

斜光照墟落,① 穷巷牛羊归。②
野老念牧童,倚杖候荆扉。③
雉雊麦苗秀,④ 蚕眠桑叶稀。⑤
田夫荷锄至,相见语依依。
即此羡闲逸,怅然吟式微。⑥

注释

①斜光:指夕阳的光辉。墟落:村落。 ②穷巷:深巷。 ③荆扉:柴门。 ④雉:野鸡。雊(gòu):野鸡叫。秀:麦苗扬花。 ⑤蚕眠:蚕蜕皮时不食不动,像睡眠,故叫"蚕眠"。四眠后吐丝作茧。蚕吃桑叶,蚕眠时桑树上的叶片已摘得稀疏。 ⑥吟式微:《诗经·邶风·式微》:"式微式微,胡不归。"这里用歌唱《式微》表现"胡不归"(何不回到农村)之意。

辋川闲居赠裴秀才迪①

寒山越发苍翠,
秋水潺潺流淌。

拄着拐杖走出柴门,
晚风中蝉声更响。
渡头闪耀着落日的余辉,
村里的炊烟袅袅直上。
又碰上喝得烂醉的接舆,
在五柳前纵情歌唱。

原 诗

寒山转苍翠,秋水日潺湲。
倚杖柴门外,临风听暮蝉。
渡头余落日,墟里上孤烟。②
复值接舆醉,③狂歌五柳前。④

注释

①辋川:在今陕西省蓝田县终南山下,王维在这里住了三十多年。裴迪,关中人,与王维同时隐居终南山下,互相唱和。 ②墟里:村落。 ③接舆:春秋时楚国的隐士,佯狂不仕,被称为"楚狂"。《论语·微子》:"楚狂接舆歌而过孔子。"王维在这里以接舆指裴迪。 ④晋陶潜退隐后作《五柳先生传》:"先生不知何许人也,亦不详其姓字,宅边有五柳树,因以为号焉。"王维在这里以"五柳"自比。

山居秋暝①

幽寂的山区新雨过后,
天晚时便感到已入凉秋。
皎洁的月光在苍松间照耀,
清澈的泉水在白石上奔流。
竹林里笑语喧哗,正走回洗衣的妇女,
水面上莲花摇动,刚穿过打鱼的小舟。
春天的芳草虽然早已衰败,
这纯朴安静的地方仍值得王孙久留。

原　诗

空山新雨后，天气晚来秋。
明月松间照，清泉石上流。
竹喧归浣女，莲动下渔舟。
随意春芳歇，王孙自可留。②

注释

①秋暝：秋天的夜晚。　②"随意"两句：反用《楚辞·招隐士》"王孙游兮不归，春草生兮萋萋"、"王孙兮归来，山中兮不可久留"语意。《招隐士》意在招山中的隐士出来做官，王维则说山中宁静纯朴，愿意在此久留。

过香积寺

我来寻访香积古寺，却不知是远是近，
走了好几里路，才攀登白云缭绕的山峰。
老树成林，找不见人走的小径，
深山幽邃，从何处飘来隐隐钟声。
流泉在嶙峋的岩石间穿行，呜呜咽咽，
落日的微光抹向青松，感到清冷。
暮色苍茫中看见一潭清水空无一物，
大概是参禅的高僧已经制服了毒龙。

原　诗

不知香积寺，①数里入云峰。
古木无人径，深山何处钟。
泉声咽危石，日色冷青松。
薄暮空潭曲，安禅制毒龙。②

注释

①香积寺:在今西安城南约三十四里的香积寺村,今尚存建于唐中宗神龙二年(706)的善导塔十一级(原十三级),高三十三米。 ②"薄暮"两句:诗人于日暮时到达寺外,看见潭水,联想到一个佛教故事,从而表达他的观感。这个佛教故事是:西方的一个水潭里有毒龙潜藏,常常害人,一位高僧用佛法制服了它,使它离潭远去。作者看到潭水清澈,因而说里面的毒龙已被香积寺里的高僧制服、驱逐了。僧人坐禅时心身晏然入于禅定,叫"安禅"。"毒龙"比喻"妄想"。以"安禅"制服"妄想",表现了作者的佛教思想。

观 猎

劲吹的北风传来拉弓放箭的声音,
将军在渭城一带打猎,纵横驰骋。
野草枯萎,猎鹰的目光越发锐利,
积雪消尽,轻快的马蹄更加疾驰如风。
忽然穿过新丰市外,
转眼回到细柳营中。
回过头遥望那射落大雕的地点,
千里平原正笼罩着漠漠暮云。

原 诗

风劲角弓鸣,将军猎渭城。①
草枯鹰眼疾,雪尽马蹄轻。
忽过新丰市,②还归细柳营。③
回看射雕处,千里暮云平。

注释

①渭城:秦时咸阳城,汉改称渭城,在今西安市西北。按诗意,泛指包括新丰、细柳在内的关中平原。 ②新丰市:故址在今陕西省临潼县东北。 ③细柳营:在今陕西省长安县细柳镇,是西汉名将周亚夫驻军的地方。这里指那位打猎的将军的军营。

临高台送黎拾遗[1]

朋友啊,我登上高台送你,
川原渺茫,望不到边际。
太阳将落,鸟儿都飞了回来,
你却向远方走去,顾不得休息。

原 诗

相送临高台,川原杳无极。
日暮鸟飞还,行人去不息。

注释
[1]临高台:乐府古题之一。黎拾遗,即黎昕,作者的朋友。

送秘书晁监还日本国[1]

沧海聚积了普天下的水,浩淼无垠,
沧海以东,谁能知道是什么情景!
茫茫九州,什么地方离长安最远?
遥遥万里的水路,就像在天空航行。
回国的方向,只有看准东方的出日,
归帆的安危,只能凭借喜怒无常的海风。
鳌身似山,映得天空无限漆黑,
鱼眼如火,射得海波一片通红。
好容易透过扶桑看见了故乡的树木,
终于回到了孤岛的家中。
你和我分隔在不同的国度,
什么时候才能互通音信?

原 诗

积水不可极,安知沧海东!
九州何处远?万里若乘空。

向国惟看日,② 归帆但信风。③
鳌身映天黑,鱼眼射波红。
乡树扶桑外,④ 主人孤岛中。
别离方异域,音信若为通!

注释

①秘书晁监:即日本人晁衡,原名仲满、阿倍仲麻吕。唐玄宗开元五年(717)随日本遣唐使来中国留学,改姓名为晁衡。历仕玄宗、肃宗、代宗三朝,任秘书监、卫尉卿、左散骑常侍、镇南都护等职。天宝十二载(753)晁衡回国探亲,玄宗、李白、王维、包佶等都作诗送行。海上遇巨风,其船漂至安南,不久仍返长安,大历五年(770)卒。　②"向国"句:《新唐书·东夷传》云:"日本使自言国近日所出,以为名。"因此回日本,航船只须看日出处前进。　③但信风:只凭海风摆布。信,凭信。　④扶桑:传说中的一种神木,《十洲记》云:"扶桑生碧海中,树长数千丈,一千余围,两干同根,更相依倚,日所出处。"因此,"扶桑"也是我国对日本的另一种称呼。

送梓州李使君①

万壑绿树参天,
千山响彻杜鹃。
山中一夜大雨,
树杪百重飞泉。
汉女拿橦布交税,
巴人为芋田告官。
您应该翻新文翁的教化,
不敢只倚赖先贤。

原　诗

万壑树参天,千山响杜鹃。
山中一夜雨,树杪百重泉。
汉女输橦布,② 巴人讼芋田。③
文翁翻教授,④ 不敢倚先贤。

注释

①梓州:唐剑南道梓州治郪县,即今四川三台县治。李使君:名不详,刺史亦称使君。　②输橦(tóng)布:向官府交纳用木棉花织成的布匹。　③讼芋田:为种芋的田发生诉讼。　④文翁:汉景帝时任蜀郡太守,大办学校,培养人才,"蜀郡由是大化"。结尾两句意谓:梓州是蜀地,文翁曾在此大兴教化,但至今教化已衰,你去做刺史,应翻新文翁的教化,不敢倚赖文翁的治绩,无所作为,只征收赋税、处理诉讼而已。

鸟鸣涧①

人,悠闲无事,能感受到桂花的飘落,
夜,一片寂静,春山空无人踪。
从山后冒出的月亮惊动了山鸟,
时而在春涧中鸣叫,一声,两声。

原　诗

人闲桂花落,②夜静春山空。
月出惊山鸟,时鸣春涧中。

注释

①鸟鸣涧:此为《皇甫岳云溪杂题》五首之一。　②桂花:桂有春季开花、秋季开花、四季开花等不同品种,这里所写的是春季开花的一种。

辛夷坞①

每一个枝条的末端都冒出辛夷的花苞,
在深山里绽开红色的花朵。
这地方寂静无人,
纷纷地开放,又纷纷地飘落。

原　诗

木末芙蓉花,^②山中发红萼。
涧户寂无人,^③纷纷开且落。

注释

①辛夷:即木笔、玉兰。坞:四方高,中间凹下的地方。这首诗,是《辋川集》中的第十八首。　②木末:树梢。辛夷花的花苞都在每一根枝条的末端。芙蓉花:辛夷花与芙蓉花类似,这里的芙蓉花实指辛夷。裴迪《辋川集》和诗有"况有辛夷花,色与芙蓉乱",可证。　③涧户:涧崖相向似门户。

积雨辋川庄作

阴雨连绵,树林里缓缓地升起炊烟,
妇女们准备好菜饭,送到东边的田间。
漠漠水田上白鹭飞翔,飞得多么欢快,
阴阴绿树间黄鹂歌唱,唱得何等婉转。
在深山里坐观早晨开花的木槿,修练静功,
在松树下采摘带着露水的葵菜,供给素餐。
我如今已成了名利相忘的普通百姓,
海鸥为什么还要猜疑,不和我亲善?

原　诗

积雨空林烟火迟,^①蒸藜炊黍饷东菑。^②
漠漠水田飞白鹭,阴阴夏木啭黄鹂。
山中习静观朝槿,^③松下清斋折露葵。^④
野老与人争席罢,^⑤海鸥何事更相疑。^⑥

注释

①积雨:久雨。烟火迟:因阴雨而炊烟升起得缓慢。　②蒸藜:蒸煮蔬菜。藜的嫩叶、嫩苗都可食用。炊黍:煮小米饭。饷东菑:给田间耕作的农夫送饭。菑,田地。　③习静:练静功。

槿:落叶灌木。夏秋之间开花,朝开暮落。 ④清斋:吃斋。葵:即绿葵,一种素菜。《旧唐书·王维传》:"维兄弟俱奉佛,居常蔬食,不茹荤血,晚年长斋,不衣文彩。" ⑤争席:《庄子·杂篇·寓言》说,杨朱去见老子时尚有骄矜之气、跋扈之貌,住旅店时客人都"避席"。他从老子那里学了道,回来时已无骄矜之气,客人便与他"争席"。古人席地而坐,"争席"就是争坐位。作者自称"野老","与人争席",表明他已与当地农民消除了隔膜,不再是朝廷的大官。 ⑥海鸥:《列子·黄帝》篇载:海滨有人与鸥鸟相亲,他父亲知道后要他捉几只鸥回来。他又到海滨时,鸥鸟一个个飞走,再不敢和他亲近。

李白诗选译

古 风(其十五)

燕昭王招贤纳士,
筑起了黄金高台。
他先从身边开始,
重用了明智的郭隗。
乐毅、剧辛、邹衍……
便纷纷从远方赶来。
奈何当今的权贵,
竟把我当作尘埃。
用珠玉换取歌笑,
用糟糠喂养贤才。
才知道黄鹄为什么飞去,
在千里之外徘徊。

原 诗

燕昭延郭隗,遂筑黄金台。
剧辛方赵至,邹衍复齐来。①
奈何青云士,②弃我如尘埃。
珠玉买歌笑,糟糠养贤才。
方知黄鹄举,千里独徘徊。③

注释

①前四句:燕昭王为洗雪被齐国攻破的耻辱,打算招贤纳士,请郭隗推荐。郭隗说:你要招贤,就先重用我,比我高明的,自然都来了。昭王便"为隗改筑宫而师事之",果然"乐毅自魏往,邹衍自齐往,剧辛自赵往,士争趋燕"(《史记·燕昭公世家》)。这四句诗,即概括这段历史。延:聘请。黄金台:亦称金台、燕台,旧址在今河北易县南。《文选》卷四十一孔融《论盛孝章书》:"昭王筑台,以尊郭隗。"《上谷郡图经》:"黄金台,易水东南十八里。燕昭王置千金于台上,以延天下之士。" ②青云士:权贵。《史记·伯夷列传》:"闾巷之人,欲砥行立名者,非附青云之士,恶能施于后世哉!" ③"方知"两句:举,高飞。《韩诗外传》卷二:"田饶

事鲁哀公而不见察,田饶谓哀公曰:'臣将去君,黄鹄举矣。'"谓不被重用,便高飞远走。

古　风(其二十四)

宦官的大车扬起飞尘,
遮蔽了中午的太阳。
这些人多的是金银珠宝,
都修建起大院高房。
大街上碰见斗鸡的宠臣,
衣帽车马,何等辉煌!
嚣张的气焰上冲虹霓,
过路人都感到恐慌。
世上没有高洁的隐士,
谁能识别贤士和豺狼。

原　诗

大车扬飞尘,亭午暗阡陌。①
中贵多黄金,②连云开甲宅。③
路逢斗鸡者,④冠盖何辉赫。⑤
鼻息干虹霓,⑥行人皆怵惕。⑦
世无洗耳翁,⑧谁知尧与跖。⑨

注释

①亭午:正午。阡陌:本来指田间小路,南北称阡,东西称陌,这里指长安的街道。　②中贵:"中官"(宦官)之贵者。　③连云:上接云霄。甲宅:甲等住宅。　④斗鸡者:唐玄宗爱好斗鸡,善斗鸡的童子贾昌甚得宠信,详见陈鸿《东城老父传》。　⑤冠:帽子。盖:车盖,指车子。　⑥鼻息:鼻子里出的气。干:冲。　⑦怵惕:恐惧。　⑧洗耳翁:据说尧把天下让给许由,许由认为污了他的耳朵,便跑到清泉边洗耳,详见皇甫谧《高士传》。　⑨尧:传说中的贤君。跖:即盗跖,指坏人。

古 风（其四十七）

桃花在东园里盛开，
向太阳含笑夸耀。
偶然受春风荣宠，
便生出妖艳的容貌。
并非颜色比不上美人，
只恐结不出丰硕的好桃。
没多久凉飙吹来，
早飘落于荒烟蔓草。
岂知南山上的苍松，
在秋风中独立吟啸！

原 诗

桃花开东园，含笑夸白日。
偶蒙春风荣，生此艳阳质。
岂无佳人色，但恐花不实。
宛转龙火飞，①零落早相失。
讵知南山松，②独立自萧瑟。③

注释

①宛转：不久。龙火：大火心星，这颗星六月在南方，七月西移，凉风至矣。　②讵：岂。
③萧瑟：这里指风吹苍松声。

渡荆门送别

告别巴蜀，如今已远渡到荆门以外，
为了丰富阅历，来到楚国一带漫游。
起伏的群山随着平野的扩展逐渐消失，

浩荡的长江正向海外的荒漠日夜奔流。
一轮满月倒映江心,好像天上飞下明镜,
无数云朵涌现天际,莫非海面耸起层楼。
最令我怜爱的,还是故乡的这条江水,
不辞辛苦,遥遥万里为我推送扁舟。

原 诗

渡远荆门外,[①]来从楚国游。
山随平野尽,江入大荒流。[②]
月下飞天镜,云生结海楼。
仍怜故乡水,万里送行舟。

注释

①荆门:位于今湖北宜都县西北,南岸的荆门山与北岸的虎牙山隔江对峙,长江从中间穿过。形势险要,自古有蜀楚咽喉之称。李白二十五岁出蜀,经巴渝、三峡而远渡荆门。　②大荒:《文选·吴都赋》刘渊林注:"大荒,谓海外也。"

春　思

燕地的春草还细得像碧丝,
秦川的柔桑已低垂着绿枝。
当你渴望回家的时刻,
正是我孤独伤心的日子。
春风为什么要吹入我的罗帐?
我和你并不相识。

原 诗

燕草如碧丝,[①]秦桑低绿枝。[②]
当君怀归日,是妾断肠时。
春风不相识,何事入罗帏?

注释

①"燕草"句:燕,是抒情主人公"妾"的丈夫征戍的地方;"丝",谐"思",有双关意义,与第三句"君怀归"呼应。　②"秦桑"句:秦,是"妾"的住地;"枝",谐"知",有双关意义。

子夜吴歌·秋歌①

秋月普照着长安的城镇和乡村,
千家万户,传出捣衣的声音。
这捣衣的声音啊,秋风也吹它不尽,
一声声,都饱含着思念征夫的深情。
唉!哪一天才能平息玉关的战乱?
让征夫们回到家乡,享受家庭的温馨。

原　诗

长安一片月,万户捣衣声。②
秋风吹不尽,总是玉关情。
何日平胡虏,良人罢远征。③

注释

①子夜吴歌:属六朝乐府《清商曲·吴声歌曲》,李白所作共四首,分写春、夏、秋、冬,这是第三首。　②捣衣:洗衣时用木杵在砧上捶击衣服,使之干净;或将缝制衣服的布帛浆洗后用杵捣平。这一句是写妻子捣平布帛,为征夫缝制寒衣。　③良人:古代妻子对丈夫的称呼。

横江词(其四)

海神一来,恶风便卷起连天巨浪,
巨浪冲垮巍峨的石山,天门大敞。
这比八月的浙江潮,谁更雄壮?
浪头像一座接一座的雪山,涌下长江。

原　诗

海神来过恶风回，①浪打天门石壁开。②
浙江八月何如此？③涛似连山喷雪来。

注释

①回：旋转、卷。　②天门：安徽当涂县的东梁山与和县的西梁山的合称。两山对峙，长江从中间流过，像天设的门户，故称"天门"。李白设想，这两座山本来是中间连接的一座山，即诗中的"石壁"，被巨浪冲开缺口，才成为"天门"。艺术构思极新奇。　③浙江：浙江潮，又称钱塘潮，阴历八月十五夜最大，潮头高数丈。

横 江 词(其五)

我来到横江馆前，
直奔船舱。
津吏迎上来手指东海：
"看那里乌云乍起，你别渡江！"
我不听劝阻，
津吏更加惊慌：
"你到底有啥急事？
这么大的风浪，怎敢渡江！"

原　诗

横江馆前津吏迎，①向余东指海云生。
郎今欲渡缘何事？②如此风波不可行。

注释

①横江馆：在横江浦对岸的采石矶上，遗址在今采石公园内。津吏：管渡口的小吏。　②郎：一般为女性对其爱人的称呼，此处则是津吏称李白。唐代也有以"郎"为尊称的，此其一例。

横江词(其六)

月晕风急,
弥天大雾不肯散开。
凶恶的鲸鱼,
把入海的百川统统赶回。
受惊的波浪,
把三山直打得摇摇摆摆。
你切莫渡河啊!
赶快回来!赶快回来!

原 诗

月晕天风雾不开,①海鲸东蹙百川回。②
惊波一起三山动,③公无渡河归去来!④

注释

①月晕:月亮周围光气环绕。古语有"月晕而风"之说。 ②蹙:逼迫、驱赶。 ③三山:在今南京市西南,三座山相接,下临长江。 ④公无渡河:《东府诗集》卷二十四引崔豹《古今注》:"朝鲜津卒霍里子高……晨起刺船,有一白首狂夫披发提壶,乱流而渡,其妻随而止之,不及,遂堕河而死。于是援箜篌而歌曰:'公无渡河,公竟渡河。堕河而死,将奈公何!'"归去来:回去吧!来,感叹词。

秋浦歌(其十四)

满头白发,竟长达三千多丈,
只因为愁绪就像这样绵长。
不知道明亮的镜子里面,
从哪儿弄来这么多秋霜?

原 诗

白发三千丈,缘愁似个长。①
不知明镜里,何处得秋霜?②

注释

①缘:因。个:这样。　②秋霜:指白发。

赠 汪 伦①

李白上了船,
正要远行。
忽听见江岸上,
传来歌声。
人都说这桃花潭,
水深千尺。
汪伦赶来送我的这份情,
比潭水更深。

原　诗

李白乘舟将欲行,忽闻岸上踏歌声。

桃花潭水深千尺,②不及汪伦送我情。

注释

①汪伦:泾县(今属安徽)人,李白集中有《过汪氏别业二首》。　②桃花潭:在泾县,深不可测。

闻王昌龄左迁龙标遥有此寄①

杨花落尽了,
子规悲啼。
听说你被贬到龙标,
要经过荒凉的五溪。
我把为你担忧的心,

托付给天上的明月。
一路上陪伴你,
直走到夜郎以西。

原　诗

杨花落尽子规啼,②闻道龙标过五溪。③
我寄愁心与明月,随君直到夜郎西。④

注释

①左迁:古时尊右卑左,故称贬官为左迁。当时王昌龄被贬为龙标(今湖南黔阳)尉。
②子规:即杜鹃,春末悲鸣。　③五溪:指辰溪、酉溪、巫溪、武溪、沅溪,在今湖南西部。
④夜郎:汉时古国名,故址在今贵州桐梓县东。《新唐书·地理志》谓贞观八年于龙标分置夜郎、郎溪、思微三县,则唐代龙标与夜郎原为一地。这里的"夜郎"借汉夜郎以见其地之荒远,而实指唐夜郎。

梦游天姥吟留别

海上来客夸耀瀛洲好,
烟波渺茫实在难寻找。
越中来人赞扬天姥高,
云霞闪烁有时能看到:

天姥与天连接不可分,
气势磅礴压倒五岳与赤城。
天台山高四万八千丈,
倾向东南甘让天姥独称尊。

越人的描绘使我动游兴,
刚刚就寝就做梦。
一夜高飞过镜湖,
湖上皓月明似镜。

明月多情不相离，
殷勤送我到剡溪。
谢公的住处至今依然在，
绿波荡漾青猿依旧啼。
我脚穿谢公游山屐，
身登青云万仞梯。
才到半山腰，
见闻已稀奇。
眼见东海出红日，
耳闻空中叫天鸡。

千岩万壑，
千回万转。
倚石看花正入迷，
天色忽然变黑暗。

熊吼龙吟啊，岩泉轰鸣，
丛林战栗啊，群山震惊。
黑云沉沉啊，将下大雨，
水波暗淡啊，浓烟飞腾。

电闪雷击，
岳崩山摧。
仙府石门，
轰然敞开。
府内青天浩荡无边际，
日月照耀金殿与银台。

风作坐骑彩霞作衣裳，
云里众神纷纷下天堂。
老虎弹琴鸾凤拉车子，
仙人密密麻麻列两厢。

我忽然心惊魂魄悸，

坐起来叹了一口气。
刚才的烟霞已经无踪影,
剩下的,只是原来的枕与席。
人世间的享乐也如此虚幻,
古来的万事都像流水一去不返。
亲爱的朋友啊,
我即将告别远去,不知何时回还。
暂把我那白鹿,放牧在青崖旁边。
一旦出发,便骑上它寻访名山。
怎能低头弯腰侍奉权豪与势要,
使我不得舒心惬意笑开颜。

原　诗

海客谈瀛洲,①烟涛微茫信难求。
越人语天姥,②云霞明灭或可睹。
天姥连天向天横,势拔五岳掩赤城。③
天台四万八千丈,④对此欲倒东南倾。
我欲因之梦吴越,一夜飞度镜湖月。⑤
湖月照我影,送我至剡溪。⑥
谢公宿处今尚在,⑦渌水荡漾清猿啼。
脚著谢公屐,⑧身登青云梯。⑨
半壁见海日,空中闻天鸡。
千岩万转路不定,迷花倚石忽已暝。
熊咆龙吟殷岩泉,⑩栗深林兮惊层巅。
云青青兮欲雨,水澹澹兮生烟。
列缺霹雳,⑪丘峦崩摧。
洞天石扉,訇然中开。⑫
青冥浩荡不见底,日月照耀金银台。
霓为衣兮风为马,云之君兮纷纷而来下。⑬
虎鼓瑟兮鸾回车,仙之人兮列如麻。

忽魂悸以魄动,怳惊起而长嗟。
惟觉时之枕席,失向来之烟霞。⑭
世间行乐亦如此,古来万事东流水。
别君去兮何时还?
且放白鹿青崖间,须行即骑访名山。
安能摧眉折腰事权贵,使我不得开心颜?

注释

①瀛洲:古代传说东海中神仙居住的地方。 ②天姥:山名,在浙江天台县西。 ③五岳:东岳泰山、西岳华山、南岳衡山、北岳恒山、中岳嵩山。赤城:山名,在天台县北。 ④天台:山名,在天台县北。 ⑤镜湖:即鉴湖,在今浙江省绍兴县。 ⑥剡(shàn)溪:在今浙江省嵊县南,附近多名山,东晋以来就是名流隐居的地方,李白早有"自爱名山入剡中"的愿望。 ⑦谢公:指谢灵运。 ⑧谢公屐(jī):谢灵运为游山而特制的一种木鞋。《南史·谢灵运传》:"寻山涉岭必造幽峻,岩嶂数十重莫不尽登蹑。常着木屐,上山则去其前齿,下山去其后齿。" ⑨青云梯:指山中石级。 ⑩殷岩泉:殷,形容大声。这里指熊咆龙吟之声震响岩石、泉水。 ⑪列缺:闪电。霹雳:巨雷。 ⑫訇(hōng):大声。 ⑬云之君:《楚辞·九歌》有《云中君》篇,这里泛指仙人。 ⑭向来:以前,指觉醒以前。

金陵酒肆留别①

东风吹起柳花,满店飘香。
吴姬压出新酒,请客人品尝。
金陵的朋友们赶来送我,
要走的和不走的,都情绪悲凉。
请您试问那东去的江水,
这离情别意,与它谁短谁长?

原　诗

风吹柳花满店香,吴姬压酒唤客尝。②
金陵子弟来相送,欲行不行各尽觞。③
请君试问东流水,别意与之谁短长?④

注释

①酒肆:酒店。 ②压酒:新酒酿熟,压糟取汁。 ③尽觞(shāng):干杯。④与之:与它。之,代词,这里代"东流水"。

黄鹤楼送孟浩然之广陵①

正是阳春三月天,
百花争艳,绿柳含烟。
你却要远去扬州,
留下我孤孤单单。
我们在黄鹤楼上话别,
我又送你在江畔上船。
船开了,渐行渐远,
终于连帆影也无法望见。
只望见那长江继续东流,
直流向天边,流向天边。

原　诗

故人西辞黄鹤楼,烟花三月下扬州。
孤帆远影碧空尽,唯见长江天际流。

注释

①之:去。广陵:今江苏扬州市。

金乡送韦八之西京①

你是从京城来的,
总算又走向京城。
我思念京城的心啊,
被狂风吹去,落在京城的树顶。

我的这种心情,
很难用语言说明。
我们这次分别,
什么时候才能够重逢?
我望着你愈去愈远,
直到望不见你的身影。
只望见灰蒙蒙的烟雾,
笼罩着一座接一座的山峰。

原 诗

客自长安来,还归长安去。
狂风吹我心,西挂咸阳树。②
此情不可道,此别何时遇?
望望不见君,连山起烟雾。

注释

①金乡:即今山东金乡县。韦八:生平不详,"八"是他在兄弟中的排行。 ②咸阳:这里指当时的京城长安。因送友人归长安而激起自己渴望回到长安的感情,写来恻恻动人,非泛泛送人之作可比。

鲁郡东石门送杜二甫①

既然已经喝醉了送别的酒,
那么还能有几天聚会?
因此要抓住相聚的时刻,
遍游这一带的山水楼台。
别说在这石门路上,
还可能有再一次相逢共醉。
秋波摇漾着泗水,
海色照亮了徂徕。
你我都像秋蓬各自飘向远方,

分手以前,还是让我们干杯、干杯。

原　诗

醉别复几日,登临遍池台。
何言石门路,重有金樽开。
秋波落泗水,②海色明徂徕。③
飞蓬各自远,且尽手中杯。

注释

①鲁郡东石门:即李白曾经居住过的泗水石门,在兖州东门外泗水边。李白、杜甫同游齐鲁,天宝五载(746)深秋,杜甫西去长安,李白再游江东,在石门话别。题中的"二",是杜甫的排行。　②泗水:流经曲阜一带的一条河。　③徂徕:山名,在今山东莱芜县境。

送友人

青翠的高山横亘在北郭,
明净的流水萦绕着城东。
在这美好的地方一旦分手,
就像孤蓬一样向远方飘零。
天际浮云,触发了游子飘飘无定的愁绪。
山巅落日,凝聚着故人恋恋不舍的深情。
挥手告别,您就从这儿走了!
已走得不见人影,还传来班马惜别的鸣声。

原　诗

青山横北郭,白水绕东城。
此地一为别,孤蓬万里征。
浮云游子意,落日故人情。
挥手自兹去,萧萧班马鸣。①

注释

①萧萧:马鸣声。班马:《左传·襄公十八年》:"有班马之声。"杜注:"班,别也。"

送友人入蜀

听说入蜀的道路崎岖难行,
朋友啊,您可得多加小心!
山,突然从人面前耸起,
云,不断在马头旁飘动。
祝愿您走完芳树笼盖的栈道,
平安地到达春水环绕的蜀城。
至于富贵还是贫贱,大概已成定局,
就不必找严君平占卜算命。

原　诗

见说蚕丛路①,崎岖不易行。
山从人面起,云傍马头生。
芳树笼秦栈,春流绕蜀城。
升沉应已定②,不必问君平。③

注释

①蚕丛:是传说中古代蜀国的一个国王,这里用来指蜀地。　②升沉:升起来,沉下去,指人的富贵或贫贱。　③君平:汉代严君平,善卜筮,在成都市卖卜为生,见《汉书》卷七十二《王贡传》。

访戴天山道士不遇①

流水声中传来狗子的叫声,
桃花在细雨里开得更艳更浓。
树林深处不时地看见野鹿,

已到了吃午饭的时候,还没人敲钟。
淡淡的青雾浮动在苍翠的竹梢,
闪闪的飞泉高挂在碧绿的峰顶。
无法询问道士的去向,
我带着惆怅的心情遍倚苍松。

原 诗

犬吠水声中,桃花带雨浓。
树深时见鹿,溪午不闻钟。
野竹分青霭,飞泉挂碧峰。
无人知所去,愁倚两三松。

注释

①戴天山:又名大匡山,在今四川江油县,李白幼年曾在此山大明寺读书。

山中问答

你问我为什么要住在这幽静的碧山,
我笑而不答,心情从来没有这样悠闲。
清澈的溪水漂浮着桃花缓缓流去,
这里是另一种天地,不是熙熙攘攘的人间。

原 诗

问余何事栖碧山,①笑而不答心自闲。
桃花流水窅然去,②别有天地非人间。

注释

①碧山:在今湖北安陆县内。《安陆县志》卷二十六引《湖广志》:"白兆山,一名碧山,山下有桃花岩,李白读书处。" ②窅(yǎo)然:远去貌。

登金陵凤凰台

凤凰台落过凤凰,何等辉煌!
凤去台空,江水自在地流向东方。
吴国宫殿已变成废墟,无限萧瑟,
晋代权贵只留下荒坟,满目凄凉。
三座山高插青天,若隐若现,
白鹭洲中分长江,一片汪洋。
都因为浮云遮蔽了红日,
望不见长安,使我心伤。

原 诗

凤凰台上凤凰游,① 凤去台空江自流。②
吴宫花草埋幽径,③ 晋代衣冠成古丘。④
三山半落青天外,⑤ 二水中分白鹭洲。⑥
总为浮云能蔽日,⑦ 长安不见使人愁。

注释

①凤凰台:在今南京市。凤凰落于此台的传说,见《宋书·符瑞志》。 ②此句与上句:从崔颢"昔人已乘黄鹤去,此地空余黄鹤楼"化出。刘克庄《后村诗话》卷一:"古人服善,李白过黄鹤楼,有'眼前有景道不得,崔颢题诗在上头'之句。至金陵,遂为《凤凰台》诗以拟之。今观二诗,真敌手也。" ③吴宫:三国时吴国建都金陵。 ④晋代:东晋建都金陵。衣冠:指士族、官绅。 ⑤三山:在今南京市西南长江东岸,山有三峰,突出江中,故名。陆游《入蜀记》卷一:"三山,自石头城及凤凰台望之,杳杳有无中耳。及过其下,则距金陵才五十余里。" ⑥白鹭洲:《方舆览胜》卷十四《江东路建康府》:"白鹭洲,《丹阳记》:'在江中心。'"后世江流西移,白鹭洲始与陆地相连,在今南京水西门外。李白所见白鹭洲正在江心,故"二水中分白鹭洲"的意思是:白鹭洲把长江从中间分开,成为二水。古今注家,注此句皆不得要领。 ⑦浮云蔽日:比喻奸邪蒙蔽君主。

望庐山瀑布

朝阳照耀，
香炉峰顶冒出紫烟。
远远望去，
千丈瀑布挂在前川。
碧空里哪来这么多水，
飞流不断？
莫非是银河冲垮河底，
从九天倾泻到人间！

原 诗

日照香炉生紫烟，①遥看瀑布挂前川。
飞流直下三千尺，疑是银河落九天。

注释

①香炉：庐山西北部的高峰。慧远《庐山记》云："香炉山孤峰独秀，气笼其上，则氤氲若香烟。"峰有瀑布，有名于世。孟浩然《望庐山》诗云："香炉初上日，瀑布喷成虹"。

秋登宣城谢朓北楼①

夕阳正照耀着晴朗的天空，
从巨幅画卷里眺望江城。
夹城两水为江城打开明镜，
跨溪双桥在溪中落下彩虹。
漠漠炊烟给橘柚抹上寒色，
片片黄叶使梧桐预感凋零。
秋风中我在北楼上徘徊四顾，
谁能理解我怀念谢朓的心情？

原　诗

江城如画里,山晚望晴空。
两水夹明镜,②双桥落彩虹。③
人烟寒橘柚,④秋色老梧桐。
谁念北楼上,临风怀谢公?⑤

注释

①谢朓(tiǎo)北楼:南齐诗人谢朓任宣城太守时所建,又名谢公楼,是宣城(今属安徽)的登览胜地。李白于天宝十三载(754)从金陵来宣城,住两年之久。　②两水:指句溪和宛溪。宛溪源出峰山,在宣城东北与句溪相会,绕城合流。　③双桥:指横跨溪上的两座桥,上桥名凤凰桥,下桥名济川桥。　④人烟:这里指人家做晚饭的炊烟。　⑤怀谢公:怀念谢朓。李白最钦佩谢朓,在诗中多次提到谢朓或化用谢朓诗句,故王渔洋《论诗绝句》谓李白"一生低首谢宣城"。

客 中 作

兰陵美酒,散发着郁金的芳香,
盛满玉碗,泛起琥珀似的红光。
只要贤主人能够殷勤醉客,
就不觉得漂泊在异国他乡!

原　诗

兰陵美酒郁金香,①玉椀盛来琥珀光。②
但使主人能醉客,不知何处是他乡。

注释

①兰陵:今山东峄县,产美酒。郁金:多年生草本植物的块根,黄色,有香气,是一种中药,古人也用来作香料或染料。　②琥珀:树脂化石,多为赤褐色。

早发白帝城①

辞别高入彩云的白帝城,正当早晨,
一日千里,傍晚时分已回到江陵。
两岸猿猴的啼叫声,还在耳边萦绕,
轻快的小船,早飞过青山万重。

原　诗

朝辞白帝彩云间,千里江陵一日还。②
两岸猿声啼不住,轻舟已过万重山。

注释

①白帝城:在今四川省奉节县东白帝山上。唐肃宗乾元二年(759)李白为永王璘事流放夜郎,行至白帝城遇赦,归途作此诗。　②江陵:今属湖北省。

越中览古

越王勾践灭掉吴国,
雪耻而归。
将士们回家,
都锦衣生辉。
宫殿里簇拥着宫女,
春花般娇媚。
可是如今呢?
只有几只鹧鸪鸟儿,
在废墟上飞啊飞。

原　诗

越王勾践破吴归,①义士还家尽锦衣。②
宫女如花满春殿,只今惟有鹧鸪飞。

注释

①越王破吴:春秋时代,吴、越争霸。公元前494年,越王勾践被吴王夫差打败,回国卧薪尝胆,于公元前473年灭吴。　②义士:将士。

独坐敬亭山

山里的许多鸟儿,
一个个飞向蓝天。
山顶的一朵白云,
也飘然远去,何等悠闲。
如今啊!
只剩下我和你这座敬亭山,
互相依恋,相看不厌。

原　诗

众鸟高飞尽,孤云独去闲。
相看两不厌,只有敬亭山。①

注释

①敬亭山:在今安徽宣城县北。

哭宣城善酿纪叟

纪老啊!你到了阴间,
大概还在酿酒,自负盈亏。
可是,
阴间没有李白,
你酿出好酒,
卖给谁?

原 诗

纪叟黄泉里,还应酿老春。①
夜台无李白,②沽酒与何人?

注释

①老春:纪叟所酿酒名。唐代多以春名酒,如富水春等。 ②夜台:与"黄泉"意同,指阴间。

杜甫诗选译

望 岳①

五岳之首的泰山啊,你究竟是什么风貌?
只见你那青色跨齐越鲁,没完没了。
你集中地体现着大自然的神奇和秀美,
在你的阴面还是黑夜,阳面已经天晓。
荡激心胸的,是层层云气弥漫在你周围,
闯入眼帘的,是阵阵飞鸟投向你的怀抱。
我一定要艰苦攀登,直攀上你的极顶,
看看众多的山峰在你脚下显得多么渺小。

原 诗

岱宗夫如何?② 齐鲁青未了。③
造化钟神秀?④ 阴阳割昏晓。
荡胸生曾云,⑤ 决眦入归鸟。⑥
会当凌绝顶,⑦ 一览众山小。

注释

①开元二十四年(736)漫游齐赵时所作,是现存杜诗年代最早的一首。全诗写遥望、近望、仰望的情景。 ②岱宗:五岳之首,是对泰山的尊称。夫:语气词,无实义。 ③齐鲁:春秋时两个国名,《史记·货殖列传》:"故泰山之阳则鲁,其阴则齐。" ④钟:聚集。 ⑤曾:同"层"。 ⑥决眦(zì):瞪大眼睛。 ⑦会当:定会。

房兵曹胡马诗①

嚄!这真是大宛名马中的精英,
瘦硬的骨骼都突起锋棱。
双耳峻峭,正像斜削的竹筒,
四蹄轻快,卷起阵阵旋风。
在它面前根本没有空阔地带,

把性命托付给它绝对放心。
房兵曹啊,您有这样骁勇的好马,
就可横行万里,为国立功。

原 诗

胡马大宛名,②锋棱瘦骨成。
竹批双耳峻,③风入四蹄轻。
所向无空阔,④真堪托死生。
骁腾有如此,万里可横行。

注释

①房兵曹:其名不详,兵曹是兵曹参军的简称。 ②大宛:汉西域国名,产良马。 ③竹批:即批竹、削竹。《齐民要术》卷六:"(马)耳欲得小而促,状如斩竹筒。" ④"所向"句:形容马跑甚速,空阔地带一驰而过。

画 鹰

白绢上突然刮风飞霜,
一只苍鹰,真画得举世无双。
挺身而立,正思谋追捕狡猾的兔子,
侧目而视,像机灵的猴子却有点儿忧伤。
拴它的绦镟闪闪发光,简直可以摘掉,
它在廊柱间鼓动翅膀,一呼唤就会飞翔。
它真该离开画面去搏击那些平庸的鸟儿,
让它们的毛血洒向山冈。

原 诗

素练风霜起,①苍鹰画作殊。②
㧐身思狡兔,③侧目似愁胡。④
绦镟光堪摘,⑤轩楹势可呼。⑥
何当击凡鸟,⑦毛血洒平芜!⑧

注释

①素练:雪白的丝绢,古人用以作画。 ②殊:特殊。 ③竦(sǒng):挺起。 ④愁胡:发愁的猢狲。胡,同"猢"。 ⑤绦(tāo):丝带,用来拴鹰。镟(xuàn):金属制成的转轴,把拴在鹰脚的丝带系在上面。 ⑥轩楹:庭前的廊柱,画鹰的地方。 ⑦何当:此处相当于"合当",见张相《诗词曲语辞汇释》。 ⑧平芜:荒凉的原野。

奉赠韦左丞丈二十二韵①

穿绸裤的都不会饿死,
戴儒冠的却多半误了终生。
左丞丈人请您姑且静听,
让穷书生倾诉苦衷。
我杜甫早在少年时代,
就承蒙贡举应试京城。
博览群书,何止千卷万卷,
一下笔就像有神灵相助,文思泉涌。
作赋可与扬雄较量高下,
吟诗也赶得上曹植的水平。
享有盛名的李邕希望和我见面,
驰骋文坛的王翰也愿意与我亲近。
自以为头角峥嵘,才华出众,
可立刻进入仕途,高踞要津。
辅佐皇帝,使他比尧舜还要贤明,
推行教化,使风俗变得敦厚真淳。
不料这美好的愿望竟然落空,
解闷放歌,仍不甘退隐沉沦。
骑一头瘦驴在京城里奔走谋食,
已消磨了十三年宝贵光阴。
一清早便去扣富儿的朱门,
到晚间还追随肥马扬起的灰尘。

用残汤剩饭填充饥饿的肚皮，
所到之处，都潜藏着屈辱酸辛。
前不久皇上又选拔治国的英才，
我立刻心花怒放，有机会大展经纶。
想直上青云的鸟儿却折断了翅膀，
想跳上龙门的鲤鱼却碰伤了鳍鳞。
真愧对您左丞丈人对我的厚望，
真感激您左丞丈人对我的深情。
您经常在百官聚集的场合，
朗诵我的佳句，介绍我的姓名。
我自比贡公而感到由衷的喜悦，
却很难像原宪那样甘受贫穷。
怎能一年到头都闷闷不乐，
只拖着沉重的脚步徘徊不定？
我现在下决心要东游大海，
将离开这无法施展抱负的京城。
仰望那巍巍终南还是恋恋不舍，
回顾那滔滔渭水更充满离情。
我连一饭之恩都常想报答，
对您的大恩还无力回报，却不得不辞行！
我将像白鸥出没于浩浩荡荡的江海，
烟波万里，再不受人摆布欺凌。

原 诗

纨绔不饿死，②儒冠多误身。③
丈人试静听，贱子请具陈：④
甫昔少年日，早充观国宾。⑤
读书破万卷，⑥下笔如有神。
赋料扬雄敌，⑦诗看子建亲。⑧
李邕求识面，⑨王翰愿卜邻。⑩

自谓颇挺出，立登要路津。⑪
致君尧舜上，再使风俗淳。
此意竟萧条，行歌非隐沦。⑫
骑驴十三载，旅食京华春。
朝扣富儿门，暮随肥马尘。
残杯与冷炙，到处潜悲辛。
主上顷见征，欻然欲求伸。
青冥却垂翅，蹭蹬无纵鳞。⑬
甚愧丈人厚，甚知丈人真。
每于百僚上，猥诵佳句新。⑭
窃效贡公喜，⑮难甘原宪贫。⑯
焉能心怏怏，只是走踆踆？⑰
今欲东入海，⑱即将西去秦。⑲
尚怜终南山，回首清渭滨。
常拟报一饭，⑳况怀辞大臣。㉑
白鸥没浩荡，万里谁能驯？

注释

①韦左丞：即韦济，时任尚书左丞。丈：丈人，对长者的尊称。此诗作于天宝七载(748)困处长安时。 ②纨绔(kù)：丝绸制的裤子。富贵子弟所穿，因以指代富贵子弟。 ③儒冠：儒生戴的帽子。 ④贱子：杜甫自称。具陈：详细陈述。 ⑤观国宾：语出《易·观》："观国之光，利用宾于王。"此处指杜甫于开元二十三年(735)在东京洛阳参加进士考试，时年二十四岁。 ⑥破：尽、遍。读书破卷，即把万卷诗书都读遍了。 ⑦扬雄：西汉著名文学家，尤善作赋，有《羽猎赋》《长杨赋》等。 ⑧子建：即三国时著名诗人曹植。 ⑨李邕：唐代著名文学家和书法家，曾任北海郡太守，世称李北海，很赏识杜甫。 ⑩王翰：唐代著名诗人，曾任秘书正字、汝州长史。卜邻：做邻居。 ⑪要路津：重要的渡口，借指重要的官职。《文选·古诗》："何不策高足，先据要路津。" ⑫隐沦：隐士。桓谭《新论》："天下神人五，一曰神仙，二曰隐沦……" ⑬"主上"四句：天宝六载(747)，玄宗诏征文学艺术有一技之长的人到长安就选，杜甫参加了这次考试，但由于以"口蜜腹剑"著称的奸相李林甫阴谋破坏，应试者全部落选。见征：被征召。欻然：忽然。求伸：求得施展才能的机会。青冥：青云。垂翅：垂下翅膀，不能高飞，喻受到挫折。蹭蹬(cèng dèng)：遭受挫折。 ⑭猥(wěi)：表示谦卑，犹

言"辱承"。　⑮窃:私自、暗自。效:仿效。贡公:即西汉贡禹。《汉书·王贡两龚鲍传》:"吉与贡禹为友,世称'王阳在位,贡公弹冠'。"王吉字子阳,故称他为王阳。意谓王吉做官,贡禹便弹冠相庆,因为他们是好朋友,王吉必能引贡禹入仕也。刘孝标《广绝交论》:"王阳登而贡公喜。"杜甫在这里自比贡禹,而把韦济比为王吉。　⑯原宪:孔子弟子,家贫。　⑰踆踆(cūn):行步迟重、徘徊不定的样子。　⑱东入海:用《论语·公冶长》记孔子"道不行,乘桴浮于海"意。　⑲西去秦:离开西边的秦川。　⑳报一饭:报一饭之恩。古代灵辄报一饭之恩(见《左传·宣公二年》),后人多效之,《史记·范雎传》:"一饭之恩必偿。"《后汉书·李固传》:"窃感古人一饭之报。"　㉑"况怀"句:我常想报一饭之恩,更何况您大臣对我的大恩呢?怀,指怀着这样的感情。辞,告别。

自京赴奉先县咏怀五百字①

杜陵地方,有我这么个布衣,
年纪越大,反而越发不合时宜。
对自己的要求,多么愚蠢可笑,
私自下了决心,要向稷契看齐。
这种想法竟然不合实际,落得个到处碰壁,
头都白了,却甘愿辛辛苦苦,不肯休息。
有一天盖上棺材,这事便无法再提,
只要还没有咽气,志向就不能转移。
一年到头,都为老百姓发愁,叹息,
想到他们的苦难,心里像火烧似的焦急。
尽管惹得同辈的先生们冷嘲热讽,
却更加引吭高歌,毫不泄气。

我何尝没有隐居的打算,
在江海之间打发日子,岂不清高?
只是碰上个像尧舜那样贤明的皇帝,
不忍心轻易地丢下他,自己去逍遥。
如今的朝廷上,有的是栋梁之材,
要建造大厦,难道还缺少我这块料?
可是连葵藿的叶子都朝着太阳,

我这忠诚的天性,又怎能轻易改掉!

回头一想,那些蚂蚁般的小人,
只为谋求舒适的小窝,整天钻营。
我为什么要羡慕百丈长鲸,
常想在大海里纵横驰骋?
偏偏不肯去巴结权贵,
因此便耽误了自己的营生。
到现在还穷困潦倒,
怎忍心埋没在灰尘之中?
没有像许由巢父那样飘然世外,实在惭愧,
虽然惭愧,却不愿改变我的操行。
还有什么办法呢?只好喝几杯酒排遣烦闷,
作几首诗放声高唱,破除忧愤。

一年快完了,各种草木都已凋零,
狂风怒吼,像要把高山扫平。
黑云像山一样压下来,大街上一片阴森,
我这个孤零零的客子,半夜里离开京城。
扑落满身寒霜,断了衣带,
想结上它,指头儿却冻得僵硬。
天蒙蒙亮的时候,我走到骊山脚下,
骊山高处,那里有皇帝的御榻。
大雾迷漫,塞满寒冷的天空,
我攀登结冰铺霜的山路,一步一滑。
华清宫真好像王母的瑶池仙境,
温泉里暖气蒸腾,羽林军密密麻麻。
乐声大作,响彻辽阔的天宇,
皇帝和大臣纵情娱乐,享不尽贵富荣华。

赐浴温泉的,都是些高冠长缨的贵人,
参加宴会的,更不会有布衣麻鞋的百姓。

达官显宦,都分到大量的绸帛,
那些绸帛啊,都出自贫寒妇女的艰苦劳动。
她们的丈夫和公公,被鞭打绳捆啊,
匹匹勒索,一车车运进京城。
皇帝把绸帛分赏群臣,这个一筐,那个儿笼,
实指望他们感恩图报,救国活民;
臣子们如果忽略了皇帝的这番好意,
那当皇帝的,岂不等于把财物白扔!
朝廷里挤满了"济济英才",
稍有良心的,真应该怵目惊心!

更何况皇宫内的金盘宝器,
听说都转移到国舅家的厅堂。
神仙似的美人在堂上舞蹈,
轻烟般的罗衣遮不住玉体的芳香。
供客人保暖的,是貂鼠皮袄,
朱弦、玉管,正演奏美妙的乐章;
劝客人品尝的,是驼蹄羹汤,
香橙、金橘,都来自遥远的南方。
那朱门里啊,酒肉吃不完都已经腐臭,
这大路上啊,冻饿死的穷人有谁去埋葬!
相隔才几步,就是苦乐不同的两种世界,
人间的不平事,使我悲愤填胸,不能再讲!

我折向北去的道路,赶到泾、渭河边,
泾、渭合流处的渡口,又改了路线。
河水冲激着巨大的冰块,波翻浪涌,
放眼远望,像起伏的山岭,高接西天。
我疑心这是崆峒山从水上漂来,
怕要把天柱碰断!

河上的桥梁幸好还没有冲毁,

桥柱子却吱吱呀呀,摇晃震颤。
河面这么宽,谁能飞越!
旅客们只好牵挽过桥,顾不得危险。

老婆和孩子寄居在奉先,无依无傍,
漫天风雪,把一家人隔在两个地方。
受冻挨饿的穷生活,我怎能长久不管?
这一次去探望,就为了共渡饥荒。

一进门就听见哭声酸楚,
我那小儿子,已活活饿死!
我怎能压抑住满腔悲痛,
邻居们也呜呜咽咽,泪流不止!
说不出内心里多么惭愧,
做爸爸的人,竟然没本事养活孩子!
谁能料到:今年的秋收还算不错,
穷苦人家,却仍然弄不到饭吃!

我好歹是个官儿,享有特权:
既不服兵役,又没有交租纳税的负担。
还免不了这样悲惨的遭遇,
那平民百姓的日子啊,就更加辛酸。
想想失去土地的农民,已经是倾家荡产,
又想想远守边防的士兵,还不是缺吃少穿。
忧民忧国的情绪啊,
千重万叠,高过终南。
浩茫无际,又怎能收敛!

原 诗

杜陵有布衣,老大意转拙。②
许身一何愚,窃比稷与契。③
居然成濩落,白首甘契阔。④

盖棺事则已，此志常觊豁。⑤
穷年忧黎元，叹息肠内热。⑥
取笑同学翁，浩歌弥激烈。⑦
非无江海志，潇洒送日月。⑧
生逢尧舜君，不忍便永诀。⑨
当今廊庙具，构厦岂云缺。⑩
葵藿倾太阳，物性固莫夺。⑪
顾惟蝼蚁辈，但自求其穴。⑫
胡为慕大鲸，辄拟偃溟渤。⑬
以兹误生理，独耻事干谒。⑭
兀兀遂至今，忍为尘埃没。⑮
终愧巢与由，未能易其节。⑯
沉饮聊自遣，放歌破愁绝。⑰
岁暮百草零，疾风高冈裂。⑱
天衢阴峥嵘，客子中夜发。⑲
霜严衣带断，指直不得结。
凌晨过骊山，御榻在嵽嵲。⑳
蚩尤塞寒空，蹴踏崖谷滑。㉑
瑶池气郁律，羽林相摩戛。㉒
君臣留欢娱，乐动殷胶葛。㉓
赐浴皆长缨，与宴非短褐。㉔
彤庭所分帛，本自寒女出。㉕
鞭挞其夫家，聚敛贡城阙。㉖
圣人筐篚恩，实欲邦国活。㉗
臣如忽至理，君岂弃此物。
多士盈朝廷，仁者宜战栗。
况闻内金盘，尽在卫霍室。㉘
中堂舞神仙，烟雾蒙玉质。㉙
暖客貂鼠裘，悲管逐清瑟。㉚

劝客驼蹄羹,霜橙压香橘。㉛
朱门酒肉臭,路有冻死骨。㉜
荣枯咫尺异,惆怅难再述。㉝
北辕就泾渭,官渡又改辙。㉞
群冰从西下,极目高崒兀。㉟
疑是崆峒来,恐触天柱折。㊱
河梁幸未坼,枝撑声窸窣。㊲
行李相攀援,川广不可越。㊳
老妻寄异县,十口隔风雪。㊴
谁能久不顾,庶往共饥渴。㊵
入门闻号咷,幼子饥已卒。
吾宁舍一哀,里巷亦呜咽。㊶
所愧为人父,无食致夭折。
岂知秋禾登,贫窭有仓卒。㊷
生常免租税,名不隶征伐。㊸
抚迹犹酸辛,平人固骚屑。㊹
默思失业徒,因念远戍卒。㊺
忧端齐终南,澒洞不可掇。㊻

注释

①天宝十四载(755)十一月,杜甫由长安赴奉先(今陕西省蒲城县)探望家属,此诗当作于到家之后,是他长安十年政治生活的总结。 ②杜陵:汉宣帝的陵墓所在地,在长安东南。杜甫祖籍杜陵,他本人也曾在此地居住过,故自称"杜陵布衣"、"杜陵野老"等。布衣:没有官职的人。拙:笨拙。 ③窃比:私下自比。稷与契:传说中辅佐尧舜的两位贤臣。稷教百姓种植五谷;契对百姓进行教化。 ④濩(hù)落:即瓠落,大而无用。契阔:辛苦。 ⑤觊(jì):希望。豁:达到。 ⑥穷年:一年到头。黎元:百姓。 ⑦弥:更加、越发。 ⑧江海志:放浪江海的志愿,即隐居。潇洒:悠闲自在。 ⑨尧舜君:此借指唐玄宗李隆基。永诀:长别。 ⑩廊庙具:国家的栋梁之材。构厦:构造大厦。 ⑪葵藿:葵,一名卫足葵,锦葵科宿根草本,其叶向阳,并非今天的向日葵。向日葵原产美洲,17世纪,我国才从南洋引进。今之注家解"葵藿"之"葵"为向日葵,大谬。藿,豆叶,也向阳。曹植《求通亲亲表》:"若葵藿之倾叶,太阳虽不为之回光,然向之者,诚也。臣窃自比葵藿。"杜甫实取义于此。

⑫惟:思、想。蝼蚁:蝼蛄和蚂蚁,比喻目光短浅,追求名利的小人。 ⑬胡为:为什么。辄:每每。拟:打算。偃:偃卧、栖息。溟渤:大海。 ⑭以兹:因此。生理:谋生之道。干谒:奔走于权贵之门,有所请求。 ⑮兀兀:穷苦。忍:岂能忍心。 ⑯巢:巢父。由:许由。两人都是古代传说中避世隐居的高士,和稷、契同时,但志趣不同。易:改变。节:意志。即上文所说的稷契之志。 ⑰沉饮:沉湎于酒。自遣:自我消遣。破:消解。愁绝:极端忧愁。

⑱岁暮:年终,杜甫赴奉先县在十一月。 ⑲天衢:天空。阴峥嵘:比喻寒气阴森之状。中夜:半夜。 ⑳骊山:在长安东六十里,今陕西临潼县境内。山中有温泉,置有温泉官,后改名为华清宫。唐玄宗每年十月和杨贵妃到华清宫避寒。御榻:皇帝的坐榻。嵽嵲(dié niè):高峻的山,指骊山。 ㉑蚩尤:传说中与黄帝作战的一个部落酋长,能兴大雾,此处以"蚩尤"作为雾的代称。 ㉒瑶池:神话传说中西王母与周穆王宴饮之地,此借指骊山上的温泉。郁律:暖气蒸腾的样子。羽林:皇帝的禁卫军。摩戛:指兵器撞击声。 ㉓殷(yǐn):震动。胶葛:深远广大的样子。 ㉔赐浴:指玄宗赏赐臣子在温泉池内洗澡。长缨:古时系帽的长丝带,贵人的装饰,借指权贵大臣。短褐:粗布短衣,借指平民百姓。 ㉕彤庭:即朝廷。彤,朱红色。古代皇家宫殿多用朱红色涂饰。 ㉖聚敛:搜刮。城阙:指京城。 ㉗圣人:指皇帝。筐篚恩:指皇帝用筐篚盛放金、帛赏赐群臣的恩惠。筐篚,竹器,方的叫筐,圆的叫篚。 ㉘内金盘:天子宫禁中所用的金盘。卫霍:即卫青与霍去病,两人皆为汉武帝外戚。此代指杨国忠兄妹。 ㉙神仙:指舞女。烟雾:比喻轻飘的舞衣。 ㉚悲管:激昂的管乐。清瑟:清细的弦乐。 ㉛驼蹄羹:用骆驼蹄肉做成的汤,为当时罕见之珍品。 ㉜朱门:豪门贵族。 ㉝荣:指"朱门"。枯:指"冻死骨"。咫尺:比喻距离很近。古代八寸为"咫"。 ㉞北辕:车向北行。官渡:指官府在泾渭二水合流处所设的渡口。改辙:改路。官渡常因水势大小而改移。 ㉟崒(zú)兀:高峻的样子。 ㊱崆峒(kōng tóng):山名,在今甘肃省平凉市西。天柱折:形容水势凶猛,将触断天柱,兼喻国势。 ㊲圻:冲毁。枝撑:桥的支柱。窸窣(xī sū):象声词,桥梁动摇声。 ㊳行李:指旅行的人。相攀援:互相搀扶。 ㊴异县:指奉先县。 ㊵庶:庶几,希望之辞。 ㊶"吾宁"二句:即使我宁愿舍弃一哀,怎奈邻居们都为之啜泣! ㊷登:成熟。贫窭:贫穷。此指贫穷的人家。仓卒,即仓猝,突然发生意外事故。 ㊸免租税:唐代实行租庸调法和府兵制,凡官僚家庭都享有免租税和免兵役的特权,作者也是如此。 ㊹抚迹:追思所历之事。平人:即平民。唐代避太宗李世民讳,改"民"为人。骚屑:本指风声,这里作骚动不安解释。指平民的动荡生活。 ㊺失业徒:即失去土地的农民。远戍卒:远守边疆的士兵。 ㊻终南:终南山。溟洞:漫无边际的样子。掇:收拾。

月　夜

今夜晚鄜州的明月，
妻子一个人遥望。
可怜我小小的儿女，
还不懂她忆念长安的心肠。
秋夜的浓雾侵湿了她飘香的秀发，
秋月的清辉寒透了她白玉似的臂膀。
啊！何时才能并立窗前，
让温馨的月光照干我俩的泪痕，
驱散离别的悲伤！

原　诗

今夜鄜州月，闺中只独看。①
遥怜小儿女，未解忆长安。
香雾云鬟湿，清辉玉臂寒。②
何时倚虚幌，③双照泪痕干。

注释

①鄜(fū)州：今陕西富县西。天宝十五载(756)六月，安史叛军破潼关，玄宗奔蜀。杜甫携眷到鄜州暂住。七月，肃宗即位于灵武(今属宁夏回族自治区)，杜甫只身往投，途中被叛军掳至长安，作此诗。本来是自己对月怀念妻子，却从对面落墨，想象妻子正在望月怀念自己。②"香雾"两句："云鬟"，乌云似的秀发，"鬟"是一种发型。夜深起雾，因头发有香膏之类的东西，所以靠近头发的雾就成了"香雾"。玉臂：以玉形容臂之细腻、光亮、洁白。这两句，前人多有议论，以丽语写悲情，语愈丽而情愈悲。　③虚幌：纱帐。

春　望

国家亡了，山河依然存在，
春天来了，长安杂草丛生。
感伤时局，花儿都溅上泪水，

痛恨离别,鸟声也惊动人心。
连天烽火,已延烧了一个季度,
一封家书,真抵得上万两黄金。
搔首问天,白发愈搔愈稀,
连簪子也无法插紧。

原 诗

国破山河在,①城春草木深。②
感时花溅泪,恨别鸟惊心。
烽火连三月,家书抵万金。③
白头搔更短,④浑欲不胜簪。⑤

注释

①国破:指安史叛乱,东西两京都沦陷多时。此诗作于肃宗至德二年(757)三月,作者还被禁于叛军占领的长安。 ②草木深:表明人烟稀少。 ③家书:家信。他的妻子此时仍寄住在鄜州,音信难通。 ④白头:指白头发。心中忧闷,便"搔首","搔更短",是说老是"搔",把白发搔稀了。 ⑤浑欲:简直要。不胜(shēng):承受不起。簪:古代男子成年以后,要把头发束在头顶上,用"簪"别住。

述 怀

自从去年潼关被叛军攻破,
我和妻子已隔绝了很久。
今夏乘着草木可以掩蔽,
便潜出长安向凤翔逃走。
我穿着麻鞋拜见天子,
破烂的衣袖露出双肘。
朝廷怜悯我活着回来,
亲友们同情我又老又丑。
饱含热泪拜受了拾遗的官职,
经受了颠沛流离,倍感主恩的深厚。

虽然可以请求探望家小，
国事艰难，不忍心立即开口。
想向三川寄信，
但不知我的家是否还在那小山沟。
听说那一带都遭了灾祸，
被杀得鸡犬不留。
山里面即使剩下茅屋，
还有谁看守户牖。
被毁掉的松树根旁，
地气寒冷，尸骨还未腐朽。
有几人能保全性命？
有几家能骨肉聚首？
山岭间猛虎成群，
纵目遥望，使我发愁。
自从寄出一封家书，
十个月来天天等候。
如今反而害怕有消息传来，
内心的忧虑真无法忍受。
大唐的国运有了中兴的迹象，
我到了晚年，也许还能喝上好酒。
只担心遇上欢会的场面，
我已变成孤独穷困的老叟！

原　诗

去年潼关破，妻子隔绝久。
今夏草木长，脱身得西走。①
麻鞋见天子，衣袖露两肘。
朝廷愍生还，亲故伤老丑。
涕泪授拾遗，②流离主恩厚。
柴门虽得去，未忍即开口。

寄书问三川,③不知家在否?
比闻同罹祸,④杀戮到鸡狗。
山中漏茅屋,谁复依户牖?
摧颓苍松根,地冷骨未朽。
几人全性命?尽室岂相偶?⑤
欷歔猛虎场,郁结回我首。
自寄一封书,今已十月后。
反畏消息来,寸心亦何有!
汉运初中兴,生平老耽酒。
沉思欢会处,恐作穷独叟。

注释

①西走:作者于至德二年(757)四月历尽艰险,从长安逃归凤翔。这年二月,肃宗进驻凤翔。

②授拾遗:杜甫被任为左拾遗,这是向皇帝拾遗补缺的小官,任务是"讽谏",即提意见。

③三川:在鄜州南,杜甫的妻子暂住那里。　④比闻:近闻。　⑤相偶:相聚。

羌 村（其一）

红云像峥嵘的山峰耸立天西,
阳光从云缝里射到平地。
柴门上鸟雀们叽叽喳喳,
我千里跋涉才回到家里。
妻子乍见我惊得发愣,
惊魂已定,擦不尽眼泪直滴。
在兵荒马乱中四处逃窜,
能活着回来,的确是偶然的奇迹。
邻人们趴满低矮的院墙,
有的叹息,也有的低声哭泣。
后半夜又一次点亮蜡烛,
一家人相对,还好像在恍惚的梦里。

原 诗

峥嵘赤云西,日脚下平地。①
柴门鸟雀噪,归客千里至。
妻孥怪我在,②惊定还拭泪。
世乱遭飘荡,生还偶然遂。
邻人满墙头,感叹亦歔欷。③
夜阑更秉烛,④相对如梦寐。

注释

①日脚:从云缝中射下来的阳光。 ②妻孥:原指妻子和儿女,这里指妻子。她原以为丈夫已不在人世,突然见他回来,不知是人是鬼,所以感到"怪"。 ③歔欷:悲泣声。 ④夜阑:夜深。

羌 村(其三)

一群鸡叫嚷打斗,
客人走来,鸡斗得正凶。
我把鸡赶到树上,
才听见敲门的声音。
四五位同村的父老,
来看望远行的归人。
手里都提着酒榼,
倒出来有清有浑。
"别嫌这酒味太薄,
高粱地无人耕耘。
战乱还没有平息,
孩子们都去东征。"
"听我给父老唱歌,
表达我内心的激动。

大家都这么艰难,
还对我这样关心。
真叫我惭愧不已,
拿什么报答深情!"
唱罢歌仰天长叹,
父老们都热泪纵横。

原 诗

群鸡正乱叫,客至鸡斗争。
驱鸡上树木,始闻叩柴荆。①
父老四五人,问我久远行。②
手中各有携,倾榼浊复清。③
莫辞酒味薄,黍地无人耕。
兵革既未息,儿童尽东征。④
请为父老歌,艰难愧深情。
歌罢仰天叹,四座泪纵横。

注释

①柴荆:用树枝、荆条编成的门。 ②问:慰问。 ③榼(kē):古时的盛酒器。 ④儿童:这里是长辈对晚辈的称呼。

赠卫八处士①

朋友们长久分离,
就像参星和商星无法相见。
今夜晚究竟是什么夜晚,
你和我能在灯光下会面。
少年壮年能有多少时光,
一转眼咱两人都两鬓已斑。
互问亲友们的近况,

一大半已离开人间。
忍不住失声惊呼,
内心像烈火熬煎。
怎能料到二十年以后,
又走进你的庭院。
往年分手时你还未结婚,
如今已儿长女大,围绕膝前。
一个个和颜悦色,向我行礼,
问我从哪里来的,路近路远。
七嘴八舌,问答正在进行,
被父亲赶去准备酒饭。
夜雨中剪来的春韭多么鲜美,
刚煮熟的二米饭又香又甜。
主人一再说:"这次会面可真不容易,
要开怀畅饮,别放下酒盏!"
连喝十大杯也不怕喝醉,
老朋友情意绵绵,令我感激留恋。
到明天我们又被山岳隔开,
世事茫茫,什么时候才能见面?

原 诗

人生不相见,动如参与商。②
今夕复何夕,共此灯烛光。
少壮能几时?鬓发各已苍!③
访旧半为鬼,惊呼热中肠。
焉知二十载,重上君子堂。
昔别君未婚,儿女忽成行。
怡然敬父执,④问我来何方?
问答乃未已,驱儿罗酒浆。
夜雨剪春韭,新炊间黄粱。⑤

主称会面难,一举累十觞。

十觞亦不醉,感子故意长。⑥

明日隔山岳,世事两茫茫。

注释

①卫八处士:姓卫,排行第八,名不详。处士,指隐居不仕者。这首诗,是杜甫于乾元二年(758)自洛阳返回华州任所途中作的。 ②参(shēn)与商:参星和商星。这两颗星东西相对,此出彼落,永不相见。 ③苍:指鬓发已"斑"(黑发中有白发)。 ④父执:父亲的朋友。 ⑤间黄粱:大米掺和着黄小米,俗称"二米饭"。 ⑥故意:故人念旧的情意。

秦州杂诗二十首(其十三)

听说有个叫东柯的山谷,
里面藏有几十户人家。
绿藤爬上门户覆盖了屋瓦,
清溪映着竹林穿过白沙。
瘦瘠的土壤反而适于生长谷子,
向阳的山坡正好可以种植西瓜。
船人的介绍使我陶醉,
真想在这世外桃源安家。

原 诗

传道东柯谷,①深藏数十家。
对门藤盖瓦,映竹水穿沙。
瘦地翻宜粟,②阳坡可种瓜。
船人近相报,但恐失桃花。③

注释

①东柯谷:即今天水市北道区街子乡柳家河村,杜甫之侄杜佐住在这里。杜甫很想在这里卜居,但未能如愿,只在杜佐家里暂住过。后人曾在此处为杜甫建有"东柯草堂",今已无存。 ②粟:谷子。 ③"船人"两句:用陶渊明《桃花源记》典故。记中说:有渔人乘船入桃花源,又

坐船回来,向太守讲了他的见闻。杜甫因而把东柯谷看成桃花源,把向他介绍东柯谷的人称为"船人"。东柯谷一带,根本没有可以行船的水路。古今注家皆不解此,仇兆鳌《杜诗详注》卷七云:"东柯佳胜如此,故嘱舟人相近即报,惟恐失却桃源也。"今人则说"可知杜甫坐船前往东柯谷……"皆谬。按"船人相报"照应首句"传道",内容即中间所写者。

天末怀李白

天边刮起凉风,
你究竟是什么心情?
鸿雁何时才能飞到,
江湖里正风急浪涌。
文章憎恨作者命运亨通,
魑魅却喜欢诗人走近。
你大概会作一首诗投入汨罗,
向屈原的冤魂诉说内心的悲愤。

原 诗

凉风起天末,①君子意如何?②
鸿雁几时到?③江湖秋水多!
文章憎命达,④魑魅喜人过。⑤
应共冤魂语,投诗赠汨罗。⑥

注释

①天末:天边,这里指秦州(今甘肃天水市)。此诗是杜甫乾元二年(759)流寓秦州时所作。李白于至德二年(757)因入永王璘(玄宗第十六子)幕府一案被捕入浔阳(今江西九江市)狱,乾元元年(758)流放夜郎(今贵州桐梓县一带),次年行至白帝城时遇赦。杜甫此时只知他流放,还未得到遇赦的消息。 ②君子:指李白。 ③鸿雁:古时有鸿雁传书的故事,故这里以鸿雁指代送信人。 ④文章:泛指一切文学作品。命达:命运亨通。古代大文学家一般都困顿坎坷,故杜甫用这句诗概括,深刻、精彩。 ⑤魑魅(chī mèi):传说中的山精水怪,喜吃人,这里比喻奸邪小人。 ⑥"应共"两句:李白流放夜郎,要上溯长江,经过洞庭湖等地。杜甫想象他会经过屈原自沉的汨罗江,投诗与屈原的冤魂对话。

月夜忆舍弟

戍楼上的更鼓敲尽了街上的行人,
边地的秋空传来孤雁的哀鸣。
露水从今晚上变凉变白,
月亮还像故乡那样皎洁光明。
虽然有几个弟弟,却早已东分西散,
已经没有家,还问什么谁死谁生!
不知道弟弟们的下落,常常寄不到家书,
更何况道路阻塞,战乱还没有平定!

原 诗

戍鼓断人行,①边秋一雁声。②
露从今夜白,③月是故乡明。
有弟皆分散,④无家问死生。
寄书长不达,况乃未休兵。

注释

①"戍鼓"句:意谓已到深夜,路无行人。戍鼓,指戍守边防的瞭望楼(戍楼)上报更的鼓声。自黄昏至拂晓,分为五个时段,称为五更。一般鼓报三更,便不准路有行人。 ②边秋:边塞的秋天。此诗乾元二年(759)作于秦州。 ③"露从"句:作此诗的一天是"白露"节(二十四节气之一)。"白露"节在阴历九月初八前后,此时天气渐寒,露浓色白;再冷,就变成霜。 ④有弟:杜甫有三个弟弟,杜颖、杜观、杜丰。

山 寺①

荒凉的山寺里和尚很少,
蜿蜒的小路愈盘愈高。
麝香在石竹丛里安睡,
鹦鹉悠闲地啄食金桃。

乱流的溪水行人可以趟过,
悬崖上建构的屋宇十分牢靠。
登上山顶的高阁天色已晚,
百里之外还能望见飞鸟的毫毛。

原 诗

野寺残僧少,山园细路高。
麝香眠石竹,②鹦鹉啄金桃。③
乱水通人过,悬崖置屋牢。④
上方重阁晚,百里见秋毫。⑤

注释

①山寺:此诗作于乾元二年(759)秋,写秦州麦积山的佛寺。 ②麝香:即麝。石竹:多年生草本植物,可入药。 ③金桃:桃的一种。《广群芳谱》:"金桃,长形,色黄如金。" ④"悬崖"句:麦积山石窟,始建于十六国后秦时期,其后历代续有开凿。此山为圆锥形,中间粗大,底部细小,于悬崖上开凿洞窟一百九十四个,洞外悬空建阁,以栈道相连,惊险异常。杜甫用了一个"置"字、一个"牢"字,准确地描状了悬空建阁的实际情况。 ⑤秋毫:鸟兽在秋天新生的细毛。

空 囊

翠柏虽然很苦,
我还能摘一些吞咽。
明霞高飘在天际,
可怎能弄下来饱餐?
世人都苟且生财,
并不缺吃少穿。
我却耿介廉洁,
生计自然艰难。
本来无米可炊,不想举火,

何况井水结冰,汲不出清泉。
白天没有棉衣,
夜晚被褥单薄,也难御寒。
如果把钱花光,
钱袋子必然难堪。
因此留一文钱看守,
不让它在人前丢脸。

原　诗

翠柏苦犹食,①明霞高可餐。②
世人共卤莽,③吾道属艰难。
不爨井晨冻,④无衣床夜寒。
囊空恐羞涩,留得一钱看。⑤

注释

①翠柏:指柏树的果实,即柏子。传说神仙吃柏子。　②明霞:传说神仙餐霞饮露。这两句是说穷得没饭吃,要像神仙那样不食人间烟火了。　③卤莽:这里是"苟且"的意思。唐人皇甫湜《制策一道》:"怙众以固权位,行贿以结恩泽,因循卤莽,保持富贵而已。"　④爨(cuàn):烧火煮饭。　⑤看(kān):看守。此二句是说钱囊是盛钱的。囊中空无一文,这囊就害羞。因此,宁肯忍饥受冻,还要留下一文钱看守钱囊。

凤 凰 台

山顶的高台名叫凤凰,
正对着北面的西康。
文王的美政早已消失,
凤凰的鸣声也因而绝响。
险峻的山路无人攀登,
山巅的丛林里雾气迷茫。
怎能找到万丈高的梯子,
让我爬到凤凰台顶上。

我担心那里有孤独的凤雏,
在饥寒交迫中哀哀呼娘。
我能奉献丹心和热血,
使凤雏有吃有喝,不再忧伤。
拿丹心代替竹实,
不必另找食粮。
拿热血代替醴泉,
比泉水更富营养。
为保护王者的祥瑞,
我甘愿剖胸身亡。
盼望它彩翼伸展,
遍九州任意翱翔。
从天上衔来瑞图,
直飞下玉楼仙乡。
把瑞图献给天子,
展宏图万代流芳。
再光大中兴伟业,
让黎民共享安康。
我一生追求的,
正是实现这种理想。
祸国殃民的盗贼们,
何不赶快收场!

原　诗

亭亭凤凰台,①北对西康州。②
西伯今寂寞,③凤声亦悠悠。
山峻路绝踪,石林气高浮。
安得万丈梯,为君上上头?
恐有无母雏,饥寒日啾啾。
我能剖心血,饮啄慰孤愁。

心以当竹实,④炯然无外求。

血以当醴泉,岂徒比清流?

所重王者瑞,⑤敢辞微命休?

坐看彩翮长,纵意八极周。

自天衔瑞图,飞下十二楼。

图以奉至尊,凤以垂鸿猷。

再光中兴业,一洗苍生忧。

深衷正为此,群盗何淹留!

注释

①凤凰台:在今甘肃省成县东南七里凤凰山巅,相传古代有凤栖其上,故名。 ②西康州:唐初以同谷置西康州,贞观时废,仍名同谷,即今成县。 ③西伯:周文王。传说文王兴周,凤鸣岐山。 ④竹实:竹子结的实,状如麦粒。据说凤凰"非竹实不食,非醴泉不饮"。 ⑤王者:以仁政治理天下的贤君。作者把凤凰视为王者的祥图,愿剖心喂养,借以抒发他渴望有王者出现的激情。

恨 别

告别洛阳,跋涉了四千里关山,

连天烽火,延烧了五六年时间。

草木凋零的严冬,奔走在剑门关外,

兵戈阻绝了归路,终老于锦江岸边。

望月思家,深夜里在室外徘徊。

看云忆弟,大白天在床头辗转。

听说在河阳一带,官军刚打了胜仗,

希望乘胜急破幽燕,平息战乱。

原 诗

洛阳一别四千里,①胡骑长驱五六年。

草木变衰行剑外,②兵戈阻绝老江边。③

思家步月清宵立,忆弟看云白日眠。

闻道河阳近乘胜,司徒急为破幽燕。④

注释

①"洛阳"句:乾元元年(758)冬,杜甫由华州回洛阳。次年春,在洛阳东的陆浑庄故居小住,又回华州,不久即流寓秦州、同谷,来到成都,再未能回到洛阳。 ②剑外:剑门关外,指蜀地。 ③江边:指成都的锦江边,杜甫于乾元二年(759)十二月到达成都,次年春于浣花溪建草堂居住,此诗即作于此时。 ④司徒:官名,此处指李光弼。上元元年(760)四月,李光弼破史思明于河阳。乾元二年(759)四月史思明自称大燕皇帝,改范阳为燕京。破幽燕:指攻取叛军的根据地。

客　　至①

草堂南北都弥漫着碧绿的春水,
只看见成群的白鸥天天飞来。
花间小路还不曾为客人打扫,
一直关闭的柴门今天才为您敞开。
市场遥远,盘子里没几样可口的好菜,
家境清贫,杯盏中也只是自酿的旧醅。
如果您愿意和我的邻翁对饮,
那就隔篱笆唤他喝完这剩余的几杯。

原　诗

舍南舍北皆春水,但见群鸥日日来。
花径不曾缘客扫,蓬门今始为君开。
盘飧市远无兼味,②樽酒家贫只旧醅。③
肯与邻翁相对饮,隔篱呼取尽余杯。

注释

①客至:题下自注:"喜崔明府相过。"唐人称县令为"明府"。从全诗看,这是来访草堂的第一位客人。 ②盘飧(sūn):盘中的肴馔。飧,熟食。兼味:几种美味。 ③醅:未曾过滤的

酒。古代的酒以新酿的为佳,既未过滤,又"旧",极言没有好酒。

春夜喜雨

好雨知道需要的时辰,
春天一来,她就欣然光临。
悄悄地跟随和风,乘夜间飘荡,
细细地滋润万物,不发出响声。
田间小路,也和浓云一样漆黑,
江上渔船,只有火光才能看清。
天亮后处处都会看见湿漉漉的鲜红,
那便是沉甸甸的花儿开遍锦城。

原　诗

好雨知时节,当春乃发生。
随风潜入夜,润物细无声。
野径云俱黑,①江船火独明。②
晓看红湿处,花重锦官城。③

注释

①"野径"句:此句注家都解释不清。从字面上看,应是"野径与云俱黑"省了"与"字。野径,因为被人踩踏,不长草木,路面色白,夜间比田野容易看见。现在连"野径"也和"云"一样黑,看不分明,表明雨意正浓,还会继续下。　②"江船"句:江船看不见,江面当然也看不见,只看见一点火光,才判断出那里有江船。可见乌云密布,不会立刻放晴。　③"晓看"两句:这是作者夜间听雨和出户看雨时的推想。花儿带雨,故说"红湿"、"花重"。成都旧有太城、少城。少城为三国时蜀国主管织锦的官员所居,故称成都为锦官城,简称锦城、锦里。这首诗,是杜甫于上元二年(761)在成都草堂所作。

茅屋为秋风所破歌

秋高气爽的八月,

忽然间狂风怒吼。
可怜我屋上的茅草,
一层层被风卷走。
茅草直飞过江去,
才洒向江郊。
有的飘落在塘底,
有的高挂在树梢。
南村的一群孩子,
欺侮我年老无力。
公然把茅草抱走,
钻进竹林里躲避。
我唇焦口燥地呼喊,
却总是不睬不理。
没办法只好回来,
倚着手杖独自叹气。

一会儿乌云滚滚,
黑夜已经降临。
粗布被子已盖了多年,
就像铁块一样冰冷。
小儿子睡相不好,
被里子被蹬得尽是窟窿。
处处屋漏,床头没有干处,
密密麻麻的雨点子还落个不停。
自从遭逢战乱,就经常失眠,
这屋破雨淋的长夜,怎能熬到天明!

啊!
怎能有广厦千幢万间,
为普天下寒士解忧增欢?
哪怕是风狂雨暴,
也一样安稳如山!

啊！这巍峨的广厦何时才在我面前出现？

如果真的出现，

那么，惟独我住破茅屋被冻死，

也心甘情愿！

原 诗

八月秋高风怒号，卷我屋上三重茅。

茅飞渡江洒江郊：高者挂罥长林梢，①

下者飘转沉塘坳。②南村群童欺我老无力。

忍能对面为盗贼，公然抱茅入竹去。

唇焦口燥呼不得，归来倚杖自叹息。

俄顷风定云墨色，秋天漠漠向昏黑。

布衾多年冷似铁，娇儿恶卧踏里裂。③

床头屋漏无干处，雨脚如麻未断绝。

自经丧乱少睡眠，长夜沾湿何由彻？

安得广厦千万间，大庇天下寒士俱欢颜，

风雨不动安如山！呜呼，

何时眼前突兀见此屋，④吾庐独破受冻死亦足！

注释

①罥(juàn)：挂。 ②坳：低洼之处。 ③恶卧：睡相不好，乱翻乱踢。 ④突兀：高耸貌，此处形容广厦。

百忧集行

回想我十五岁还有童心，

像壮实的牛犊儿活跳乱奔。

八月间庭前的梨枣都已成熟，

一天有百把回爬上树顶。

弹指间已变成五十岁的衰翁，

老是坐着躺着,总懒得站立走动。
为了应酬主人,不得不强陪笑语,
每想到悲惨的生涯,就忍不住百忧煎心。
进门来依旧是空荡荡只有四堵墙壁,
老妻看着我,同样是满面愁容。
傻儿子不懂得父子之间的礼节,
一个劲要饭吃,哭闹不停。

原 诗

忆年十五心尚孩,健如黄犊走复来。①
庭前八月梨枣熟,一日上树能千回。
即今倏忽已五十,坐卧只多少行立。
强将笑语供主人,②悲见生涯百忧集。③
入门依旧四壁空,老妻睹我颜色同。④
痴儿不知父子礼,叫怒索饭啼门东。

注释

①走复来:跑来跑去。　②主人:指成都尹崔光远。上元二年(761)三月崔光远为成都尹,此诗当作于此时。崔光远无学任气,不肯关照杜甫,但他是地方长官,杜甫还得勉强应酬。③百忧集:各种忧愁都集在一起。　④颜色同:两人面部表情相同。从前文看,指同样忧愁。或解为"脸色和平",误。

闻官军收河南河北

收复蓟北的喜讯突然在剑外传扬,
一听见就激动得热泪盈眶。
回头一看,妻子们的满面愁云也已散尽,
我胡乱地卷起诗书,高兴得简直要发狂。
一反老年人的常态,我既欢唱还想痛饮,
在这花明柳暗的春季,正好与妻儿做伴还乡。

即刻顺流而下,从巴峡穿过巫峡,
再下襄阳直奔向我日夜思念的老家洛阳。

原　诗

剑外忽传收蓟北,①初闻涕泪满衣裳。
却看妻子愁何在,②漫卷诗书喜欲狂。
白首放歌须纵酒,③青春作伴好还乡。④
即从巴峡穿巫峡,便下襄阳向洛阳。⑤

注释

①剑外:指剑门关以南地区,即蜀中。收蓟北:宝应元年(762)十月,唐军屡破史朝义军,次年正月,史军兵变,擒史朝义降唐,延续七年的"安史之乱"基本结束。杜甫当时流寓梓州,作此诗。蓟北,在今河北省北部,是安史叛军的老巢。　②妻子:与下句"诗书"对仗,应解为妻与子。　③白首:一作"白日",与下句"青春"显得重复。"白首"点出人到老年,老年人难得"放歌",也不宜"纵酒",如今既要"放歌"、也想"纵酒",正是"喜欲狂"的表现。④"青春"句:今人多把"青春"拟人化,认为"作者与青春做伴还乡",不确。前面既写"妻子",则后面的"青春"一句自然应解为"青春"之时"妻子做伴还乡"。　⑤原诗末句后自注:"余有田园在东京(洛阳)。"

登　楼

楼前繁花盛开,反而使我心伤,
万方多难的年月,登上高楼眺望。
锦江春色,又一次来到天地,
玉垒浮云,依旧是变幻无常。
朝廷像北极星始终不会更改,
吐蕃侵略者别再纵兵逞强。
可怜昏庸的后主还留下祠庙,
我在暮色中且把《梁甫吟》吟唱。

原　诗

花近高楼伤客心,万方多难此登临。
锦江春色来天地,①玉垒浮云变古今。②
北极朝廷终不改,西山寇盗莫相侵。③
可怜后主还祠庙,④日暮聊为梁甫吟。⑤

注释

①锦江:岷江的支流,从四川省郫县流经成都西南。杜甫草堂即临近锦江。　②玉垒:山名,在今四川省茂汶羌族自治县。玉垒山东南的新保关,为蜀中通往吐蕃的要道。　③西山寇盗:指吐蕃。吐蕃于广德元年(763)十月攻陷长安,随即败退。十二月,又攻陷松、维、保三州。　④后主:刘备之子刘禅,在成都有他的祠庙。刘禅重用黄皓而亡国,作者以此暗讽唐代宗信任宦官程元振、鱼朝恩而被吐蕃攻陷京师。　⑤《梁甫吟》:诸葛亮"好为《梁甫吟》"。杜甫"聊为《梁甫吟》",大意是慨叹刘禅失去诸葛亮的辅佐而亡国,如今皇帝又重用小人,惜无诸葛亮一样的贤相来辅佐他。

绝　句

江水碧绿,白鸥更洁白耀眼,
山色青翠,红花将燃起火焰。
今年的春天眼看又要过去,
什么时候我才能回到故园?

原　诗

江碧鸟逾白,山青花欲燃。
今春看又过,何日是归年。

丹青引赠曹将军霸

将军,您是魏武帝的子孙,
如今已做了清寒的庶民。
雄据中原的伟业已成历史,

文采风流的家风又由您继承。

您初学书法,就从学习卫夫人入门,
深感苦闷的是超不过王羲之的水平。
于是潜心学画,忘记了年龄的增长,
什么功名富贵,都是与己无关的浮云。

开元盛世,您经常被皇帝召见,
多次承受殊遇,登上南薰宝殿。
凌烟阁上的功臣早已褐色,
您挥舞彩笔,竟能别开生面:
进贤冠又戴在良相的头上,
大羽箭又在猛将的腰间出现。
褒公、鄂公忽然间毛发飘动,
英姿飒爽,正指挥激烈的血战。

先帝的那匹骏马——玉花骢,
无数画工,都画不出它的精神。
这一天牵它来到大殿阶下,
昂首奋鬣,卷起一阵长风。
您奉诏展开素绢,略作拂拭,
然后凝神构思,匠心独运。
九重深宫突然跃出龙马,
把那些万古凡马一扫而空。

玉花骢却出现在皇帝的榻上,
榻上的和阶下的屹立相望。
皇帝含笑催促:"赶快赏赐黄金!"
在场的马夫和马官都惆怅迷惘。
您的弟子韩干早已升堂入室,
他画马也能画得穷形尽相。
可惜他只画马肉画不出马骨,
忍心使骅骝神凋气丧。

您擅长绘画仿佛有神,
偶然遇上佳士也乐于为他写真。
如今在战火兵戈中四处漂泊,
常为行路人画像,换几口残羹。
在困境中挣扎,反而屡遭白眼,
世上还有谁比你更穷!
不过您也不必为这事愤懑,
试看古今享盛名的人谁不困苦缠身!

原 诗

将军魏武之子孙,于今为庶为清门。①
英雄割据虽已矣,文采风流今尚存。②
学书初学卫夫人,③但恨无过王右军。④
丹青不知老将至,⑤富贵于我如浮云。
开元之中常引见,承恩数上南薰殿。⑥
凌烟功臣少颜色,将军下笔开生面。⑦
良相头上进贤冠,⑧猛将腰间大羽箭。⑨
褒公鄂公毛发动,⑩英姿飒爽来酣战。
先帝御马玉花骢,⑪画工如山貌不同。
是日牵来赤墀下,迥立阊阖生长风。⑫
诏谓将军拂绢素,意匠惨淡经营中。
斯须九重真龙出,一洗万古凡马空。
玉花却在御榻上,榻上庭前屹相向。
至尊含笑催赐金,圉人太仆皆惆怅。
弟子韩干早入室,⑬亦能画马穷殊相。
干惟画肉不画骨,忍使骅骝气凋丧。
将军画善盖有神,必逢佳士亦写真。
即今漂泊干戈际,屡貌寻常行路人。
途穷反遭俗眼白,世上未有如公贫。

但看古来盛名下,终日坎壈缠其身。⑭

注释

①"将军"两句:曹霸为魏武帝曹操之后,开元中已得名,天宝间官至左武卫将军。玄宗末年得罪,削为庶人。安史乱后流亡蜀中,广德二年(764)杜甫在成都遇见他,作此诗相赠。　②"文采"句:曹操及儿子曹丕、曹植都是杰出诗人,曹霸善画,也有文采。　③卫夫人:姓卫名铄,晋代汝阴太守李矩之妻,善隶书、正书,为著名女书法家,王羲之少年时曾跟他学习书法。　④王右军:即晋代大书法家王羲之,官至右军将军,故称王右军。　⑤丹青:绘画。　⑥南薰殿:在唐长安兴庆宫(旧址在今西安市兴庆公园)内。　⑦"凌烟"两句:贞观十七年,太宗命当时著名画家阎立本画功臣二十四人像于凌烟阁。至开元时,画像颜色已暗,玄宗命曹霸重绘。凌烟阁,在唐长安太极宫中。　⑧进贤冠:冠名,儒臣所戴。　⑨大羽箭:《酉阳杂俎》卷一"太宗好用四羽大笴长箭"。　⑩"褒公"句:段志玄被封为褒国公,尉迟敬德被封为鄂国公。　⑪玉花骢:与"照夜白"同为唐玄宗所乘骏马。　⑫阊阖(chāng hé):天子宫门。　⑬韩干:京兆蓝田人,经王维资助学画,师事曹霸,善绘肖像、人物、花竹,尤工画马。　⑭坎壈(kǎn lǎn):困苦、失意。

旅夜书怀

细草轻摇,微风在江岸上吹拂,
桅杆高耸,孤舟在静夜里漂浮。
星辰低垂,平野无限地扩展,
月光涌动,大江不停地奔流。
名嘛,难道因为能诗能文会日益显著?
官呢,大概由于又老又病就只好罢休!
我漂泊流浪,究竟与什么相似?
辽阔的天地之间,一只憔悴的沙鸥。

原　诗

细草微风岸,危樯独夜舟。
星垂平野阔,月涌大江流。
名岂文章著,官应老病休。
飘飘何所似?天地一沙鸥。

古 柏 行

孔明庙前有一棵古老的柏树,
枝柯像青铜,树根磐石般坚固。
霜皮溜雨,四十围围不拢它的粗干,
黛色参天,二千尺量不尽它的高度。
孔明与刘备君臣遇合,创建了千秋伟业,
他庙前的这棵大树也受到人们的爱护。
阴雨中浮动的翠霭远接巫峡的碧云,
明月下闪耀的寒光遥连雪山的银雾。

回想我从前曾绕道锦亭以东,
在先主庙的西院里凭吊武侯的英灵。
那里的古柏长在郊原,伟岸不群,
祠堂里丹青犹在,却寂寞无人。
夔州的这棵柏树虽然也长在孔明庙前,十分幸运,
却孤立于高山之上,经常受烈风的侵凌。
它枝繁叶茂,多赖神明的扶持,
它根正干直,也出于造化的丰功。

要支撑即将倾覆的大厦,需要巨梁高栋,
用一万头牛拖这棵古柏,也像山岳般沉重。
它从不炫耀文采,世人已感到惊异,
它自愿被人砍伐,可是谁肯把它运送!
它那一腔苦心,难免引来蝼蚁,
它那满树香叶,曾经栖息过鸾凤。
志士仁人又何必埋怨悲叹,
从古至今,超群的大材难被重用!

原 诗

孔明庙前有老柏,①柯如青铜根如石。
苍皮溜雨四十围,黛色参天二千尺。
君臣已与时际会,②树木犹为人爱惜。
云来气接巫峡长,月出寒通雪山白。③
忆昨路绕锦亭东,④先主武侯同閟宫。⑤
崔嵬枝干郊原古,⑥窈窕丹青户牖空。⑦
落落盘踞虽得地,冥冥孤高多烈风。⑧
扶持自是神明力,正直原因造化功。
大厦如倾要梁栋,万牛回首丘山重。⑨
不露文章世已惊,⑩未辞剪伐谁能送?
苦心岂免容蝼蚁,⑪香叶终经宿鸾凤。
志士幽人莫怨嗟:古来材大难为用!⑫

注释

①孔明庙:指四川夔州的武侯祠。这首诗大历元年(766)作于夔州。作者《夔州歌十绝句》其九云:"武侯祠堂不可忘,中有松柏参天长。" ②际会:遇合。 ③雪山:在四川省松潘县南,为岷山主峰。 ④锦亭:指成都的锦江亭。 ⑤閟(bì)宫:指祠庙。成都的武侯祠,在先主(刘备)庙西院。 ⑥崔嵬枝干:指成都武侯祠的双古柏,据说为诸葛亮所手植。崔嵬,高大貌。杜甫在成都所作的《蜀相》云:"丞相(指孔明)祠堂何处寻,锦官城外柏森森。" ⑦窈窕:深邃貌。丹青:彩绘。户牖空:形容空无一人。牖,窗户。 ⑧"落落"两句:前几句用成都孔明庙古柏作陪衬,从这两句起,又回到夔州孔明庙古柏。二者所不同的是:成都的长在平原,而夔州的却长在高山,受烈风侵袭。落落,独立不群。得地,谓长在孔明庙前。 ⑨"万牛"句:树大可作栋梁,但像山丘般沉重,万牛因拉不动而回首。 ⑩不露文章:言古柏朴实无华,不像桃李那样以花儿艳丽媚俗。 ⑪苦心:柏树心含有苦味。容蝼蚁:成为蝼蚁之穴。 ⑫材大难为用:借树喻人,抒发了作者怀才不遇的感慨。

江　上①

长江边上,连日来阴雨不收,

萧条秋意,弥漫于整个夔州。
急风吹过,树叶子纷纷飘坠,
深夜不寐,寒灯前紧裹貂裘。
建功立业的渴望,频看明镜,
被用被弃的焦虑,独倚高楼。
时局艰危,老想着报效君主,
多病体衰,却仍然不肯罢休。

原 诗

江上日多雨,萧萧荆楚秋。②
高风下木叶,永夜揽貂裘。
勋业频看镜,③行藏独倚楼。
时危思报主,衰谢不能休。④

注释

①这首诗,当作于大历元年(766)深秋,当时杜甫寓居夔州西阁。江上,长江边上。　②荆楚:这里指夔州。　③"勋业"两句:字少意多,极含蓄深厚,耐人寻味。大意是:从少年时代就渴望建立功勋、干一番有益于国家人民的事业,可是如今已五十四岁,仍然一事无成。正因为已五十四岁,体弱多病,来日无多,所以更急于建功立业,频繁地看镜,看已衰老成什么样子,还能不能实现建立功业的愿望。《论语·述而》云:"用之则行,舍之则藏。"杜甫是渴望被"用"以"行"其道的,可是至今未"用"。什么时候才被起"用"呢?难道就终于被"舍"弃,一辈子无所作为吗?是"行"、是"藏"的问题老是苦恼着他,这就是"独倚楼"的原因和心态。　④衰谢:衰老、凋谢。

诸将五首(其一)①

遥对南山的汉朝陵墓已在战乱中摧残,
千秋之后,胡虏又长驱直入,攻陷长安。
玉鱼金碗昨天才刚刚殉葬,珍品埋入地下,
宫阙陵寝今晨已被焚毁挖掘,宝物流散人间。
当前令人犯愁的是西戎的汗血马步步进逼,

朱旗闪闪,把北斗星都照得红如火燃。
多少将领正据守着泾河渭河一带的要地,
将军们啊!千万不可放松戒备,去作乐寻欢!

原　诗

汉朝陵墓对南山,②胡虏千秋尚入关。③
昨日玉鱼蒙葬地,早时金碗出人间。④
见愁汗马西戎逼,曾闪朱旗北斗殷。⑤
多少材官守泾渭?⑥将军且莫破愁颜。

注释

①诸将五首:这是一组著名的政论诗,也是杜甫七律名篇,代宗大历元年(766)秋作于夔州。第一首写吐蕃内侵,讽诸将不能御敌。　②南山:终南山。　③"胡虏"句:指胡虏汉代入关,如今又入关。《史记·匈奴列传》:"汉孝文皇帝十四年,匈奴单于十四万骑入朝那、萧关……掳人民畜产甚多。"《资治通鉴》载唐代宗广德元年十月,"吐蕃入长安……剽掠府库市里,焚闾舍,长安萧然一空。……太常博士柳伉上疏,以为犬戎犯关度陇,不血刃而入京师,劫宫阙,焚陵寝,武士无一人力战者"。自汉文帝十四年(前166)至唐代宗广德元年(763),将近千年,故称"千秋"。　④"昨日"两句:因为皇帝陵寝被焚掘,所以当年殉葬的玉鱼、金碗之类,如今已散在人间。"昨日"、"早时"(今早),极言变化之速。　⑤"见愁"二句:代宗永泰元年(765)九月,吐蕃与回纥连兵入寇,兵临奉天(今陕西省乾县),京师震恐。见,同"现"。殷(yān),赤黑色。　⑥"多少"句:永泰元年(765)九月吐蕃、回纥兵临奉天时,泾河渭河一带,唐兵云集,防守长安。郭子仪屯兵泾阳,李忠臣屯兵东渭桥,李抱玉屯兵凤翔,李日越屯兵盩屋。材官,即武将。

诸将五首(其二)

韩国公修筑了三座坚固的受降城,
本意是阻止突厥掠夺国土和人民。
怎会料到如今反而借来回纥的兵马,
救助朔方军才击退了吐蕃的入侵!

胡骑长驱,竟然使潼关丧失了险要,
高祖起兵,连晋水都变得澄清。
只让皇帝一个人为国家而操劳忧虑,
诸位将领啊!该拿什么来保卫升平?

原　诗

韩公本意筑三城,①拟绝天骄拔汉旌。②
岂谓尽烦回纥马,翻然远救朔方兵。③
胡来不觉潼关隘,④龙起犹闻晋水清。⑤
独使至尊忧社稷,⑥诸君何以答升平。

注释

①"韩公"句:唐中宗时,突厥经常南侵,景龙二年(708),朔方道大总管张仁愿筑三受降城(均在今内蒙古自治区内黄河北),以拂云祠为中受降城,在今包头西,东受降城在今托克托南,西受降城在今杭锦后旗乌加河北岸、狼山口南。三城相距各四百里,遥相接应,自是突厥不敢南侵。仁愿以功封韩国公,《新唐书》有传。　②绝:断绝、阻止。天骄:指突厥。拔汉旌:拔掉汉家旌旗,指入侵。　③"岂谓"两句:代宗永泰元年(765)吐蕃合回纥兵攻奉天、围泾阳,屯兵泾阳的郭子仪出见回纥统帅,劝与唐和好,共击吐蕃。回纥统帅接受意见,与唐军大破吐蕃军。回纥(hé),我国北方的一个少数民族,初为突厥的一支。朔方军,郭子仪所统部队。　④"胡来"句:责潼关守将无能。　⑤"龙起"句:史载唐高祖李渊起兵晋阳,晋水澄清。杜甫在这里追忆李渊以一旅取天下的往事,感叹国势陵夷、战乱不已。　⑥社稷:社,土神;稷,谷神。《白虎通·社稷》:"人非土不立,非谷不食。故封土立社,示有土也;稷,五谷之长,故立稷而祭之也。"后用"社稷"指代国家。

壮　游①

回忆我十四五岁的往年,
就已经驰骋在当时的文坛。
崔尚和魏启心等著名文士,
都说我比得上扬子云和班孟坚。

七岁时文思敏捷，诗情浩瀚，
一开口便高唱凤凰飞下云端。
九岁能写出雄健的大字，
积累的作品已盛满一篮。
个性豪放，已经喜欢痛快地饮酒，
嫉恶如仇，刚肠里容不得奸贪。
不愿与平庸浅薄的小青年厮混，
结交的都是年长的硕彦高贤。
酒醉后四望茫茫宇宙，
一切俗物都不肯放入眼帘。

我曾经漫游吴越，登到姑苏台上，
已经准备好大船，想浮海远航。
到现在还留下无穷的遗恨，
未能乘风破浪，直到扶桑。
追寻王谢的风流，已渺无踪迹，
凭吊阊间的坟墓，也十分荒凉。
虎丘山上的剑池，石壁耸立，
长洲苑里的荷花，正吐艳飘香。
在距离巍峨的阊门不远的地方，
有一座清庙辉映着曲折的池塘。
我每次去瞻仰吴太伯遗像，
都缅怀他让贤的往事，热泪盈眶。
每到一处，都联想当地的历史人物：
蒸鱼中暗藏匕首，王僚竟被刺身亡；
可笑那因家贫而妻子改嫁的买臣，
一当官就仗势摆阔，腰系印章。
枕戈尝胆，怀念誓雪国耻的勾践，
远渡浙江，想起统一六国的秦皇。
越女洁白，天下女子都不能相比，
盛夏苦热，一到镜湖便感到清凉。

剡溪钟灵毓秀,奇丽的景色真令人陶醉,
至今仍心驰神往,想淡忘也无法淡忘。

畅游了天姥便匆匆赶回东京,
受故乡荐举,在考场里竞霸争雄。
才气横溢,写得出屈原贾谊的辞赋,
目光远大,瞧不起曹植刘桢的诗文。
却违忤了考官的私意,竟然落榜!
独自告别洛阳,游兴更浓。
在齐赵一带游历,放荡任性,
轻裘肥马,称得上天下狂人。
春天上丛台游览,放声高唱,
冬季去青丘打猎,操练武功。
在皂枥林里呼鹰纵犬,
在云雪冈前驱虎逐熊。
扬鞭驰马,追射飞逃的野鸟,
引臂放箭,流血的鹜鸰落下高空。
苏侯在马背上仰天大笑,自比山简,
夸我比爱将葛强更加敏捷勇猛。
就这样度过了八九年快意的时光,
才西入潼关,来到宫阙连云的帝京。

往来酬唱的,个个是词坛宗匠,
一同游赏的,也都是政界贤王。
出入于侯门王府,曾受到隆重的礼遇,
献赋于丹墀御榻,得登上宏丽的殿堂。
天子顾不得吃饭,急忙召见,
群公云集,围观我振笔急书,文采飞扬。
虽然未被录取任命,也用不着惋惜,
受重用还是被抛弃,哪能自作主张!
一件貂裘,怎免越穿越破,
两鬓斑白,只好自己祝寿,独自举觞。

杜曲故里，老人们一批又一批地更换，
四郊不断地增添新坟，也增添白杨。
我逐渐被让到上席就坐，受人尊敬，
一天比一天深切地感受到生死的匆忙。
豪门权贵，千方百计地掠夺倾轧，
获罪灭族，接二连三地遭受祸殃。
朝廷的舞马，吃光了民间的粟豆，
皇帝的斗鸡，也需要平民输送稻粱。
略举数例，便可想见何等奢侈浪费，
引证历史，怎能不痛惜国家的危亡！

河北乱起，安史叛军横冲直闯，
玄宗逃亡，经过蜀道奔向锦江。
肃宗即位，两宫都有森严的警戒，
虽与玄宗相隔万里，仍遥遥相望。
招集兵将，崆峒一带腾起杀气，
部署平叛，黄色的旌旗迎风飘扬。
命太子广平王为元帅，正像大禹命子，
指挥天下兵马，像黄帝在涿鹿摆开战场。
肃宗离开灵武，在凤翔建立临时政府，
官军英勇奋战，像猛虎吞食豺狼。
可惜房琯误用车战，全军大败，
叛军更焚杀掳掠，气焰嚣张。
郭子仪又草草出兵，作战失利，
以致生灵涂炭，国家病入膏肓。

我滥竽左拾遗的职务，想弥补皇上的缺失，
忧愤国事，心潮像江水一样飞驰。
上感九庙在叛军的烈火中焚毁殆尽，
下悯万民在战乱中死里逃生，无衣无食。
这期间我跪伏在御榻前面，
一口气陈述己见，顾不得言辞太直。

国君受辱,我怎敢爱惜性命!
虽然触怒了龙颜,却幸免处死。
圣主竭力躬行恕道,实施仁政,
终于收复两京,可望重见盛世。
回到长安,我在灰烬中痛哭九庙,
满怀辛酸,在未央宫朝见天子。

小臣早已没有机会议论朝政,
多年来在陇右剑外一带漂泊,又老又病。
心胸郁结,什么时候才能舒展,
翅膀低垂,哪有良药医治伤痛?
深谷萧瑟,在秋风中眼看着草萎木凋,
碧蕙香残,在荒园里忍受着露寒霜冷。
追随重耳流亡归来的介之推,逃避奖赏,
放浪江湖的渔父,唱《沧浪歌》自明心性。
不曾建功立业而享受富贵荣华,
必然像未结硕果的花草被严霜葬送。
我看那辅佐勾践破吴的范蠡功成身退,
他的才能和品格都异常出众。
攻城略地的群凶还在祸国殃民,
我企盼着英雄平定大乱,使黎民重享升平。

原　诗

往昔十四五,出游翰墨场。
斯文崔魏徒,②以我似班扬。③
七龄思即壮,开口咏凤凰。
九龄书大字,有作成一囊。
性豪业嗜酒,④嫉恶怀刚肠。
脱略小时辈,⑤结交皆老苍。
饮酣视八极,俗物多茫茫。
东下姑苏台,⑥已具浮海航。⑦

到今有遗恨，不得穷扶桑。⑧
王谢风流远，⑨阖闾丘墓荒。⑩
剑池石壁仄，⑪长洲芰荷香。⑫
嵯峨阊门北，⑬清庙映回塘。⑭
每趋吴太伯，⑮抚事泪浪浪。
蒸鱼闻匕首，⑯除道哂要章。⑰
枕戈忆勾践，⑱渡浙想秦皇。⑲
越女天下白，鉴湖五月凉。⑳
剡溪蕴秀异，㉑欲罢不能忘。
归帆拂天姥，㉒中岁贡旧乡。㉓
气劘屈贾垒，㉔目短曹刘墙。㉕
忤下考功第，㉖独辞京尹堂。㉗
放荡齐赵间，裘马颇清狂。
春歌丛台上，㉘冬猎青丘旁。㉙
呼鹰皂枥林，逐兽云雪冈。
射飞曾纵鞚，㉚引臂落鹙鸧。
苏侯据鞍喜，㉛忽如携葛强。㉜
快意八九年，西归到咸阳。㉝
许与必词伯，赏游实贤王。
曳裾置醴地，㉞奏赋入明光。㉟
天子废食召，群公会轩裳。㊱
脱身无所爱，㊲痛饮信行藏。㊳
黑貂宁免敝，㊴斑鬓兀称觞。㊵
杜曲换耆旧，㊶四郊多白杨。
坐深乡党敬，㊷日觉死生忙。
朱门务倾夺，赤族迭罹殃。㊸
国马竭粟豆，官鸡输稻粱。㊹
举隅见烦费，引古惜兴亡。
河朔风尘起，㊺岷山行幸长。㊻

两宫各警跸，(47)万里遥相望。(48)
崆峒杀气黑，(49)少海旌旗黄。(50)
禹功亦命子，涿鹿亲戎行。(51)
翠华拥吴岳，(52)螭虎啖豺狼。
爪牙一不中，(53)胡兵更陆梁。(54)
大军载草草，(55)凋瘵满膏肓。(56)
备员窃补衮，(57)忧愤心飞扬。
上感九庙焚，(58)下悯万民疮。
斯时伏青蒲，(59)廷争守御床。(60)
君辱敢爱死？赫怒幸无伤。
圣哲体仁恕，宇县复小康。
哭庙灰烬中，鼻酸朝未央。
小臣议论绝，老病客殊方。
郁郁苦不展，羽翮困低昂。
秋风动哀壑，碧蕙捐微芳。
之推避赏从，(61)渔父濯沧浪。(62)
荣华敌勋业，岁暮有严霜。
吾观鸱夷子，(63)才格出寻常。
群凶逆未定，侧伫英俊翔。

注释

①壮游：大历元年(766)深秋作于夔州。从七岁开始学诗写起，直写到垂老久客巴蜀，是杜甫的一篇诗体自传。　②崔魏：作者原注："崔郑州尚，魏豫州启心。"崔尚是武则天时的进士，魏启心是中宗时的进士。　③班扬：班固，东汉史学家、文学家，字孟坚，著《汉书》及《两都赋》等；扬雄，西汉文学家、哲学家，字子云，著《长杨赋》、《甘泉赋》、《羽猎赋》等。④业：已经。　⑤脱略：疏远、脱离。　⑥姑苏台：在姑苏山(今苏州市西南)上，相传是吴王阖闾所建。　⑦具：具备。航：航船。　⑧扶桑：东海中的神树，神话传说日出扶桑。亦指日本国。　⑨王谢：东晋两大名族，出了王导、谢安等风流人物，其第宅在金陵(今南京市)乌衣巷。　⑩阖闾：春秋时吴王，其墓在今苏州虎丘。　⑪剑池：在今苏州虎丘，有石壁高数丈，相传是吴王阖闾铸剑处。仄：峭耸貌。　⑫长洲：苑名，遗址在今苏州西南。　⑬阊门：春秋时吴都(今苏州)城门名。《吴越春秋》：阖闾欲西破楚，楚在西北，故立阊门以通天气。⑭清庙：指吴太伯庙。　⑮吴太伯：周文王的伯父，本该由他继承王位，他却为了让位于弟弟

季历(文王之父)而逃到南方,详见《史记·吴太伯世家》。墓在今苏州城北梅里聚,庙距墓不远。 ⑯"蒸鱼"句:事见《史记·刺客列传》:"伍子胥知公子光欲杀吴王僚,乃进专诸于公子光。光具酒请王僚,使专诸置匕首鱼炙之腹中而进之,既至王前,专诸擘鱼,因以匕首刺王僚。王僚立死,公子光遂自立为王,是为阖闾。" ⑰"除道"句:朱买臣家贫苦读,妻子嫌穷改嫁。后来被任为会稽太守,未去上任,先还乡访友,仍穿旧衣,却故意从腰间露出官印的绶带,让朋友猜出他当了官。正式上任时官府派老百姓为他"除道"(清扫道路),朱买臣的前妻和丈夫也在"除道"的人群中。详见《汉书·朱买臣传》。杜甫游会稽时想这些事,认为"除道"、"要(腰)章",都是可哂(笑)的。 ⑱"枕戈"句:春秋时越国为吴国所破,越王勾践卧薪尝胆,终破吴国。见《史记·越王勾践世家》。南梁沈初明《劝进梁元帝第三表》:"横剑泣血,枕戈尝胆。"枕戈,枕着武器,喻报仇雪耻的决心。 ⑲渡浙:秦始皇曾渡浙江,上会稽,祭大禹,详见《史记·秦始皇帝本纪》。 ⑳鉴湖:即镜湖,在今浙江绍兴。 ㉑剡溪:在今浙江嵊县东南。 ㉒天姥:在今浙江剡县。 ㉓"中岁"句:杜甫于二十四岁回到巩县故乡,得县府荐举到东京洛阳参加进士科考试。 ㉔劘(mó):迫近。屈贾:屈原、贾谊。垒:壁垒。 ㉕曹刘:曹植、刘桢,皆建安杰出诗人。 ㉖"忤下"句:因触忤考功而下第。唐初贡举,由考功员外郎主试。第,指榜上的姓名次第,落榜叫"下第"、"落第"。 ㉗京尹堂:京兆尹的公堂,这里指洛阳。 ㉘丛台:战国时赵王故台,在今河北邯郸市。 ㉙青丘:在今山东广饶县,齐景公曾在此打猎。 ㉚纵鞚(kòng):驰马。 ㉛苏侯:作者原注:"鉴门胄曹苏预。"与杜甫一起打猎。侯,古代对男子的尊称。 ㉜"忽如"句:此句接上句,言苏侯见杜甫善射,便在马背上大喜,自比山简而以葛强比杜甫,说他像山简携着葛强来此打猎。《晋书·山简传》:"举鞭问葛强,何如并州儿。"葛强,晋人山简的爱将。 ㉝咸阳:指长安。 ㉞曳裾:提起衣襟行走,形容出入门槛的形状。《汉书·邹阳传》:"何王之门,不可曳裾。"置醴:用"楚元王敬穆生,置醴以代酒"典,表示受贤王敬重。醴,甜酒。 ㉟奏赋:武则天曾"命铸铜为匦,其东曰'延恩',献赋颂求仕进者投之"。玄宗时此匦仍存。杜甫于天宝九载(750)秋投《雕赋》及《进雕赋表》,无结果。天宝十载(751)五月玄宗举行了三个典礼:祭礼玄元皇帝(老子),祭祀太庙(唐王室的宗庙),祭礼天地。杜甫趁机献三大礼赋:《朝献太清宫赋》、《朝享太庙赋》、《有事于南郊赋》。玄宗看到后命杜甫待制集贤院,让宰相考试,杜甫由此声名大噪,但一直没有录取任命。杜甫对献赋引起玄宗注意的这件事一直念念不忘。晚年作的《莫相疑行》里说:"忆献三赋蓬莱宫,自怪一日声辉赫。集贤学士如堵墙,观我落笔中书堂。"《秋兴》中说"彩笔昔曾干气象"。明光:汉官殿名,这里指中书堂。 ㊱会轩裳:言群公坐官车、穿官服前来会聚。轩,官车。裳,官服。 ㊲无所爱:无所惋惜。爱,此处作"惜"讲。 ㊳信:任凭。行藏:用《论语·述而》"用之则行,舍之则藏"意。 ㊴"黑貂"句:用苏秦典。《战国策·秦策一》:苏秦"说秦王,书十上而说不行,黑貂之裘敝,黄金百金尽"。 ㊵斑鬓:两鬓花白,言年老。兀:兀自。称觞:举杯祝酒。《杜臆》:"'斑鬓称觞',知古人亦庆寿矣。" ㊶杜曲:即杜陵,在长安南,杜甫故里。 ㊷坐深:坐在上席。从室外往室内看,坐上席者在深处。此句谓由于自己越来越老,在乡里聚会时,逐渐被让到上席,受乡党尊敬。陈师道诗"坐下渐多人",实由杜甫此句化出,却不如杜句含蓄蕴藉。或解"坐深"为"坐,因。深,年纪大",大谬。 ㊸赤族:诛灭全族。《汉书·扬雄传下》:"客徒欲朱丹吾毂,不知一跌,将赤吾之族也。"颜师古注:"诛杀者必流血,故云赤族。" ㊹"国马"两句:国马,仇注引《考工记》"国马"解释,《汉语大词典》亦引《考工记》郑玄注:"国马,谓种马、戎马、齐马、道马。"但杜甫此处"国马"与"官鸡"并举,斥为"烦费"。此后所作《斗鸡》又以"斗鸡初赐锦"与"舞马既登床"并提,则杜甫所说的"国马"实指"舞马","官鸡"实指"斗鸡"。《明皇杂录》:"玄宗令教舞马四百匹,各分左右部,衣以文绣,络以金铃,饰其鬃鬣,间以珠玉。其曲谓之《倾杯乐》者数十回,奋首鼓尾,纵横应节。又施三层板床,乘马于上,抃转如飞。或令壮士举榻,舞于榻上。"《东城父老传》:"玄宗立鸡坊于两宫间,索长安雄鸡金毫铁距、高冠昂尾者数千,养于鸡坊,选六军小儿五百人,使驯养教饲。"华清宫内有斗鸡殿。 ㊺"河朔"句:天宝十四载十一月,安禄山在范阳发动叛乱,以讨杨国忠为名,所部十五万人,河北郡县多望风瓦解。 ㊻"岷山行幸":指唐玄宗逃到成都。古代称皇帝出游为"行幸"。 ㊼两宫:指玄宗、肃宗父子。玄宗于天宝十五载(756)六月离长安逃蜀,留太子李亨讨安禄山。七月,太子到灵武(今宁夏灵武南)即位,改元至德,是为肃宗,尊玄宗为太上皇。警跸(bì):帝王出行时的警戒。 ㊽"万里"句:灵武、成都虽相隔万里,仍互通声气。 ㊾"崆峒":山名,在甘肃平凉。肃宗在平凉招集兵马以讨叛军,"官军益振。时贼据长安,知上(指肃宗)治兵河西,三辅百姓皆曰:'吾太子大军即至!'贼望西北尘起,有时奔走"(《旧唐书·肃宗纪》)。 ㊿"少海"句:"天子比大海,太子为少海"(《东宫故事》)。玄宗太子李亨即位为肃宗,故用天子黄色旌旗。 ㉛"禹功"两句:仇注:"命子,上皇禅位;戎行,肃宗亲征。"浦注则谓"命子"、"戎行"指"广平为元帅","肃宗并无亲征事"。今人郑文《杜诗檠诂》同意浦注而加考论,较可取。天宝十四载(肃宗至德元载)九月,肃宗以其子广平王俶为天下兵马大元帅。涿鹿:山名,在今河北省涿鹿县东南,相传黄帝与蚩尤战于涿鹿之野。"涿鹿亲戎行",谓广平王为天下兵马大元帅亲临战场,指挥平叛。 ㉜"翠华"句:写肃宗政府南迁凤翔。翠华,天子仪仗,亦指天子。吴岳,即吴山,在凤翔附近。 ㉝"爪牙"句:指房琯兵败陈涛斜(至咸阳东)。杜甫作《悲陈陶》记其事。爪牙,指朝廷重臣。一不中,一旦失误。 ㉞陆梁:猖狂。 ㉟"大军"句:至德二载(757)四月,叛军至太和关,凤翔大骇,肃宗以郭子仪为天下兵马副元帅,使将兵赴凤翔。子仪与王思礼军合于西渭桥,叛军安守忠等部屯军长安城西清渠。五月,安守忠伪退,子仪全军追击,安守忠军为长蛇阵,首尾夹击官军,官军大败。详见《通鉴·唐记》。载,同"再"。草草,草率。 ㊱涠瘵(zhài):涠伤、疾病。膏肓:我国古代医学把心尖脂肪叫"膏",把心脏和膈膜之间叫"肓",认为都是药力达不到的地方,病入膏肓,便是死症。 ㊲备员:充数,自谦之词。衮:皇帝的龙袍,有洞便要补。故把给皇帝提意见以补救其过失叫"补衮"。杜甫当时任左拾遗,职务是为皇帝"拾遗补阙",即谏诤、提意见。 ㊳九庙:指帝王的宗庙。祖庙五、亲庙四,共九庙。 ㊴青蒲:指天子内庭。《文选·任昉

〈天监元年策秀才文〉三》:"比虽辐辏阙下,多非政要;日伏青蒲,罕能切直。"李翰周注:"青蒲,天子内庭也,以青色规之,而谏者伏其上。" ⑥廷争:当廷谏诤。 ⑥"之推"句:介之推随晋公子重耳流亡十九年,重耳回国即位,即晋文公。介之推为逃避赏赐,偕母隐居绵山。 ⑥"渔父"句:《楚辞·渔父》写一渔父对屈原唱道:"沧浪之水清兮,可以濯我缨;沧浪之水浊兮,可以濯我足。" ⑥鸱(chī)夷子:范蠡辅佐勾践破吴之后即放浪江湖,改名鸱夷子皮。

秋兴八首① (其三)

拥有千把户人家的夔州山城,
静静地沐浴着清晨的阳光。
我每天独坐江楼,
在淡青的山色中静观冥想。
那泛舟江上的渔人啊!
已经几日几夜,还为捕鱼奔忙。
深秋的燕子尚未南归,
还在我面前故意飞翔。
我曾像匡衡上疏献策,
却福浅命薄,功名无望。
我又想效法刘向传经讲学,
也岁月蹉跎,心愿未偿。
少年时代的同学大都做了大官,
轻裘肥马,在京城里趾高气扬。

原 诗

千家山郭静朝晖,日日江楼坐翠微。②
信宿渔人还泛泛,③清秋燕子故飞飞。
匡衡抗疏功名薄,④刘向传经心事违。⑤
同学少年多不贱,五陵衣马自轻肥。⑥

注释
①《秋兴》八首组诗作于大历元年(766)秋天。悲秋忧时,回忆长安,自伤身世,沉实高华,是

杜甫七律的代表作。 ②翠微:淡青的山色。 ③信宿:宿,夜晚;信,再宿。 ④"匡衡"句:杜甫说他虽然也像匡衡上疏,却未被采纳,还遭到贬斥。匡衡,西汉经学家,元帝时官至丞相。《汉书》本传说他上疏言政事,皇上悦其言,升为光禄大夫、太子少傅。 ⑤刘向:西汉经学家。《汉书》本传说他"讲论五经于石渠,复拜为郎中,给事黄门,迁散骑谏议大夫、给事中"。 ⑥五陵:指长安、咸阳间的五座汉代帝五陵墓,此处代指长安。

秋兴八首(其四)

听说长安的政局,像下棋一样变幻无常。
百年来的世事,真令我无限悲伤!
王侯们的大宅甲第,不断更换新贵,
朝廷里的武将文臣,也不像昔日的模样。
直北关山击鼓鸣金,声震天地,
征西车马羽书交驰,尘土飞扬。
秋江凄冷,潜伏水底的鱼龙何等寂寞!
我曾居住多年的故都啊,怎能不日夜神往?

原 诗

闻道长安似弈棋,百年世事不胜悲。
王侯第宅皆新主,①文武衣冠异昔时。②
直北关山金鼓震,③征西车马羽书驰。④
鱼龙寂寞秋江冷,⑤故国平居有所思。⑥

注释

①"王侯"句:《封氏闻见记》卷五《第宅》云:"则天以后,王侯妃主京城第宅日加崇丽。至天宝中,御史大夫王𫓧有罪赐死,县官簿录太平坊宅,数日不能遍。……安禄山初承宠遇,敕营甲第,聚材之美,为京城第一。太真妃诸姊妹宅第尤为壮丽。曾不十年,皆相次覆灭。"其"皆新主"可见一斑。又如中书令马周宅变为虢国夫人宅,卫国公李靖宅变为李林甫宅,类似者不一而足。 ②"文武"句:古代衣冠按封建等级身份制定,故此处以衣服代百官。代宗以李辅国为司空兼中书令,以宦官鱼朝恩为天下观军容宣慰处置使、加判国子监事,又以裴冕、白志贞等不知书的武夫为集贤待诏,都失去用人制度,不像样子。所以说"异昔时"。

③直北:正北,这里指长安的正北。金鼓震:指抗击回纥的战争。金,钟也。击鼓则进,鸣金则退。 ④征西:指抗击吐蕃。羽书:插有鸡毛以表示特别紧急的军中文书。 ⑤"鱼龙"句:此句暗喻作者当时的处境和心态。"秋"应《秋兴》,"江"指长江,写作者所处的时、地。"鱼龙以秋日为夜",故"秋江"中的"鱼龙"感到"寂寞"。 ⑥故国:指国都长安。

咏怀古迹五首(其一)①

我曾在东北卷起的战尘中流离多年,
又渡陇入蜀,漂泊于西南的天地之间。
"复道重楼"的夔州正消磨我晚年的岁月,
与衣服鲜艳的五溪人共处云山。
宠用安禄山这样的胡羯终于酿成大乱,
使伤时忧国的词客至今未能回还。
庾信的平生啊,遭逢丧乱,最是萧瑟,
而他那思念故国的暮年诗赋,却震动江关。

原 诗

支离东北风尘际,②漂泊西南天地间。
三峡楼台淹日月,③五溪衣服共云山④
羯胡事主终无赖,⑤词客哀时且未还。⑥
庾信平生最萧瑟,暮年诗赋动江关。⑦

注释

①这组诗作于大历元年(766)秋天,是与《诸将五首》、《秋兴八首》鼎立的七律组诗名篇,分咏夔州、三峡一带的五处古迹,第一首咏庾信故居。 ②支离:流离。东北:古今注家无确解。按应与"风尘"连读,"东北风尘",指安史于渔阳、范阳起兵叛乱。第五句"羯胡事主终无赖",与首句呼应。 ③三峡:指夔州。楼台:杜甫《夔州歌十绝句》其四以"复道重楼锦绣悬"写夔州,《秋兴八首》其三也说"日日江楼坐翠微"。淹:淹留。 ④五溪:今湖南西部。五溪人古称"五溪蛮"(见《水经·沅水注》),《后汉书·南蛮传》称南蛮"好五色衣服"。 ⑤羯胡事主:指安禄山被玄宗宠信重用。 ⑥词客:作者自指,兼含庾信,引出尾联。 ⑦"庾信"两句:庾信,字子山,南北朝诗赋家。仕梁为东宫学士,领建康令,侯景作乱,逃至江陵。其后出使西魏,西魏灭梁,庾信被留,历仕西魏、北周。虽位至通显而常思念故国,作

《哀江南赋》以见意。杜甫的这首诗咏庾信故宅,前六句好像都讲自己,与庾信无关。其实"羯胡"句承首句"东北风尘",安禄山叛唐正像侯景叛梁;"词客"句承"漂泊",杜甫思故国,也似庾信哀江南。身世有相似处,怜庾亦自怜。庾信生平萧瑟而"暮年诗赋动江关",杜甫亦以此自喻,表现了他对晚年诗歌成就的高度自信。

咏怀古迹五首(其二)①

我见到草木摇落,秋气凄凉,
就更加懂得宋玉的内心多么悲伤。
他文采风流,风度儒雅,
我对他也像对老师一样无限景仰。
我忍不住流下同情的眼泪,
怅望他于遥遥千载之上。
虽然未能生于同一时代,
而身世萧条,又与我何其相像!
江边的旧宅早已荡然无存,
他那华美的辞赋却至今四海传扬。
"阳台云雨",难道真是描写梦境,
而不是讽谏那好色的襄王?
最可悲哀的是楚国的宫殿已全部泯灭,
船家指点,总令人将信将疑,不胜迷惘。

原 诗

摇落深知宋玉悲,②风流儒雅亦吾师。
怅望千秋一洒泪,萧条异代不同时。
江山故宅空文藻,云雨荒台岂梦思?③
最是楚宫俱泯灭,舟人指点到今疑。

注释

①这首诗咏宋玉故宅。宋玉故宅位于三峡中的归州(今湖北省秭归县)。庾信《哀江南赋》云:"诛茅宋玉之宅。"庾信因避侯景之乱遁至此处,居宋玉故宅。 ②"摇落"句:宋玉是战

国楚辞赋家,晚于屈原,或称是屈原的学生,详见《史记·屈原贾生列传》。其流传作品,《九辩》最可信,一开头便说:"悲哉!秋之为气也,萧瑟兮!草木摇落而变衰。"全篇叙述了他在政治上不得志的悲伤。　③"云雨"句:宋玉《高唐赋》:"昔者先王尝游高唐,怠而昼寝,梦见一妇人曰:'妾,巫山之女也……'王因幸之,去而辞曰:'妾在巫山之阳,高丘之阴,旦为朝云,暮为行雨,朝朝暮暮,阳台之下。'"巫山"神女峰"、"神女庙",即由此附会而来。此句中的"云雨",即"旦为朝云,暮为行雨","荒台"即"阳台"。作者认为这并非真的说梦,而是别有用意。

又呈吴郎①

西边的邻居来到堂前打枣子,
我一贯和颜悦色由她打。
她无夫无儿没饭吃,
是个孤苦伶仃的老大妈。
如果不是饥肠辘辘没办法,
怎会把别人的枣子偷偷打?
正因为来打枣子心恐惧,
更应该加倍体贴亲近她。
你这个远来的客人做了房主人,
她想来打枣怕你骂。
她的顾虑虽然不必要,
可是你毕竟稀稀拉拉插了竹篱笆。
她曾对我哭诉官吏搜刮又搜刮,
搜刮得除了剩下一把骨头还有啥?
战火纷飞拿什么供养兵和马,
一想到这些就令人忧心如焚泪如麻!

原　诗

堂前扑枣任西邻,②无食无儿一妇人。
不为困穷宁有此?③只缘恐惧转须亲。④
即防远客虽多事,便插疏篱却甚真。
已诉征求贫到骨,正思戎马泪沾巾。

注释

①大历二年(767),杜甫迁居夔州瀼西草堂,后来又在瀼西对岸的东屯修了房子,而把瀼西草堂借给刚从忠州来到夔州做司法参军的亲戚吴南卿。杜甫住瀼西草堂的时候,西邻的一位老寡妇常来堂前打枣吃,诗人对她很体贴。可是吴南卿一来,就用篱笆把枣树围起来,诗人便作了这首诗,以诗代简,表现了对穷人的同情和战乱的忧虑。吴的年辈比杜甫小,所以此前写过一首《简吴郎司法》,而这一首却不称"简"而称"呈",意在尊重对方,使他乐于接受意见。 ②任:任凭、由他。 ③宁有此:怎会有这种事(指打枣)。④转须亲:反而应该亲近。

江 汉①

滔滔江汉间渴望回乡的游子,
莽莽乾坤中受人轻视的腐儒。
天边的片云跟我的行踪一般遥远,
夜深的明月与我的处境同样孤独。
日暮途穷,这颗心仍存壮志,
秋风凉冷,一身病也会复苏。
古来不抛弃无力负重行远的老马,
因为它能识路,不会把人们引入歧途。

原 诗

江汉思归客,乾坤一腐儒。②
片云天共远,永夜月同孤。
落日心犹壮,秋风病欲苏。
古来存老马,不必取长途。③

注释

①此诗当作于大历三年(768),作者在今湖北江陵。江汉,长江、汉水。 ②腐儒:迂腐的读书人,作者自称。 ③"古来"两句:古来存养老马,不是看中它能奔走远路。言外之意是,老马虽然不能奔走远路,却另有用处。《韩非子·说林上》:"管仲、隰朋从于桓公而伐孤竹,

春往冬返,迷惑失道。管仲曰:'老马之智可用也。'乃放老马而随之,遂得道。"后因以"老马识途"比喻富有经验,能为先导。此处杜甫以"老马"自喻。

蚕谷行

全国郡县约有上万座大城,
没有一城没有甲兵!
怎能把甲兵铸成农具,
每一寸荒田都让牛耕?
牛都耕田,
蚕也养成,
士兵不再泪纵横。
农夫织女边劳动来边歌唱,
丰衣足食乐融融。

原 诗

天下郡国向万城,①无有一城无甲兵。②
焉得铸甲作农器,一寸荒田牛得耕?③
牛尽耕,蚕亦成。
不劳烈士泪滂沱,④男谷女丝行复歌。⑤

注释

①郡国:泛指地方行政区。向:将近。 ②甲兵:铁甲和兵器。 ③牛得耕:牛得以耕地,意谓战乱时牛不得耕地。 ④烈士:志士。这里指为国平乱的士兵。 ⑤男谷女丝:男种谷,女养蚕、纺织。

登岳阳楼

早就听说过洞庭湖的美名,却无缘观览,
如今登上岳阳城楼,才惊叹它浩渺无边。
辽阔的吴国与楚国,被它分割得一东一南,
日月星辰,都在它怀抱里出没隐现。
亲友久别,连一个字的音信也无法得到,
又老又病,付托身家性命的只有一条小船。
关山万里,到处都是兵荒马乱,
凭栏北望,忍不住涕泪涟涟。

原 诗

昔闻洞庭水,今上岳阳楼。[①]
吴楚东南坼,乾坤日夜浮。
亲朋无一字,老病有孤舟。
戎马关山北,[②]凭轩涕泗流。

注释

[①]"今上"句:杜甫于大历三年(768)冬末漂泊到岳阳(今属湖南),登岳阳楼。岳阳楼在岳阳城的西门上,高三层,为江南三大名楼之一,下临洞庭湖。古代洞庭湖十分辽阔,有"八百里洞庭"之称。 [②]戎马:兵马。关山北:北面的关塞山河。这时吐蕃入寇,以长安为中心的广大地区都陷于战乱之中。

白居易诗选译

讽 谕 诗

读张籍古乐府①

张君是做什么的人？
写了三十年的诗文；
尤其擅长乐府诗歌，
谁能赶上他的水平。
什么是作诗的宗旨？
发扬"六义"的精神；
除了风、雅、比、兴，
从不写空洞的作品。

读了他的《学仙诗》，
可以讽劝荒淫的国君；
读了他的《董公诗》，
可以教训贪暴的人臣；
读了他的《商女诗》，
能使凶悍的妇女和顺；
读了他的《勤齐诗》，
能使刻薄的男子宽仁。
上可以帮助教化，
推广了能够救济万民；
下可以陶冶性情，
缩小了也能教育个人。
从青春时代开始，
直到白发萧萧的年龄。
日日夜夜地写啊，写啊，
耗费了多少体力和脑筋！

当前没有采诗的官员，

作品像灰尘一样抛弃；
恐怕等到你离开人间，
不久就会湮没、散佚。
希望能在秘阁里珍藏，
永远没有损坏的危机；
希望能在乐府中歌唱，
时常传入皇帝的耳里。

语言是思想的枝叶，
行为是文章的根本；
所以读了他的诗歌，
也能了解他的人品。
为什么快要五十岁了，
还做着小官忍受贫穷？
害着眼病在街西居住，
没有人肯上他的家门！

原 诗

张君何为者？业文三十春；
尤工乐府诗，举代少其伦。
为诗意如何？"六义"互铺陈；②
风雅比兴外，未尝著空文。
读君《学仙诗》，可讽放佚君；
读君《董公诗》，可诲贪暴臣；
读君《商女诗》，可感悍妇仁；
读君《勤齐诗》，可劝薄夫淳。③
上可裨教化，舒之济万民；
下可理情性，卷之善一身。
始从青衿岁，④迨此白发新。
日夜秉笔吟，心苦力亦勤。
时无采诗官，⑤委弃如泥尘；

恐君百岁后,⑥灭没人不闻。
愿藏中秘书,⑦百代不湮沦;
愿播内乐府,时得闻至尊。
言者志之苗,行者文之根;
所以读君诗,亦知君为人。
如何欲五十,官小身贱贫?⑧
病眼街西住,⑨无人行到门!

注释

①张籍(765—830):字文昌,唐代和州乌江(今安徽和县东北)人。贞元十五年(799)进士,曾做过水部员外郎,最后做国子司业,所以被称为张水部、张司业。新、旧《唐书》的《张籍传》中都说他的诗与白居易齐名。他的乐府诗极受同时和后代的大诗人推重,和同时期的另一诗人王建的同类诗作合在一起,被称为《张王乐府》。在我们看来,其中也的确有许多在思想和艺术上都达到完美境界的作品。他沿用乐府旧题写的"古乐府"有《猛虎行》、《行路难》、《关山月》、《董逃行》等。 ②"六义"是风、雅、颂、赋、比、兴。见《诗经》的《大序》。 ③"读君"六句:白居易在这里提到的《勤齐》、《商女》等诗,已经失传。 ④青衿岁:这里是指进学的年龄。青衿,学子穿的衣服。 ⑤采诗:采集诗歌。《汉书·艺文志》:"古有采诗之官,王者所以观风俗、知得失、自考正也。" ⑥百岁后:死后。 ⑦中秘书:即禁中(天子居住的地方)珍藏图书的秘阁。汉代以后,秘阁由秘书监掌管。 ⑧"如何"两句:张籍于元和初年开始做太常寺太祝,直到元和九年(814)还没有晋升(白居易在元和九年作的《张十八》诗中说:"独有咏诗张太祝,十年不改旧官衔")。这里所说的是他做太常寺太祝时的情况。 ⑨"病眼"句:张籍在做太常寺太祝时期,僻居长安延康里西南的西明寺后,曾害过三年之久的眼病,几乎到了"两目不见物"的地步。参看韩愈的《代张籍与李浙东(逊)书》及孟郊的《赠张籍》诗。

哭孔戡诗①

洛阳的人们哪一个不死,
孔戡的死讯直传到长安。
我是了解孔戡的人啊,

听到死讯伤透了心肝！
孔戡在山东的军队里工作，
不受不义行为的侵犯；
收拾行李向西方走来，
他的性格直得像弓弦。
官吏能够像这种样子，
大家都认为非常稀罕。
人人说圣明的朝代，
应该用他在中央机关。
有的希望他担任谏官，
一有大事他必然发言；
有的希望他身居宪府，
一遇奸臣他必然纠弹。
可惜这两种希望都没有实现，
到死还做着一员闲官；
竟然得不到一天机会，
在皇帝面前畅所欲言。
他的躯壳和普通人一样，
埋葬在北邙山上的坟园；
他平生的浩然正气，
在刚肠里蕴结屈盘。

贤人的天职是造福人民，
生死握在老天的手中。
如果说老天不爱人民，
为什么要生这样的贤人！
如果说老天真爱人民，
为什么要夺贤人的生命！
渺渺茫茫的宇宙中间，
是谁操着这样的权柄？

原 诗

洛阳谁不死,戡死闻长安。
我是知戡者,闻之涕泫然!
戡佐山东军,非义不可干;②
拂衣向西来,③其道直如弦。
从事得如此,人人以为难。
人言明明代,合置在朝端。④
或望居谏司,⑤有事戡必言;
或望居宪府,⑥有邪戡必弹。
惜哉两不谐,没齿为闲官;⑦
竟不得一日,謇謇立君前!⑧
形骸随众人,敛葬北邙山;⑨
平生刚肠内,直气归其间。
贤者为生民,生死悬在天。
谓天不爱人,胡为生其贤!⑩
谓天果爱民,胡为夺其年!
茫茫元化中,⑪谁执如此权?

注释

①孔戡(kān):字君胜,曾经担任昭仪节度使卢从史的书记。元和五年卒,年五十七。 ②干:侵犯。孔戡在山东的军队中工作(担任昭仪节度使卢从史的书记)的时候,卢从史常常干非法的事情,孔戡不能容忍,进行了不调和的斗争。见《韩昌黎集》卷二十六《孔君墓志铭》。 ③拂衣:振衣。这里有拂袖而去的意思。孔戡和卢从史的非法行为进行斗争,卢从史不但不接受意见,反而越来越骄横。孔戡没有办法,便托病辞职,回到洛阳。见韩愈《孔君墓志铭》。 ④"人言"两句:韩愈《孔君墓志铭》:"当是时,天下以(孔戡)为贤,论士之宜在天子左右者,皆曰孔戡孔君云。" ⑤谏司:指谏议机关。 ⑥宪府:指弹劾机关。 ⑦没齿:终身。 ⑧謇謇(jiǎn):刚直敢言的样子。 ⑨"敛葬"句:北邙山在洛阳以北。东汉以后,洛阳人死后多葬在这里。王建诗:"北邙山头少闲土,尽是洛阳人旧墓。" ⑩胡为:为什么。 ⑪元化:造化。

观 刈 麦[①]

种田的人家很少闲月,
五月里工作加倍繁忙。
昨晚上南风吹过田野,
遍地的小麦翻起金浪。

妇女担着饭,
儿童提着汤,
一同送到田里去,
青壮年割麦在南冈。
脚下蒸气像锅煮,
背上烈日似火烫,
筋疲力尽不知道炎热,
只珍惜夏收的宝贵时光。

又有穷苦的妇人,
把儿子抱在身旁,
右手捡起掉下的麦穗,
左臂挎着破旧的竹筐。
听了她诉苦的言辞,
谁能不替她悲伤:
为了纳税卖光了自家的田地,
只得拾麦穗填塞饥肠!

我有什么功劳和恩德,
却既不种田,又不采桑,
白拿三百石薪俸,
到年底还有余粮。
越思越想越发惭愧,
从早到晚,压不住心情的激荡。

原 诗

田家少闲月,五月人倍忙。
夜来南风起,小麦覆陇黄。②
妇姑荷箪食,③童稚携壶浆,④
相随饷田去,⑤丁壮在南冈。
足蒸暑土气,背灼炎天光,
力尽不知热,但惜夏日长。⑥
复有贫妇人,抱子在其旁,
右手秉遗穗,⑦左臂悬敝筐。
听其相顾言,闻者为悲伤:
家田输税尽,⑧拾此充饥肠。
今我何功德,曾不事农桑,
吏禄三百石,⑨岁晏有余粮。⑩
念此私自愧,尽日不能忘。

注释

①刈(yì)麦:割麦子。原诗题下有"时为盩厔县"五字,说明这首诗是作者在元和元年(806)做盩厔(长安以西)县尉时写的。 ②陇:田埂。 ③妇:已婚的女子。姑:未婚的女子。箪(dān):古代盛饭用的圆形竹器。食:饭和菜。 ④壶浆:用壶盛的汤水。 ⑤饷(xiǎng)田:给在田里工作的人送饮食。 ⑥但:只。 ⑦秉:拿。遗穗:掉在田里的麦穗。 ⑧输税:纳税。 ⑨吏禄:做官得到的薪水。白居易当时做县尉,官阶是将仕郎,从九品下。唐制:从九品,禄粟每月三十石。这里的"吏禄三百石",指全年的收入而言。 ⑩岁晏:年底。晏,晚。

月夜登阁避暑

天旱得久了热气蒸腾,
烧灼得人们浑身疼痛;

凉风不知道躲在哪里,
草叶树枝都纹丝不动。

怎样避开暑气的侵凌,
最好逃出喧闹的环境;
悄悄地走到京城外面,
巍峨的佛阁插入高空。

高旷的地方多么清凉,
烦躁灼热都消失干净;
敞开衣襟在窗前闲坐,
精神清爽心情也宁静。

回头远望回家的路旁,
所有禾黍都晒得枯焦。
有办法独个儿逃避炎热,
却怎样解救遭旱的田苗!

原 诗

旱久炎气甚,中人若燔烧;①
清风隐何处,草树不动摇。
何以避暑气,无如出尘嚣;②
行行都门外,佛阁正岧峣。③
清凉近高生,烦热委静销;
开襟当轩坐,意泰④神飘飘。
回看归路旁,禾黍尽枯焦。
独善诚有计,将何救旱苗!

注释

①"中人"句:意为人们接触到炎热的空气,就像要燃烧起来。中(zhòng),接触、感受。燔(fān),焚烧。　②尘嚣:尘世的喧闹。　③岧峣(tiáo yáo):高耸的样子。　④泰:安适。

译诗集　103

杂兴二首①

一

越国的政治开始腐败,
越国的天气旱个不停。
热风烈日吹晒着水田,
水田干了又飞起灰尘。

越国政府刚下了命令:
官渠的流水禁止使用。
清澈的渠水不能灌田,
滔滔地流入越王宫中。

水里养着鱼类和水禽,
水面浮着楼殿的倒影。
曲折的池塘波光潋滟,
十几里路上垂杨掩映。

四月里荷花开得很盛,
越王每天到这儿游幸。
和暖的微风左右吹来,
风中飘着荷花的芳馨。

只知喜爱荷花的芳馨,
又在栽植荷花的子种;
毫不顾念阊门的外面,
千里稻苗都已经死尽!

二

吴王的贪欲一天比一天膨胀,
服饰玩器全都是希奇的宝贝。
床上挂的是翠羽织成的帷帐,
手里拿的是红玉雕成的酒杯。

头上戴的是悬挂珍珠的王冠,
腰里束的是镶嵌犀角的宝带。
一举一动都得意地顾盼夸耀,
走上几步就停下来自我陶醉。

小人们看出他爱的是什么,
带上奇珍异宝从四方奔来。
后门一开再也煞不住歪风,
坏家伙就钻空子作歹为非。
古人曾说国宝不是珠玉和翡翠,
而是养人的谷米和治国的贤才。
可是谷米和贤才在吴王的眼里,
还比不上那无用的灰土与尘埃。

伍员因谏诤已被活活地逼死,
连尸首都抛进江里不肯掩埋。
(然而结果呢?不出伍员所料:)
繁华的姑苏台下已长满荒草,
成群游戏的野鹿又生下鹿崽。

原 诗

一

越国政初荒,② 越天旱不已。
风日燥水田,水涸尘飞起。
国中新下令:官渠禁流水。
流水不入田,壅入王宫里。
余波养鱼鸟,倒映浮楼雉。③
澹滟九折池,萦回十余里。
四月芰④荷发,越王日游嬉。
左右好风来,香动芙蓉⑤蕊。
但爱芙蓉香,又种芙蓉子。

不念阊门外,千里稻苗死!

二

吴王心日侈,⁶服玩尽奇瑰。⁷
身卧翠羽帐,手持红玉杯。
冠垂明月珠,⁸带束通天犀。⁹
行动自矜顾,⁰数步一徘徊。
小人知所好,怀宝四方来。
奸邪得借手,从此幸门开。⑪
古称国之宝,谷米与贤才;
今看君王眼,视之如尘灰。
伍员谏已死,浮尸去不回。⑫
姑苏台下草,麋鹿暗生麑。⑬

注释

①《杂兴》共三首,是借古讽今的一组政治讽刺诗。这里选译两首。 ②越国:周初中国境内的一个国家,以会稽(今浙江绍兴一带)为根据地,常和吴国发生战争。这首诗中的越王,指破吴以后日渐荒淫的勾践。事见《史记·越王勾践世家》及《吴越春秋》。 ③雉(zhì):这里指雉堞,即城墙上的小墙、城垛子。 ④芰(jì):根生水中,叶浮水面的一年生草本植物,夏季开白色四瓣的花,又叫菱。 ⑤芙蓉:这里指荷花,不是木芙蓉。 ⑥吴王:指夫差。夫差是春秋末期的一个霸主,他战胜越国后骄傲自大,宠信奸邪,聚敛珍宝,视民如仇,终于被越王勾践灭掉。 ⑦服玩:穿戴、使用、赏玩的各种东西,如下文所说的翠羽帐、红玉杯、通天犀带等等。奇瑰:奇异的宝物。 ⑧明月珠:古代最珍贵的一种珠子。 ⑨通天犀:中心有一条白纹贯通的犀牛角。用这种角装饰的腰带,叫"通天犀带"。 ⑩矜顾:骄矜、顾盼。 ⑪幸门:指用不正当手段达到升官发财等个人目的的门路,略等于"后门"。 ⑫"伍员(yún)"二句:伍员劝谏夫差,夫差不听,给他一把剑令他自杀,并用皮革包裹他的尸体,抛在江中。详见《史记·伍子胥列传》。 ⑬"姑苏"二句:据说吴王建此台,耗费了大量的人力物力,三年始成,横亘五里,上建春宵宫,与西施为长夜之饮。伍员劝谏吴王,吴王不听。伍员气愤地说:如果不接受我的意见,那么过不了几年,吴国就会灭亡,繁华的姑苏台就会变成鹿豕群游的地方。姑苏台,吴王夫差所建,故址在今江苏苏州市(苏州是吴国的首都)。

宿紫阁山北村①

早晨去到紫阁峰游玩,
晚间住在山北的农村。
老农见了我非常高兴,
摆上酒饭热情的欢迎。

刚举起酒杯还没沾唇,
强暴的兵士冲进大门;
身穿紫衣手拿着刀斧,
乌七八糟十几个凶神。

我们的酒浆被劫夺干净,
我们的饭食被抢掠一空。
主人退到后面躬身站立,
束手缩脚倒好像是客人。

院中有一棵珍贵的大树,
种了它已有三十个年辰;
主人哪有保护它的力量,
暴徒们持刀斧砍断树根。

自称"是采伐木料的使者,
本是赫赫有名的神策军人"。
"主人啊您可千万再别开口,
神策军头子是皇帝的红人。"

原 诗

晨游紫阁峰,暮宿山下村;
村老见余喜,为余开一樽。
举杯未及饮,暴卒来入门;
紫衣挟刀斧,草草十余人。
夺我席上酒,掣我盘中飧。②

主人退后立，敛手反如宾。
庭中有奇树，种来三十春；
主人惜不得，持斧断其根。
口称采造家，身属神策军。③
主人慎勿语，中尉正承恩！④

注释

①这就是作者在《与元九书》中所说的使"握军要者切齿"的那首诗。紫阁峰是终南山的一个有名的山峰，在盩厔附近。白居易《(盩厔)县西郊秋寄马造》诗："紫阁峰西清渭东"。
②飧(sūn)：饭。　③神策军：肃宗时代是一支边防军，代宗以后，是天子的禁军。　④"中尉"句：唐玄宗时代，宦官已经抬头。德宗时代，"以左右神策、天威等军，委宦者主之，置护军中尉、中护军，分提禁兵。是以威柄下迁，政在宦人，举手伸缩，便有轻重"（《新唐书·宦者传序》）。德宗、宪宗以后，连皇位的继承都由宦官决定。这里所说的中尉，就是神策军中的护军中尉。这首诗作于宪宗时代，宪宗宠任宦官吐突承璀，以他为神策中尉。元和四年王承宗叛，又以吐突承璀为左右神策、河中、河阳、浙西、宣歙等道行营兵马使，招讨处置等使。白居易曾上书谏阻。这里所说的承恩的中尉，就是吐突承璀。这两句诗是诗人对那个村中老人说的。

登乐游园望①

独自爬上乐游原顶，
落日的余光带来黄昏。
东北为什么一片昏暗，
金阙琳宫都埋入烟云！

爱在这高旷的地方站立，
好像逃出了污浊的气氛；
耳目暂时清爽明朗，
心胸仍然郁郁闷闷。

下望长安的十二条大街，

绿树中间飘起红尘。
徒然看见满街的车马,
看不见心中亲爱的人们。

孔生埋在荒凉的北邙,
元九贬到僻远的荆门。
可惜那南北纵横的大路,
稳坐高车的都是何人?

原 诗

独上乐游园,四望天日曛。②
东北何霭霭,③宫阙入烟云!
爱此高处立,忽如遗垢氛;
耳目暂清旷,怀抱郁不伸。

下视十二街,绿树间红尘。④
车马徒满眼,不见心所亲。
孔生死洛阳,⑤元九谪荆门。⑥
可怜南北路,高盖者何人?⑦

注释

①这就是作者在《与元九书》中所说的使"执政柄者扼腕"的那首诗。乐游园即乐游原。《长安志》:"乐游原居京城之最高,四望宽敞,城内了如指掌。亦曰乐游苑。杜甫有《乐游园歌》。" ②曛(xūn):落日的余光。 ③霭霭:云气。 ④间:隔。 ⑤孔生:即孔戡,见前。 ⑥元九:即元稹,字微之,生于唐代宗大历十四年(779),卒于唐文宗大和五年(831),是和白居易齐名的大诗人,也是白居易最要好的朋友。他于唐宪宗元和五年因弹劾贪官,触怒宦官,被贬为江陵士曹。荆门:山名,在今湖北省宜都县西北,距江陵不远。 ⑦高盖:高车。"盖"是贵人车上的伞,因而也把张盖的车叫"盖"。

寄 唐 生①

贾谊恸哭时局的败坏,
阮籍恸哭道路的阻塞;

唐生也时常恸哭,
不同时代有同样的悲哀。

唐生是什么样的人物?
年过五十,却仍然又穷又苦。
却不悲口中没有饮食,
也不悲身上没有衣服;
悲的是忠义沦丧,
太悲哀了,就放声痛哭。

段太尉痛击反贼,
颜尚书怒叱叛逆,
陆大夫死于强盗,
阳谏议贬到蛮夷……
每遇见这一类事件,
一哭就跟着流涕。
听到这样的作风,
俗人免不了反对。
可怜你头发半白,
志气竟没有衰退!

我也是你的同伴,
闷闷地干什么事儿?
不能够放声大哭,
便创作乐府新诗。
篇篇没有空洞的词藻,
句句包含尖锐的讽刺;
功用高于虞人的箴言,
沉痛超过骚人的歌辞。

不求音韵的高雅,
不求文字的奇妙,
只写人民的苦难,

希望使天子知道；
不能使天子知道，
情愿受俗人的嘲笑。

药越好气味越苦，
琴越朴音调越正。
不怕那权豪恼怒，
也由他亲朋讥讽。
人们竟没有办法，
硬说我得了疯病！

每遇到万籁沉寂，
或碰上云雾开朗，
只管尽情地高歌，
万一能传到天上。

歌和哭虽不同名称，
却来自同样的感触。
寄给你三十首诗歌，
为你作恸哭的词儿。

原 诗

贾谊哭时事，②阮籍哭路歧；③
唐生今亦哭，异代同其悲。
唐生者何人？五十寒且饥。
不悲口无食，不悲身无衣，
所悲在忠义，悲甚则哭之。
太尉击贼日，④尚书叱盗时，⑤
大夫死凶寇，⑥谏议谪蛮夷……⑦
每见如此事，声发涕辄随。
往往闻其风，俗士犹或非。
怜君头半白，其志竟不衰！

我亦君之徒，郁郁何所为？
不能发声哭，转作乐府诗。
篇篇无空文，句句必尽规；
功高虞人箴，⑧痛甚骚人辞。⑨
非求宫律高，不务文字奇。
惟歌生民病，愿得天子知；
未得天子知，甘受时人嗤。
药良气味苦，琴淡音声稀。
不惧权豪怒，亦任亲朋讥。
人竟无奈何，呼作狂男儿！
每逢群动息，⑩或遇云雾披。⑪
但自高声歌，庶几天听卑。⑫
歌哭虽异名，所感则同归。⑬
寄君三十章，与君为哭词。

注释

①唐生：即唐衢，生卒年月，史书上没有记载。我们只知道他累考进士，"久而不第"。看见有所感叹的文章，读完必哭。他是最早赏识白居易诗歌的人，白居易在《与元九书》中说："有唐衢者，见仆诗而泣，未几而衢死。"其事迹见《旧唐书·唐衢传》。　②贾谊(前200—前168)：汉朝洛阳人，汉文帝时做博士，上《陈政事疏》，其中有这样的句子："窃惟事势，可为痛哭者一，可为流涕者二，可为长太息者六。"主张变秦法，恢复周制。周勃等说他年少妄言，贬为长沙王太傅，死时才三十三岁。世称贾生、贾长沙或贾傅。他是西汉时代杰出的散文家和赋作家，他的《吊屈原赋》和《鵩鸟赋》充满着忧愤的感情，批判了"飘茸尊显兮谗谀得志"的不合理现象。其事迹见《汉书·贾谊传》。　③阮籍(210—263)：字嗣宗，三国魏人，竹林七贤之一。他生在魏晋之交，虽然反对司马氏，但不敢明白地表示态度，因而把抑郁和愤慨寄托在饮酒作诗、游山玩水的生活里。常游览山水，一遇途穷，便恸哭而回。他的八十多首《咏怀诗》，进一步为抒情的五言诗打下了基础。其事迹见《晋书·阮籍传》。　④"太尉"句：作者自注："段太尉以笏击朱泚"。按段太尉即段秀实，字成公。唐德宗时做司农卿。朱泚叛，秀实唾面大骂，并用象笏击中朱泚的颡部，流血沾衣，被朱泚杀害。新、旧《唐书》皆有传。⑤"尚书"句：作者自注："颜尚书叱李希烈。"按颜尚书即颜真卿，字清臣。唐玄宗时做平原太守，因平安禄山之乱有功，升刑部尚书，封鲁国公，世称颜鲁公。善于楷书，有独特的风格，后世称为颜体。德宗时，奉命宣慰李希烈，被李希烈缢杀。新、旧《唐书》皆有传。

⑥"大夫"句:作者自注:"陆大夫为乱兵所害。"按陆大夫即陆长源,字咏之。贞元十二年授检校礼部尚书、宣武军行军司马。后来遇乱兵被杀。其事迹见《旧唐书》本传。 ⑦"谏议"句:作者自注:"阳谏议左迁道州。"按阳谏议即阳城,字亢宗。唐德宗时做谏议大夫,因为激烈地反对奸臣裴延龄,被贬为道州刺史。参看后面《新乐府》中的《道州民》一诗。 ⑧虞人:掌管山泽苑囿的官。箴:作动词用,是规劝、训诫的意思;作名词用,是指寓有规劝、训诫的箴言。这里作名词用。周代的辛甲做太史,命百官箴(规劝)王的缺失。虞人便作箴,劝王不要田猎。箴词是:"芒芒禹迹,画为九州。经启九道,民有寝庙,兽有茂草;各有攸处,德用不扰。在帝夷羿,冒于原兽;忘其国恤,而思其麀牡。武不可重,用不恢于夏家。兽臣司原,敢告仆夫。"见《左传·襄公四年》。 ⑨骚人辞:指屈原的《离骚》。 ⑩群动:天地间的各种声响、活动。 ⑪披:揭开。 ⑫庶几:这里是表示希望的词儿,不作"差不多"讲。天:表面上指天,实际上指皇帝。这一句和前面的"愿得天子知"是一个意思。古来称皇帝为天子,或称天。如称朝见皇帝为"朝天"。 ⑬归:归宿。

伤唐衢二首

一

自从我留心大道的精义,
外界的事物很少能侵袭;
时常排除伤心的事情,
不肯为它深长的叹息。

忽然听到唐衢的死讯,
不知不觉地变了脸色;
悲哀的气氛从东方袭来,
使我的心情非常凄恻。

回想起从前还不认识,
偶然在滑台游玩时碰见,
和你同住在李翱的家里,
一交谈就像老朋友一般。
酒酣耳热,你出门送我,
冒着风雪,送我到黄河北岸;

太阳偏西并马同行,
惜别的话儿直讲到天晚。
你离开我回到东郑,
我离开你走向京师。
精神拥抱在一起,
身体却分离在两处;
从这时开始,
再放不下无限相思。

可怜你是儒家的子弟,
却没有得到诗书的好处;
五十岁还穿着青衫,
试用的官儿,还不给禄食。
只遗下千把首诗歌,
都符合"六义"的宗旨;
分散在京索一带,
什么人替你收拾!

二

回想起元和初年,
我充当一名谏官。
那时刚经过战乱,
百姓都忍饥受寒。

只同情下民的病痛,
没想到上层的癫疮;
便写了《秦中吟》十首,
一首诗悲一种现象。

贵人看了都咬牙切齿,
闲人看了也吹毛求疵;
高高的老天还没有听见,

茫茫的大地已长满棘刺。

只有唐衢看见，
能了解我平生的志愿；
一读便嗟叹不止，
再读便涕泪涟涟。

因而也作了三十韵诗章，
亲手抄写了寄自远方；
把我排入陈杜的行列，
不比平常的赏识赞扬。

你这人不能再见，
你这诗尤其可贵；
今天开箱子观看，
文字被蠹鱼咬坏！
不晓得你葬在哪里，
想探听先涌上悲哀；
终久要到坟前痛哭，
还给你一把眼泪！

原　诗

一

自我心存道，外物少能逼；
常排伤心事，不为长叹息。
忽闻唐衢死，不觉动颜色；
悲端从东来，①触我心恻恻。
伊昔未相知，②偶游滑台侧，③
同宿李翱家，④一言如旧识。
酒酣出送我，风雪黄河北，
日西并马头，语别至昏黑。
君归向东郑，⑤我来游上国。

交心不交面,从此重相忆。
怜君儒家子,不得诗书力;
五十著青衫,试官无禄食。⑥
遗文仅千首,⑦"六义"无差忒;⑧
散在京索间,⑨何人为收得!

二

忆昔元和初,忝备谏官位。⑩
是时兵革后,生民正憔悴。
但伤民病痛,不识时忌讳;
遂作《秦中吟》,一吟悲一事。
贵人皆怪怒,闲人亦非訾;⑪
天高未及闻,荆棘生满地。
唯有唐衢见,知我平生志;
一读兴叹嗟,再吟垂涕泗。
因和三十韵,⑫手题远缄寄;
致吾陈杜间,⑬赏爱非常意。
此人无复见,此诗尤可贵;
今日开箧看,⑭蠹鱼损文字!
不知何处葬,欲问先欷歔;⑮
终去坟前哭,还君一掬泪!

注释

①悲端:悲哀的端绪。唐衢的死讯从东方传来,所以说"悲端从东来"。　②伊昔:昔日。伊,发语词。　③滑台:在现在河南省北部的滑县境内。　④李翱:字习之,陇西人,贞元十四年进士,官谏议大夫、山南东道节度使。跟韩愈学古文。著有《论语笔解》、《李文公集》等。　⑤东郑:指郑州荥阳县。　⑥试官:试用的官,尚未正式任命,所以没有俸禄。　⑦仅千首:差不多有一千来首。仅,这里指多,与一般指少者不同。　⑧差忒(tè):差误。　⑨京索:两个地名,索即荥阳,京在荥阳东南。　⑩"忝备"句:作者于唐宪宗元和初年任左拾遗。忝,辱,谦词。　⑪訾(zǐ):诋毁。　⑫旧诗两句为一韵,三十韵,即六十句。　⑬陈杜:指陈子昂和杜甫。　⑭箧(qiè):箱子一类的东西。　⑮欷歔(xī xū):气咽而抽泣、抽抽搭搭。

慈乌夜啼

善良的乌鸦死了母亲,
哑哑地吐出悲哀的声音;
白天和黑夜都不肯飞去,
长年守着旧日的树林。

每夜半夜里悲切地啼叫,
听见的人们都替它泪零。
啼声好像在沉痛地哭诉:
没有尽到"反哺"的孝心。

难道其他的鸟儿没有母亲,
为什么你的哀怨最深?
可能是你的母亲特别爱你,
使你压不住悲痛的心情!

从前有个人名叫吴起,
不肯回家安葬母亲。
唉,唉,像这一类人呀,
他们的心肠还比不上飞禽!
善良的乌鸦啊善良的乌鸦,
你真是鸟儿里面的曾参!

原　诗

慈乌①失其母,哑哑吐哀音;
昼夜不飞去,经年守故林。
夜夜夜半啼,闻者为沾襟。②
声中如告诉:未尽反哺心。③
百鸟岂无母,尔独哀怨深;
应是母慈重,使尔悲不任!④

昔有吴起者,⑤母殁丧不临;⑥
嗟哉斯徒辈,其心不如禽!
慈乌复慈乌,鸟中之曾参!⑦

注释

①慈乌:又叫慈鸦,乌鸦的一种。体小,嘴细狭,吃谷类及昆虫等,由于"反哺",所以叫慈乌。"慈"有慈爱、善良的意思。　②沾襟:眼泪滴湿衣襟。　③反哺:子哺其母,叫做反哺,引申为报答亲恩的意思。　④不任:不能胜任、受不了。　⑤吴起:战国卫人,曾为魏文侯将、楚悼王相。是中国古代的名将之一。　⑥殁:死。丧不临:不临丧(没有奔丧)。　⑦曾参:孔子的弟子,以孝著名。

采地黄者①

春季里麦子都旱死,
秋季里禾苗又遭霜;
挨到年底断了烟火,
只好到田里采地黄。

采来地黄做什么用?
打算拿它换口粮。
荷锄出门天麻麻亮,
直到天黑才采了半筐。

拿到红大门的人家,
卖给白脸孔的儿郎:
"用这喂你的肥马,
能使它浑身闪光;
愿换些吃残的马料,
去填塞全家的饥肠。"

原　诗

麦死春不雨,禾损秋早霜;

岁晏无口食,田中采地黄。
采之将何用,持以易糇粮。②
凌晨荷锄去,③薄暮不盈筐。④
携来朱门家,卖与白面郎:
"与君啖肥马,可使照地光;
愿易马残粟,救此苦饥肠。"

注释

①地黄:多年生草本植物,根子细如手指,长四五寸,是中药中的一种补药,生的叫生地,熟的叫熟地。　②易:交换。糇粮:干粮。　③凌晨:黎明。　④薄暮:黄昏。盈:满。

新制布裘

桂林的布匹白得像雪,
吴中的丝绵软得像云;
布很结实丝绵也很厚,
缝成的棉袍子暖烘烘。

早晨拥着它坐到晚上,
晚上盖着它睡到早晨;
浑身像春天一样暖和,
哪里晓得严冬的寒冷!

半夜里忽然思潮汹涌,
抚摸着棉袍徘徊思忖:
大丈夫首先要康济万民,
怎么能只求自身的安宁!
哪儿有万丈长的棉袍,
把大地整个儿包笼。
大家都像我一样温暖,
天下没有受冻的穷人!

原　诗

桂布白似雪,①吴绵软于云;②
布重绵且厚,为裘有余温。
朝拥坐至暮,夜覆眠达晨;
谁知严冬月,支体暖如春。
中夕忽有念,抚裘起逡巡:③
丈夫贵兼济,岂独善一身!
安得万里裘,盖裹周四垠。④
稳暖皆如我,天下无寒人!

注释

①桂布:桂,指唐代的"桂管"地区(今广西壮族自治区)。当地出产木棉,织成的布叫"桂布"。当时这种布还不普遍,故比较贵重。　②吴绵:吴,指苏州吴郡(今江苏省苏州市一带)。当时这里出产的丝绵很著名。　③逡巡:走来走去,欲进又退,有所思考的样子。　④四垠:四方极远的地方。垠,边。

杏园中枣树①

人们说在各种果树里面,
只有枣树最平凡、笨拙:
皮子皱裂,像乌龟的背壳,
叶子尖小,像老鼠的耳朵。
为啥不看清自己的模样,
竟在这杏园中开花结果?
难道还值得攀折、赏玩!
没被砍掉,就算运气不错。

阳春三月的曲江池边,
百花争艳,千红万紫。
枣树也夹在她们中间,

活像那嫫母面对西子。

浩荡东风却平等相看,
枣树也得到同样的温暖。
日夜不停地长啊长啊,
眼看长成合抱的树干。

传话给游春的客人,
请您回头瞧瞧:
您喜爱绕指的柔质,
任您怜惜杨柳的枝条;
您追求悦目的艳色,
谁还敢和桃李争俏;
您如果要制造大车,
轮轴的材料,还是枣木最好。

原 诗

人言百果中,②唯枣最凡鄙:
皮皴似龟手,③叶小如鼠耳。
胡为不自知,④生花此园里?
岂宜遇攀玩!幸免遭伤毁。
二月曲江头,⑤杂英红旖旎。⑥
枣亦在其间,如嫫对西子。⑦
东风不择木,吹照长未已。⑧
眼看欲合抱,得尽生生理。⑨
寄言游春客,乞君一回视:
君爱绕指柔,⑩从君怜柳杞;⑪
君求悦目艳,不敢争桃李;
君若作大车,轮轴材须此。

注释

①杏园:东连曲江池,北接慈恩寺,南邻紫云楼和芙蓉苑,是唐代长安著名的景物繁华之区,

新进士多在这一带游宴,有所谓"曲江宴"、"杏园宴"等。唐中宗神龙(705—707)以后,"杏园宴"罢,新进士都到慈恩寺塔(即大雁塔)下题名。作者写杏园中枣树,寄托了希望统治者选拔真才的深意。　②百果:泛指各种果树。　③皮皴:树皮有裂纹。龟手:手背冻裂,像龟背上的裂纹。　④胡为:何为、为什么。　⑤曲江:即曲江池,在长安城东南,西邻杏园。⑥杂英:百花、各种花。旖旎:娇艳媚人的样子。　⑦嫫:嫫母的省称,相传为黄帝的妻子,貌丑而有贤德,见《列女传》。后人常作为丑妇的代表,与作为美妇代表的西子对举。　⑧不择木:对各种植物不加选择,同样对待。吹煦(xù):吹送温暖。未已:不停止。　⑨生生:生命延续不止的意思。理:相当于自然规律。全句是说,枣树能够顺应生物不断生长的规律,长成大树,未被外力摧毁。　⑩绕指柔:语本刘琨《重赠卢谌》诗"何意百炼钢,化为绕指柔"。是说柔软得可以任人支配,以至在手指上缠绕。　⑪从:听从、任凭。怜:怜爱。柳杞(qǐ):落叶灌木,生在水边,枝条柔软可以编箱、笼。

村居苦寒①

元和八年的腊月特别寒冷,
接连五天,大雪下个不停;
连耐寒的竹柏都被冻死,
更何况没有衣穿的贫民!

试看那乡村里面,
十家有九家是穷人:
衣服遮不住身体,
怎抵挡刀子般的北风!

只烧些蒿草和荆棘取暖,
坐在火边,愁闷地等待天明。
才晓得严寒的年岁,
农民更加苦辛。

而我在这个时候,
紧紧地关上房门,
皮袍再加上缎被,
坐卧像春天一样温馨。

既不受冻饿的痛苦,
又不去田野劳动。
想到农民,就感到十分惭愧,
"是什么特殊人物?"
怎能不扪心自问!

原 诗

八年十二月,②五日雪纷纷;
竹柏皆冻死,况彼无衣民!
回观村闾间,③十室八九贫:
北风利如剑,布絮不蔽身;
唯烧蒿棘火,愁坐夜待晨。
乃知大寒岁,农者尤苦辛。
顾我当此日,草堂深闭门,
褐裘覆绋被,④坐卧有余温。
幸免饥冻苦,又无垄亩勤。⑤
念彼深可愧,自问是何人?

注释

①前面的《采地黄者》、《新制布裘》和这首诗都是宪宗元和八年(813)作者退居渭村时写的。②八年:指元和八年。 ③村闾:村巷。古代以二十五家为一闾。 ④褐(hè):毛布。绋(shī):绸类。 ⑤垄亩:田间。勤:这里指田间的辛勤劳动。

纳 粟

公差半夜里打门,
高声催纳公粮;
家里人等不到天亮,
点起灯火上场。
簸扬了三十斛粮食,

干净得像珠子一样;
还担心不合规格,
仆人要被打伤。

我从前也办过公事,
自愧能力不强;
连任四级的官儿,
白吃了十年禄粮。
常听古人的名言:
亏损的终归要补偿。
今日也应该甘心,
把粮食还给官仓!

原 诗

有吏夜叩门,高声催纳粟;
家人不待晓,场上张灯烛。
扬簸净如珠,一车三十斛;①
犹忧纳不中,②鞭责及僮仆。③
昔余谬从事,④内愧才不足;
连授四命官,⑤坐尸十年禄。⑥
常闻古人语:损益周必复。⑦
今日谅甘心,⑧还他太仓谷!⑨

注释

①斛(hú):十斗为一斛。　②纳不中(zhòng):收粮者挑剔,缴纳不上。　③"鞭责"句:是说仆人要遭到鞭打。及,到。　④从事:做官。谬:错误,是自谦的说法。　⑤四命官:周代的官秩,自一命到九命共九级。四命官,就是四级的官。　⑥不办事,只享受俸禄,叫"尸禄"。　⑦损:减。益:增。周必复:周而复始。全句是说:损益是循环的,从前白吃了公家的禄粮,现在该归还了。　⑧谅:料想。　⑨太仓:京城里储藏粮食的官仓。

秦中吟十首(并序)①

贞元元和之际,②予在长安,闻见之间,有足悲者,因直歌其事,命为《秦中吟》。

议　婚

天下没有标准的声音,
好听的就讨人欢喜;
世间没有标准的颜色,
好看的就算作美丽。
颜色没有多大的区别,
贫富却有显著的差异:
富的受到时人的奉承,
贫的遭到时人的唾弃。

红楼上的富家女儿,
穿的衣服簇锦团花,
见了人不懂得行礼,
才是个十六岁的憨娃;
母亲哥哥还没有开口,
已经嫁给富贵人家。
绿窗里的贫家女儿,
寂寞地度过了二十多年,
衣上珍珠没一颗,
头上荆钗不值钱;
好几回人家想要聘她,
到时候又踌躇不前。

主人请来最好的媒人,
准备的美酒盛满了玉壶,
大家暂时不要喝酒,

听我歌唱两条路途:
"富家的女儿容易出嫁,
嫁得早轻视丈夫;
贫家的女儿出嫁困难,
嫁得晚孝顺翁姑。
听说你要娶媳妇,
娶媳妇是什么意图?"

原　诗

天下无正声,悦耳即为娱;
人间无正色,悦目即为姝。③
颜色非相远,贫富则有殊:
贫为时所弃,富为时所趋。④
红楼富家女,金缕绣罗襦,⑤
见人不敛手,⑥娇痴二八初;
母兄未开口,已嫁不须臾。
绿窗贫家女,寂寞二十余,
荆钗不值钱,⑦衣上无真珠;
几回人欲聘,临日又踟蹰。⑧
主人会良媒,置酒满玉壶,
四座且勿饮,听我歌两途:
"富家女易嫁,嫁早轻其夫;
贫家女难嫁,嫁晚孝于姑。⑨
闻君欲娶妇,娶妇意何如?"⑩

注释

①原诗十首,选译七首。　②贞元(785—805):唐德宗李适年号。　③姝(shū):美丽。　④趋:趋附、趋奉。　⑤金缕:金线。罗襦:丝织品做的短衣。全句是说:罗襦上还要用金线绣花。　⑥敛手:行礼的一种动作。　⑦荆钗:指简陋的首饰。荆,树木的一种。　⑧踟蹰(chí chú):迟疑不决的样子。　⑨姑:丈夫的母亲,通常叫婆婆。　⑩"闻君"两句:意思是说,娶妇的目的是什么?是要娶个"轻其夫"的呢?还是娶个"孝于姑"的呢?

重　赋[①]

好地种植桑麻，
主要是供养人民；
人民织造布匹，
为的是养活自身。
余下的用来纳税，
供给皇帝的费用。

国家定两税的办法，
本意在爱护人民；
为防止超额勒索，
一开始就指示分明：
税以外多收一物，
都按照犯法处分。

奈何时间一久，
贪吏就逐渐横行。
剥削下民，讨好上司，
横征暴敛，不分冬春。
织的绢还不满一匹，
缫的丝还不够一斤，
地保逼迫我纳税，
不准片刻消停。
严冬腊月天地闭塞，
阴风在荒村里哀鸣，
到深夜烟消火灭，
白纷纷的霰雪落了一层。
小孩子盖不上棉被，
老年人拿什么保温？
寒气凝结着悲愁，

从鼻孔直冷到内心。
昨天去缴纳残税,
看见了官库的情形,
云一样屯聚着丝绵,
山一样堆积着帛缯:
被叫做"剩余物资",
每月要献给"至尊"。
夺我身上的温暖,
买你眼前的恩宠,
送进琼林库里,
终久都化成灰尘!

原 诗

厚地植桑麻,所要济生民;
生民理布帛,所求活一身。
身外充征赋,上以奉君亲。
国家定两税,②本意在爱人;
厥初防其淫,③明敕内外臣:④
税外加一物,皆以枉法论。⑤
奈何岁月久,贪吏得因循。⑥
浚我以求宠,⑦敛索无冬春。
织绢未成匹,缫丝未盈斤,
里胥迫我纳,⑧不许暂逡巡。
岁暮天地闭,⑨阴风生破村,
夜深烟火尽,霰雪白纷纷。
幼者形不蔽,老者体无温,
悲喘与寒气,并入鼻中辛。
昨日输残税,⑩因窥官库门,
缯帛如山积,⑪丝絮似云屯:⑫
号为羡余物,⑬随月献至尊。

夺我身上暖,买尔眼前恩,
进入琼林库,⑭岁久化为尘。

注释

①韦縠编的《才调集》题作《无名税》。 ②两税:唐朝在开元以前,实行租(征谷)、庸(征役)、调(征布)的税法;到德宗建中元年,用宰相杨炎的建议,合租、庸、调为一,命令以钱纳税,分夏秋两季征收,叫做"两税法",为此后的封建统治者所沿用。 ③厥初:开始。防其淫:防其多收。淫,过。 ④敕(chì):(皇帝的)命令。内臣:指朝内的官。外臣:指地方官。 ⑤枉法:违法。按《资治通鉴》卷二三五:"建中元年春正月……始用杨炎议……改作两税法。比来新旧征科色目,一切罢之。二税外,辄率一钱者,以枉法论。"这段诗所写的就是这一事实。 ⑥因循:守旧、不改变。这里指违反两税法统收钱帛、税外不得加收的规定,又沿循租庸调法,额外勒索实物。 ⑦浚:榨取。 ⑧里胥:地保。 ⑨"岁暮"句:《礼记·月令》:"天气上腾,地气下降,天地不通,闭塞而成冬。" ⑩残税:尚未纳完的赋税。 ⑪缯(zēng):和帛同是丝织品的总称。 ⑫屯:聚。 ⑬羡余物:本来是指盈余的东西;这里则指贪吏把向人民超额征收的赋税献给皇帝,巧立名目,叫做"羡余物"。 ⑭琼林:是珍宝汇集的意思。唐德宗曾经在奉天(今陕西乾县)修建琼林、大盈两个私库,另藏贡物,陆贽上书反对,见《陆宣公奏议》。

伤　宅

谁家修的这么阔气的院子,
红漆大门矗立在大路旁边?
里面排列着无数宽绰的房子,
外面环绕着一道结实的墙垣。
六七座堂屋一座挨着一座,
上栋下宇互相结连。
一座堂屋费钱一百多万,
郁郁苍苍笼罩着青烟。
幽深的房子冬暖夏凉,
寒冷和炎热都不能侵犯。

高耸的堂屋宽阔而且爽朗,
或坐或卧都能够望见南山。
绕着走廊的是爬满紫藤的花架,
夹着台阶的是开遍芍药的花栏。
扳下枝条采摘樱桃,
带着花朵移植牡丹。
主人就住在这里,
十年来做着大官。
厨房里吃不完的肉由它腐烂,
仓库里用不着的钱朽了钱串。
谁能把我的问题,
提到你的面前:
难道没有贫贱的人吗,
怎忍心不解救他们的饥寒?
为什么只奉养自己,
妄想活上千年?
不见马家的宅子,
已改作皇家的果园?

原 诗

谁家起甲第,①朱门大道边?
丰屋中栉比,②高墙外回环。
累累六七堂,栋宇相连延。
一堂费百万,郁郁起青烟。
洞房温且清,③寒暑不能干。
高堂虚且回,坐卧见南山。④
绕廊紫藤架,夹砌红药栏。
攀枝摘樱桃,带花移牡丹。
主人此中坐,十载为大官。
厨有腐败肉,库有朽贯钱。⑤

谁能将我语,问尔骨肉间:
岂无穷贱者,忍不救饥寒?
如何奉一身,直欲保千年?
不见马家宅,今作奉诚园?⑥

注释

①甲第:是头等住宅。古代皇帝赐给臣子的住宅,以甲乙区别次第,所以把住宅叫第。第,住宅。 ②丰屋:高大的屋子。栉比:是说像梳齿一样排列,含有稠密的意思。栉,梳头的梳子。比,排列。 ③洞房:深邃的房子。温且清(qīng):是冬暖夏凉的意思。清,清凉。 ④南山:指终南山。 ⑤贯:是串钱的绳子,俗称钱串。 ⑥奉诚园:司徒马燧的旧宅。马燧财产异常丰富,他死后由儿子马畅继承。马畅拿宅中的大杏赠送宦官窦文场,文场转进给德宗。德宗由于以前没有见过这种大杏,对马畅不满,打发宦官封了他的杏树。马畅恐惧,将宅子献给德宗,被废为奉诚园。见《国史补》卷中及新、旧《唐书·马燧传(附子畅传)》。白居易在《新乐府》的《杏为梁》一诗中所写的"君不见马家宅,尚犹存,宅门题作奉诚园",也指这一事实。

立 碑

功德既越来越衰微,
文风也越来越败坏。
只看见山中的石头,
被立作路旁的大碑。
一记述功业都像是吕尚,
凡称颂道德都像是孔丘;
而且碑文越长就越发贵重,
一千字能得一万金稿酬。
写碑文的那是什么人啊,
可以想见下笔时的心情:
只企图得到愚人的欢心,
不考虑引起贤者的批评。
不仅会引起贤者的批评,
而且给后人留下了疑团;
古石上布满苍苔的文字,

哪晓得尽是虚伪的语言!
我听说望江县的鲍令,
抚恤孤单困苦的人民;
做官的时候实行仁政,
京城里听不到他的声名。
他死后想运回故乡安葬,
老百姓拥在路口上遮拦;
挽住车子不能够前进,
被留下葬在望江的江边。
到现在提起他的姓名,
男男女女都热泪滚滚。
没有人立什么碑碣,
只活在当地人的心中。

原 诗

勋德既下衰,文章亦陵夷。①
但见山中石,立做路旁碑。
铭勋悉太公,②叙德皆仲尼;③
复以多为贵,千言直万赀。
为文彼何人,想见下笔时:
但欲愚者悦,不思贤者嗤。
岂独贤者嗤,仍传后代疑;
古石苍苔字,安知是愧词!
我闻望江县,鲍令抚惸嫠;④
在官有仁政,名不闻京师。
身殁欲归葬,百姓遮路歧;
攀辕不得归,留葬此江湄。⑤
至今道其名,男女涕皆垂。
无人立碑碣,唯有邑人知。

注释

①陵夷,是说像丘陵变成平地,含有走下坡路的意思。陵,丘陵。夷,平。 ②太公:即辅佐周武王灭商的吕尚,俗称姜太公。 ③仲尼:孔子名丘、字仲尼。 ④麹(qū):指麹信陵。令:县令。《容斋五笔》卷七:"信陵以贞元元年鲍防下及第为四人,以六年作望江(在现在的安徽省,面临长江)令。读其《投石祝江文》云:必也,私欲之求,行于邑里,惨黩之政,施于黎元,令长之罪也,神得而诛之,岂可移于人以害其岁!详味此言,其为政无愧于神天可见矣。至大中元年,寄客乡贡进士姚辇,以其文示县令萧缜,缜辍俸,买石刊之。乐天之诗,作于贞元元和之际,距其亡十五年耳,而名已不传。《新唐书·艺文志》但记诗一卷,略无他说;非乐天之诗,几于与草木俱腐。"惸(qióng):孤苦无靠的人。嫠(lí):寡妇。 ⑤江湄:江边。

轻　肥①

骄横的气焰充塞道路,
光亮的鞍马照耀灰尘。
请问这是干吗的人物?
人家说:是侍奉皇帝的"内臣"。

垂着朱绂的都是大夫,
佩着紫绶的尽是将军;
耀武扬威赴军中饮宴,
驱马飞驰像一片乌云。

杯子里斟满良酝佳酿,
席面上罗列海味山珍;
鲜果擘的是洞庭的金橘,
细脍切的是天池的银鳞。
吃饱了心情自然欢畅,
喝醉了精神越发振奋。
这一年江南遭了旱灾,
衢州地方人饿得吃人!

原　诗

意气骄满路,鞍马光照尘。

借问何为者?人称是内臣。②
朱绂皆大夫,③紫绶悉将军;④
夸赴军中宴,⑤走马去如云。
尊罍溢九酝,⑥水陆罗八珍;⑦
果擘洞庭橘,⑧脍切天池鳞。⑨
食饱心自若,⑩酒酣气益振。
是岁江南旱,衢州人食人!⑪

注释

①《才调集》作《江南旱》。轻肥:指豪华的享受,是轻裘肥马的缩语。 ②内臣:宦官。 ③朱绂(fú):朱色的系印丝绳。 ④紫绶(shòu):紫色的系印丝绳。 ⑤关于唐代宦官掌握军权的情况,见前《宿紫阁山北村》注。 ⑥尊、罍(léi):都是酒器。九酝:重酿过的醇酒。"九",是说重酿了好多次。 ⑦"水陆"句:桌上摆着水、陆所产的各种珍贵食品。"八"是形容样数多,不一定指熊掌、鲤尾等"八珍"。 ⑧擘(bāi):剖。 ⑨脍(kuài):细切的鱼肉。天池:指海。鳞:指鱼。 ⑩自若:坦然自得。 ⑪衢州:现在浙江的衢州市。

歌　　舞①

长安已经是寒冬腊月,
纷纷的大雪落满皇州。
雪中退朝回家的人物,
尽是朱绂紫绶的公侯。

达官有吟风赏雪的兴致,
富豪无忍饥受冻的忧愁,
所关心的只是高宅大院,
所追求的只是豪饮狂游。

朱门前涌来轻车肥马的豪客,
红烛下闪出珠歌翠舞的高楼。
臭味相投,一个个越靠越紧,
酒气熏蒸,一重重脱去狐裘。

管刑狱的秋官乃是主人,

掌刑罚的廷尉坐在上头:
从中午开始饮宴,
到夜半不肯罢休。
哪晓得阌乡的牢狱,
里面有冻死的"罪囚"!

原 诗

秦中岁云暮,大雪满皇州。②
雪中退朝者,朱紫尽公侯。③
贵有风雪兴,富无饥寒忧,
所营唯第宅,所务在追游。
朱门车马客,红烛歌舞楼。
欢酣促密坐,醉暖脱重裘。
秋官为主人,④廷尉居上头;⑤
日中为乐饮,夜半不能休。
岂知阌乡狱,⑥中有冻死囚!

注释

①《才调集》作《伤阌乡县囚》。 ②皇州:指京城。 ③朱紫二色,古人所贵,这里的朱紫或指朱绂紫绶,或指朱、紫色的衣服。《旧唐书》卷四五《舆服志》:"文武三品以上服紫,四品服深绯(赤色),五品服浅绯。" ④秋官:掌刑狱的官。 ⑤廷尉:掌刑辟的官。 ⑥阌(wén)乡,在现在河南省的西北。

买　花①

京城的春季将要过去,
大街小巷奔驰着车马。
都说是牡丹盛开的时节,
争先恐后地赶去买花。

贵贱没有固定的价格,

还价要看花朵的数目；
鲜艳的红花百朵，
精致的白绢五束。

上面张起帷幕遮盖，
旁边编了篱笆保护，
用泥封了用水浇灌，
移植过来颜色如故。
每一家都习以为常，
每个人都执迷不悟！

有一个种田的老汉，
偶然来到买花的地方，
低下头深深叹息，
谁理睬他为什么感伤：
一丛红色的花儿，
十户中农的税粮！

原　诗

帝城春欲暮，②喧喧车马度。
共道牡丹时，相随买花去。③
贵贱无常价，酬值看花数，
灼灼百朵红，戋戋五束素。④
上张幄幕庇，旁织笆篱护，
水洒复泥封，移来色如故。
家家习为俗，人人迷不悟！
有一田舍翁，偶来买花处，
低头独长叹，此叹无人谕：⑤
一丛深色花，十户中人赋！

注释

①《才调集》作《牡丹》。　②帝城：都城，指长安。　③唐代春季赏牡丹的情形，载籍多有记

述。《国史补》卷中:"京城贵游尚牡丹三十余年矣。每春暮,车马若狂,以不耽玩为耻。"《南部新书》:"长安三月十五日,两街看牡丹,奔走车马。"都可作为这段诗的注解。　④素,精细洁白的绢。束,五匹。戋(jiān)戋,形容五束绢堆积一处的样子,用《易经·贲卦》"束素戋戋"语意,不作"浅小"、"微薄"讲。百朵红花的代价是二十五匹绢,真不算便宜。柳浑诗:"近来无奈牡丹何,数十千钱买一窠。"长安权贵们的奢侈生活是很惊人的。　⑤谕:理解。

赠友诗(并序)①

吾友有王佐之才者,②以致君济人为己任,③识者深许之,④因赠是诗,以广其志云。

私人没有钱炉,
平地没有铜山:
为什么秋夏两税,
年年要缴纳铜钱?

铜钱的力量越大,
农民的负担越重。
贱价粜掉粟麦,
贱价卖掉丝缯。
年终缺吃少穿,
怎能不挨饿受冻!

我听说建国初年,
颁布了妥善的法令:
收租要计算桑田,
征役要计算人丁。

不勒索土地不出产的东西,
不强求人们办不到的事情;
按照收入计划支出,
上面富足,下面也安宁。

战时改变了旧法,

战后再没有复原,
使我们庄户人家,
受尽了痛苦艰难。

谁能除这种弊端,
只盼你执掌政权;
恢复"租庸"制度,
就像那贞观年间。

原　诗

私家无钱炉,平地无铜山;
胡为秋夏税,⑤岁岁输铜钱?
钱力日已重,农力日已殚。⑥
贱粜粟与麦,贱贸丝与绵。⑦
岁暮衣食尽,焉得不饥寒!
吾闻国之初,有制垂不刊:⑧
庸必算丁口,租必计桑田。⑨
不求土所无,不强人所难;
量入以为出,上足下亦安。
兵兴一变法,兵息遂不还;
使我农桑人,憔悴畎亩间。⑩
谁能革此弊,待君秉利权;
复彼租庸法,令如贞观年。⑪

注释

①原诗五首,选译一首。　②王佐之才:具有辅佐皇帝治理天下的才能。　③致君:"致君尧舜"的省语。意思是,使皇帝变成个好皇帝。致,使。　④许:赞成。　⑤胡为:何为、为什么。唐德宗时实行"两税法",以钱纳税,分夏秋两季缴纳。见前《重赋》注。　⑥殚(dān):枯竭。　⑦贸:卖。绵:棉絮。　⑧垂:设施、颁布。不刊:不可刊削。这里是说,制度很妥善,是不可动摇的。　⑨唐朝在开元以前实行"租庸调"法。按产量多少征收农产品,叫做"租";按人口多少服劳役,叫做"庸"。　⑩畎(quǎn)亩间:田间。　⑪贞观:唐太宗李世民的年号。

寓 意 诗①

园中的果树枝叶繁茂，
粗大的树干两人合抱；
愚蠢的蠹虫生在树中，
脆弱的身躯多么渺小？
谁说那蠹虫十分渺小？
吃啊蛀啊，永远不停。
谁说那果树十分粗大？
花啊叶啊，终于生病。
生病的花朵不结果实，
生病的叶子已经枯了；
一半儿树心变成灰土，
旁观的人们哪能知道！
请问那蠹虫藏在哪里？
不藏在树枝藏在树身。
请问那蠹虫啮食什么？
不啮食树皮啮食树心。
难道说没有啄木鸟吗？
嘴儿虽长有什么办法！

原 诗

婆娑园中树，②根株大合围；③
蠢尔树间虫，④形质一何微！
谁谓虫至微？蛊蠹无已期。⑤
孰谓树至大？⑥花叶有衰时。
花衰夏未实，叶病秋先萎；
树心半为土，观者安得知！
借问虫何在？在身不在枝。

借问虫何食？食心不食皮。
岂无啄木鸟？嘴长将何为！

注释

①原诗五首,选译一首。 ②婆娑(pó suō):摇曳的样子。 ③合围:合抱。 ④蠢尔:愚蠢的。尔,文言中用于形容词或副词的后面,作定语或状语。 ⑤蛊(gǔ):毒害。蠹(dù):蛀蚀。无已期:没有完的时候。 ⑥孰:谁。

有木诗八首(并序)

余读《汉书·列传》,①见佞顺婉婉、②图身忘国,如张禹辈者；③见惑上蛊下、交乱君亲,如江充辈者；④见暴狠跋扈、⑤壅君树党、⑥如梁冀辈者；⑦见色仁行违、先德后贼,如王莽辈者；⑧又见外状恢弘,中无实用者；又见附丽权势,随之复亡者:其初皆有动人之才,足以惑众媚主,莫不合于始而败于终也。因引风人骚人之兴,赋有木八章,不独讽前人,欲儆后代尔！⑨

一

有一种植物名叫弱柳,
把根子扎在清水池旁；
风烟借给它迷人的颜色,
雨露帮助它发荣滋长。

白雪似的花儿密密麻麻,
青丝般的枝子飘飘荡荡。
渐长渐高,低垂着树梢,
越来越密,遮住了太阳。
截它的枝子来作手杖,
又软又弱,没有力量；
折它的条儿来编篱笆,
又嫩又脆,也不适当。

当作树木还可以赏玩,

论其材料有什么用场?
可惜了坚固的水堤,
栽种它实在冤枉!

原　诗

有木名弱柳,结根近清池;
风烟借颜色,雨露助华滋。
峨峨白雪花,⑩袅袅青丝枝。⑪
渐密阴自庇,⑫转高梢四垂。
截枝扶为杖,软弱不自持。⑬
折条用樊圃,⑭柔脆非其宜。
为树信可玩,⑮论材何所施?
可惜金堤地,⑯栽之徒尔为!⑰

注释

①《汉书》:共一百二十卷,记述西汉时代的历史事实,东汉人班固撰。是我国有名的"四史"之一。其中《列传》七十篇,是人物传记。　②佞(nìng)顺:谄媚、逢迎。婩婀(ān'ē):没有主见。　③张禹:汉元帝时做光禄大夫,汉成帝时做宰相、封安昌侯。辈:同类的人。　④江充:汉邯郸人,汉武帝见其貌魁梧,拜为直指绣衣使者。曾诬害太子,被诛杀。　⑤暴狠:暴虐毒狠。跋扈:骄傲专横。　⑥壅:堵塞、蒙蔽。　⑦梁冀:汉顺帝梁皇后的哥哥,非常凶暴。专权数十年,曾毒死质帝。　⑧王莽:汉朝人,开始谦躬下士,后来杀汉平帝,篡位自立。　⑨儆(jǐng):警戒。尔:文言中的助词。　⑩峨峨:形容柳花繁盛。　⑪袅袅:形容柳丝飘荡。　⑫阴自庇:自己的树阴能够遮庇它自己。　⑬不自持:自己撑不起自己。　⑭圃:菜园。樊:做篱笆。　⑮信:的确。　⑯金堤:坚固的水堤。　⑰徒尔为:白费气力。

二

有一种植物名叫樱桃,
栽在好地方长得很快;
叶密能吸收充足的阳光,
花繁能接受丰富的露水。
引得鸟儿偷偷地来往,
迎着风儿暗暗地摇动。
鸟吃果子不容易结成,

风吹枝条不能够安静。
低矮柔软最适于赏玩,
佳人屡屡地回头顾盼。
妒嫉松竹的节操贞坚,
追求桃李的颜色鲜艳。
只好做映墙的闲花,
本不是当轩的大树,
所以姓萧的作者,
曾写了《伐樱桃赋》。

原 诗

有木名樱桃,得地早滋茂;
叶密独承日,花繁偏受露。
迎风暗摇动,引鸟潜来去。
鸟啄子难成,风来枝莫住。
低软易攀玩,佳人屡回顾。
色求桃李饶,①心向松筠妒。②
好是映墙花,本非当轩树;
所以姓萧人,曾为《伐樱赋》。③

注释

①饶:这里作浓艳讲。　②筠(yún):竹子。　③"所以"两句:萧颖士不肯附和当时的宰相李林甫,因而被贬为广陵参军,他在气愤之中写了一篇《伐樱桃树赋》讥刺李林甫,其中有这样的句子:"擢无庸之琐质,蒙本枝以自庇,虽先寝而或荐,非和羹之正味。"萧颖士,字茂挺,唐玄宗开元二十三年举进士。是古文运动的先行者。著有《萧茂挺集》。李林甫,唐玄宗时做宰相十九年,柔佞狡诈,有权术,和宦官勾结,作威作福,当时的人民和正直的官吏都痛恨他。

三

有一种植物秋天不凋零,
青青地长在江北的园中;
据说是洞庭湖边的橘树,

美人移了来亲手栽种。
既受她多情的顾盼,
又劳她殷勤地浇灌。
结成的果子却是枳实,
味道很苦,不能下咽。
社会上有像它的东西,
真和假怎样分辨!
美人没有话说,
对着它只有长叹。
内心潜藏害人的意思,
外表装出耐寒的样子。
还在枝叶中间,
偷偷地长出小刺。

原　诗

有木秋不凋,青青在江北。
谓为洞庭橘,美人自移植。
上受顾盼恩,下勤浇灌力。
实成乃是枳,①臭苦不堪食。②
物有似是者,真伪何由识!
美人默无言,对之长叹息。
内含害物意,外矫凌霜色。③
仍向枝叶间,潜生刺如棘。

注释

①枳:也叫枸橘,叶长圆形;果实酸苦,不好吃,即中药中的枳实,古来有"橘生淮南则为橘,生于淮北则为枳"的说法,见《考工记》和《晏子春秋》。　②臭(xiù):气味。　③矫:假装。凌霜:不怕霜。

四

有一种植物名叫杜梨,

阴气森森地覆盖丘壑；
虫蛀的树心已经空朽，
深盘的根子还很壮硕。

妖媚的狐狸花言巧语，
凶邪的野鸟恶声恶气。
都靠着杜梨筑起巢穴，
你来我往地一处歇栖。

四面还有五六棵小树，
枝枝叶叶互相错综。
请问它们凭什么繁殖？
秋风把老树的种子吹落。

因为长在神坛下面，
没有人敢来砍伐攀折；
好几回飘来熊熊的野火，
风转了方向都没有烧着。

原 诗

有木名杜梨，阴森覆丘壑。
心蠹已空朽，根深尚盘礴。①
狐媚言语巧，妖鸟声音恶。
凭此为巢穴，往来互栖托。
四傍五六本，枝叶相交错。
借问因何生，秋风吹子落。
为长社坛下，②无人敢芟斫；③
几度野火来，风回烧不着。

注释

①盘礴：也作磐礴、旁薄，壮大貌。 ②社：土地庙。坛：神坛。 ③芟（shān）：割。斫（zhuó）：砍。

五

有一种植物香气喷人，
高山顶上长了一茎。
主人不知道它的名字，
把它移来栽在院中。

爱它的气味芬芳，
便拿它调和酒浆。
先后喝过的人们，
没有谁免于死亡。

不仅不应该栽种，
而且不应该采掇；
请教懂药的行家，
才知道名叫野葛。

已经长得十分繁茂，
刀子斧头砍它不倒；
啥时候吹来猛风，
替我连根子拔掉！

原 诗

有木香苒苒，山头生一蘖。
主人不知名，移种近轩闼。①
爱其有芳味，因以调曲蘖。②
前后曾饮者，十人无一活。
岂徒悔封植，兼亦误采掇；
试问识药人，始知名野葛。
年深已滋蔓，③刀斧不可伐；
何时猛风来，为我连根拔！

注释

①闼:门。　②曲(qū)糵(niè):酒母。因酿酒离不开酒母,所以也把酒叫曲糵。　③滋蔓:繁茂、蔓延。

六

有一种植物名叫水柽,
远远地望去郁郁葱葱。
树根和树干并不坚硬,
枝条和叶子非常茂盛。

颜色碧绿好像翠柏,
皮子鳞皴好像苍松。
只因它貌似松柏,
才列入佳树当中。

枝弱禁不起大雪,
势高顶不住狂风,
雪压得忽高忽低,
风吹得时西时东。

比杨柳更加柔软,
比梧桐更早凋零;
只有一种好处,
中心没有蠹虫。

原　诗

有木名水柽,①远望青童童。②
根株非劲挺,柯叶多蒙茏。
彩翠色如柏,鳞皴皮似松。③
为同松柏类,得列嘉树中。
枝弱不胜雪,④势高常惧风,
雪压低还举,风吹西复东。
柔芳甚杨柳,早落先梧桐;

唯有一堪赏,⁵中心无蠹虫。

注释

①水柽(chēng):通常叫"观音柳",枝叶繁密,夏季开穗状小红花。　②童童:亦作幢幢,枝叶茂盛的样子。　③鳞皴(cūn):像鱼鳞一样皴裂。　④不胜:承受不了、担负不起。
⑤堪赏:值得赞赏。

七

有一种植物名叫凌霄,
生来本没有独立的风标;
偶然攀上高大的树木,
这才抽出百尺的长条。

根子附在大树的身上,
花朵寄在大树的梢头;
自以为得到优越的地位,
再没有发生危险的因由。

有朝一日大树倒了,
暂时东摇西摆地挣扎;
一阵大风从东方刮来,
不到半天便把它吹垮。

早上是高拂云霄的花儿,
晚上是堆在地上的柴草。
告诉打算自立的人们,
不要学习柔弱的花苗!

原　诗

有木名凌霄,①擢秀非孤标;②
偶依一株树,遂抽百尺条。
托根附树身,开花寄树梢;
自谓得其势,无因有动摇。

一旦树摧倒,独立暂飘摇;
疾风从东来,吹折不终朝。③
朝为拂云花,暮为委地樵。
寄言立身者,勿学柔弱苗!

注释

①凌霄:又叫紫葳,生长时攀附其他的东西上升,有高到几丈的,秋天开黄里带红的花,"凌霄"这个词是升到高空的意思。　②擢(zhuó)秀:指植物发荣滋长。孤标:特出的气概。　③不终朝(zhāo):是说时间很短,相当于一霎时。朝,早晨。

八

有一种植物名叫丹桂,
一年四季香气馥馥。
花团像夜雪般明亮,
叶片像春云般碧绿。

临风的身影水一样澄澈,
带霜的枝丫玉一般净洁;
独自占领小山的清幽,
不许庸俗的鸟儿停歇。

匠人爱它的芳香正直,
砍了来建造大厦高屋;
细干还没有长足力量,
采用它未免过于急速。

担负的责任虽然太重,
正直的性格始终不改。
纵然不是栋梁的材料,
究竟胜过平常的木材。

原　诗

有木名丹桂,四时香馥馥。

花团夜雪明,^①叶剪春云绿。

风影清似水,霜枝冷如玉;

独占小山幽,不容凡鸟宿。

匠人爱芳直,裁截为厦屋;

干细力未成,用之君自速。

重任虽太过,直心终不曲;

纵非梁栋材,^②犹胜寻常木。^③

注释

①这个"团"字和下句的"剪"字相对,是动词,译诗没有直译。　②纵:即使。　③寻常:平常。

叹鲁二首①

一

季桓难道有什么忠心!

他的财富却超过周公;

阳货难道有什么正道!

却掌握了国家的命运。

从古以来,有没有财富和职权,

并不决定于有没有才能和品行;

只要爬到适当的地位,

虽然愚蠢,也能够美满地生存。

猪子肥胖,由于住在粪里,

老鼠安逸,因为藏在庙中;

兽类尚且如此,

难道说没有原因?

二

展禽是怎样的人呢?

遵行正道,几次遭到罢斥;

颜渊是怎样的人呢?
生活穷困,往往没有饭吃。
都具有治理国家的才略,
却得不到小小的官职。
从来就没有什么法子,
命运受着时势的限制。
就像那花草树木,
各赋有一种特质:
荔枝不是名贵的花儿,
牡丹没有香甜的果实。

原　诗

一

季桓心岂忠,②其富过周公;③
阳货道岂正,④其权执国命。
由来富与权,不系才与贤;
所托得其地,虽愚亦获安。
虿肥因粪壤,⑤鼠稳依社坛;⑥
虫兽尚如此,岂谓无因缘?

二

展禽胡为者,⑦直道竟三黜;⑧
颜子何如人,⑨屡空聊过日。⑩
皆怀王佐道,⑪不践陪臣秩。⑫
自古无奈何,命为时所屈。
有如草木分,⑬天各与其一:⑭
荔枝非名花,牡丹无甘实。

注释

①鲁:国名。周武王封其弟周公旦于此。成王时,周公旦辅佐天子,乃封他的儿子伯禽为鲁侯,建都曲阜。后来为楚国所灭。《叹鲁》就是叹息鲁国的国事。　②春秋时,鲁国的大夫

孟孙、叔孙、季孙都是桓公的后代,所以叫三桓。季桓即季孙。季孙是复姓。从季孙友以下,其子孙如季孙行父、季孙宿等,世为大夫,执掌鲁国的大权。季孙如意甚至把鲁昭公赶到齐国。　③周公:姓姬名旦,周武王的弟弟。是儒家所尊崇的圣人之一。　④阳货:春秋时代的鲁国人。起初做季孙氏的家臣,后来独揽大权,企图赶走三桓,终于失败。　⑤彘(zhì):猪的别名。　⑥社坛:祭祀土地神的地方。古代常常把皇帝周围的奸邪小人比做城狐社鼠。社,土地神。　⑦展禽:即柳下惠,春秋时鲁国人。也是儒家推崇的圣人之一。胡为者:干什么的人。　⑧三黜:三次被罢斥。展禽负担士师的职务,三次遭到罢斥,却不肯离开鲁国。有人问他:既然遭到罢斥,为什么不离开这里?他说,用"直道"替执政者办事,到哪儿去也得遭到罢斥;用"枉道"("枉"是不正的意思)替执政者办事,又何必离开自己的祖国呢?　⑨颜子:即颜渊(又叫颜回),春秋时鲁国人,是孔子最得意的学生。　⑩屡空:往往缺少吃食。聊过日:勉勉强强地过日子。　⑪皆:都。怀:怀抱、具有。　⑫诸侯的大夫对天子自称陪臣;大夫的家臣也叫陪臣。秩:职。　⑬分(fēn):古来把先天的禀赋(性格气质等等)叫天分。　⑭与:给

新乐府(并序)①

序曰:凡九千二百五十二言,断为五十篇。篇无定句,句无定字,系于意而不系于文。首句标其目,卒章显其志,诗三百之意也。②其辞质而径,欲见之者易谕也。其言直而切,欲闻之者深诫也;其事核而实,使采之者传信也。其体顺而肆,可以播于乐章歌曲也。总而言之,为君、为臣、为民、为物、为事而作,不为文而作也。

七 德 舞

七德舞,
七德歌,
从武宗时代传到元和。
元和时代的小臣白居易,
看了舞听了歌领会了其中的意义,
谨以最崇敬的心情,
陈述它所歌颂的业绩:

太宗十八岁大起义兵,

译诗集　151

持黄钺挥白旄平定两京,
擒世充斩建德四海安宁;
二十四岁大功告成;
二十九岁作了皇帝;
三十五岁治理得天下太平。

功业成就得这样快是什么原故?
这由于他待人推心置腹:
分金钱赎回了饥民卖掉的儿女;
散财帛收埋了亡卒遗散的骸骨;
梦别魏征,在半夜犹自悲泣;
哀悼张谨,逢辰日也要恸哭;
把三千怨女放出深宫让她们自寻配偶;
把四百死囚放还故乡让他们探望父母;
剪掉胡须为功臣医疗疾病,
李勣力图报恩不惜牺牲生命;
吮吸脓血为战士包裹创伤,
思摩情愿效力请求战死疆场。
不光是善于抓住时机善于克敌制胜,
以赤诚的心感动人人心归顺。
从那时到现在已经过了一百九十来年,
普天下还载歌载舞把他的功德歌颂。
七德歌,
七德舞,
圣人的创作啊永垂万古!
难道是仅仅为了炫耀文治,
难道是仅仅为了夸示武功,
太宗的用意在于陈述王业,
把王业的艰难告诉子孙。

原 诗

(原题注:美拨乱陈王业也。③)

七德舞,七德歌,
传自武德至元和。④元和小臣白居易,
观舞听歌知乐意,乐终稽首陈其事:
太宗十八举义兵,白旄黄钺定两京,⑤
擒充戮窦四海清;⑥二十有四功业成;
二十有九即帝位;三十有五致太平。
功成理定何神速?速在推心置人腹:
亡卒遗骸散帛收;⑦饥人卖子分金赎;⑧
魏征梦见子夜泣;⑨张谨哀闻辰日哭;⑩
怨女三千放出宫,⑪死囚四百来归狱;⑫
剪须烧药赐功臣,李勣呜咽思杀身;⑬
含血吮疮抚战士,思摩奋呼乞效死。⑭
不独善战善乘时,以心感人人心归。
尔来一百九十载,天下至今歌舞之。
歌七德,舞七德,
圣人有作垂无极。岂徒耀神武,
岂徒夸圣文,太宗意在陈王业,
王业艰难示子孙。

注释

①乐府:本来是汉武帝设立的音乐机关,职责是搜集、整理民间的和文人的诗歌,配上乐调,以供朝廷祭祀和饮宴时演奏。后来就把这一类"入乐的诗歌"也叫"乐府"(或"乐府诗"),有些文人也采用"乐府"的旧题进行拟作或创作。白居易、元稹和李绅认为"沿袭古题,唱和重复",没有什么意义,便学习杜甫的《悲陈陶》、《哀江头》、《兵车行》、《丽人行》等诗的精神,自作"即事名篇"的新题乐府(见元稹的《乐府古题序》)。这里的《新乐府》就是按诗的内容自立题目的乐府诗,白居易在《与元九书》中所说的"因事立题,题为《新乐府》",正是这个意思。李绅先写了二十首新乐府(已失传),元稹和了十二首,白居易除和李诗外,又创作了一大部分,共

五十首。这里选译了三十六首。作者自注:"元和四年(809)为拾遗时作。" ②诗三百:即《诗经》。 ③作者自注:武德(唐高祖李渊年号,618—626)年间,天子(李渊)创作《秦王破阵乐》,以赞扬太宗(李世民)的功业。贞观(太宗年号,627—649)初年,太宗重制《破阵乐舞图》,命令魏征、虞世南等给它写歌词,叫做《七德舞》。从龙朔(高宗年号,661—663)以后,命令祭天、祭太庙时演奏。按"七德"是指禁暴、戢兵、保大、定功、安民、和众、丰财,见《左传》宣十二年。 ④元和:唐宪宗年号(806—826)。 ⑤白旄:竿头装旄牛尾,是指挥作战用的。黄钺:金斧。《尚书·牧誓》:"王左仗黄钺,右秉白旄以麾(挥)。" ⑥充:指王世充。王世充本来是隋朝的东都留守,在隋末农民大起义的时候,拥立越王杨侗为帝,后来又废侗自立。窦:指窦建德。窦建德有精兵十余万,是隋末农民起义军中最强的一支,曾活动于现在的河北及山东、河南两省与河北接境的地区。 ⑦作者自注:贞观初年,下令收集死者的骸骨,祭奠后埋葬。后来又散财帛继续收埋。 ⑧作者自注:贞观五年遭了严重灾荒,人民有卖掉儿女的。太宗下令拿御府的金帛完全赎回,送还给他们父母。 ⑨作者自注:魏征病重,太宗梦见和魏征分别,醒来后哭泣。这一天晚上,魏征果然死了。所以太宗在给魏征写的碑文中说:"昔殷宗得良弼于梦中,今朕失贤臣于觉后。" ⑩作者自注:张谨死后,太宗哭泣。官吏陈奏:日在辰,阴阳所忌,不可哭。太宗说:君臣的情义很重,就像父子一样,情感激动,哪晓得辰日? 于是哭得更加沉痛。 ⑪作者自注:太宗曾经对侍臣们说:妇人幽闭在深官里面,很值得怜悯,现在准备放出去,由她们自寻配偶。于是派遣左丞戴胄、给事中杜正伦于西门选许多宫女,放出官去。 ⑫作者自注:贞观六年,太宗亲自将判了死罪的三百九十个囚犯放回家乡,教他们于第二年的秋天再来受刑。到了约定的日期,果然都来了,便下令免了他们的死罪。 ⑬作者自注:李勣得了病,医生说只有用龙须烧灰,才能治好。太宗便剪下自己的胡须烧成灰赐给李勣,服下去果然好了。李勣叩头泣涕而谢。 ⑭作者自注:李思摩中了箭,太宗亲自给他吮血。

海漫漫

大海漫漫,
深得没有底,宽得没有边。
云涛烟浪最深的地方,
有人说里面有三座神山。
山上长着长生不老的灵药,
吃了它能飞上青霄变成天仙。

秦始皇汉武帝相信了这种胡言乱语,

年年打发方士将灵药求取;

蓬莱啊,从古到今只听说这个名儿,

烟水渺茫,向哪儿寻去!

大海漫漫,

长风浩浩,

望穿眼睛,寻不着蓬莱仙岛。

寻不着蓬莱不敢回家,

童男童女在船中衰老。

徐福文成多么荒诞,

上元太乙徒然祈祷;

你看那骊山山顶和茂陵陵畔,

毕竟是悲风吹动蔓草!

何况玄元圣祖的经典五千言,

不说灵药,

不说神仙,

也不说大白日飞上青天。

原 诗

(原题注:戒求仙也。)

海漫漫,直下无底旁无边。

云涛烟浪最深处,人传中有三神山。①

山上多生不死药,服之羽化为天仙。

秦皇汉武信此语,方士年年采药去;②

蓬莱今古但闻名,烟水茫茫无觅处!

海漫漫,风浩浩,眼穿不见蓬莱岛。

不见蓬莱不敢归,童男丱女舟中老。③

徐福文成多诳诞,④上元太乙虚祈祷;⑤

君看骊山顶上茂陵头,⑥毕竟悲风吹蔓草!

何况玄元圣祖五千言,⑦

不言药,不言仙,不言白日升青天。

注释

①古来相传海中有三座神山:方丈、蓬莱、瀛洲。因为形状像壶,所以又叫"三壶"。方丈叫方壶,蓬莱叫蓬壶,瀛洲叫瀛壶。见《海内十洲记》。　②方士:有方术的人。　③丱(guàn):把头发束成两角的样子。丱发的女子,就是童女。　④徐福:秦时的方士,秦始皇派遣他带童男童女八千人,入海求仙。文成:即少翁,汉时的方士,汉武帝封他为文成将军。　⑤上元:即上元夫人。《汉武帝内传》:上元夫人,是道君的弟子。元封(汉武帝刘彻年号,前110—前105)元年七月七日,西王母降于汉宫,打发侍女郭密香请上元夫人同宴。上元夫人是"三天俱皇之母,上元之高尊"。太乙:天帝神。　⑥秦始皇葬在骊山;茂陵是汉武帝的坟。骊山在陕西临潼县东南。　⑦玄元圣祖:指老子,唐朝的皇族攀认老子为始祖,给他加上"大圣祖高上大道金阙玄元天皇大帝"的尊号。五千言:指老子的《道德经》。

上阳白发人

上阳宫人啊上阳宫人,

红颜消逝了,白发如银。

绿衣的太监把守宫门,

关在上阳宫多少年辰!

玄宗末年被选进皇宫,

选时十六,现在是六十的老人。

同时被选的共有一百多个。

逐渐凋零了,只剩下老身。

想当时吞声忍泪和亲人分离,

被扶进车子里不教哭泣;

都说一入宫就会得到皇上的宠爱,

因为胸脯像玉石,脸儿像莲花般美丽。

哪晓得还没有看见君王,

已经惹恼了贵妃娘娘;

暗暗地打发人送到上阳,

落得一辈子独守空房!

独守空房,

秋夜漫长,

夜长失眠天不肯亮。
昏沉沉的残灯映射墙壁，
淅零零的暗雨敲打门窗。
春日迟缓，
日迟独坐天难得晚。
梁燕双栖虽无心嫉妒，
宫莺百啭却惹人愁烦。
莺回燕去，受不完寂寞，
春往秋来，记不清年月；
只看见东升西落的月儿，
已经过四五百回的圆缺。
如今在宫中年纪最老，
君王远赐了"尚书"的称号。
小头的鞋子窄窄的衣裳，
青黛画的眉毛又细又长；
外人看不见，看见了准会笑话，
这还是天宝末年的时髦梳妆。
上阳宫人，
痛苦最多。
少时痛苦，老了也痛苦！
一生的光阴怎样在痛苦中消磨？
你不见从前吕向的《美人赋》，
又不见今日的《上阳宫人白发歌》！

原 诗

（原题注：悯怨旷也。①）

上阳人，上阳人，红颜暗老白发新。
绿衣监使守宫门，一闭上阳多少春！
玄宗末岁初选入，入时十六今六十。
同时采择百余人，零落年深残此身。

忆昔吞悲别亲族,扶入车中不教哭;
皆云入内便承恩,脸似芙蓉胸似玉。
未容君王得见面,已被杨妃遥侧目;
妒令潜配上阳宫,一生遂向空房宿。
宿空房,秋夜长,夜长无寐天不明。
耿耿残灯背壁影,萧萧暗雨打窗声。
春日迟,日迟独坐天难暮。
宫莺百啭愁厌闻,梁燕双栖老休妒。
莺归燕去长悄然,春往秋来不记年;
唯向深宫望明月,东西四五百回圆。
今日宫中年最老,大家遥赐"尚书"号。②
小头鞋履窄衣裳,青黛点眉眉细长;
外人不见见应笑,天宝末年时世妆。
上阳人,苦最多。少亦苦,老亦苦!
少苦老苦两如何?君不见昔时吕向《美人赋》,③
又不见今日《上阳宫人白发歌》!

注释

①作者自注:天宝五年以后,杨贵妃专宠,后宫宫人,再没有能够接近皇帝的;宫人中颜色美丽的,都安置在其他地方。上阳宫就是其中之一,贞元(唐德宗年号,785—805)时,还能够看见。
②大家:汉代宫中对天子的称呼,见蔡邕《独断》。唐、宋时代也是这样。遥赐:当时的皇帝在长安,而上阳宫却远在洛阳,所以用"遥赐"。"女尚书":很早就有了。唐代宫中,也有这种称号,见《旧唐书·职官志》《宫官》条。王建的《宫词》中也有"宫局总来为喜欢,院中新拜女尚书"的句子。 ③作者自注:天宝末年,有秘密地为皇帝选择美人的,当时叫做"花鸟使"。吕向献《美人赋》加以讽刺。吕向,字子回,开元十年召入翰林,兼集院校理。他献《美人赋》的事实,见《新唐书·吕向传》,《美人赋》载《文苑英华》。

新丰折臂翁

新丰县有个老翁八十八岁,
头鬓须眉都像雪一样发白;

玄孙扶着他向店前走来,
右臂折断了,只剩下左臂。
问老翁:臂膀折断了多少年辰?
并且问:使它折断的是什么原因?
老翁说:"我的籍贯是新丰县,
生长在圣明的朝代没有征战;
听惯了梨园歌管的声音,
不认得军中的旗枪弓箭。
天宝年间大抓壮丁,
每家有三丁就强抓一丁。
抓了丁向什么地方驱赶?
大热天赶上奔赴云南的万里征程。
听说云南有一条泸江,
椒花落的时候便起烟瘴。
大军泅水,水烫得好像滚汤,
过不了十人,就有两三人死亡。
村南村北的哭声多么悲伤!
丈夫辞别妻子,儿子辞别爹娘;
都说前后出征云南的人啊,
千万个去了,没有一个还乡。
那时候老汉还是二十四岁的青年,
姓名列入征兵的册子上边。
更深夜半不敢让旁人知道,
偷偷地用石头将臂膀砸断。
扛旗、射箭,都派不上用场,
这才避免了去云南打仗。
骨碎筋伤,并不是没有痛苦,
只希望被淘汰回到家乡。
这只臂折断了六十来年,
一肢损害了,一身保全。
到现在碰上风雨阴寒的夜晚,

直到天亮,疼得不能睡眠。

不能睡眠,

始终不悔,

只庆幸老汉能活到现在。

要不然当时死在泸水头,

孤魂无依,尸骨没人收;

便做云南的望乡鬼,

万人坟上哭呦呦。"

老翁的话,

您听取。

您没听说开元宰相叫宋璟?

他不赏边功,为的是防止侵略战争。

您没听说天宝宰相叫杨国忠?

他为了得到恩宠,只妄想建立边功。

边功还没有建立,已引起人民的怨恨,

要不信,就问问新丰县折臂的老翁!

原　诗

（原题注:戒边功也。）

新丰老翁八十八,[①]头鬓须眉皆似雪;

玄孙扶向店前行,[②]左臂凭肩右臂折。[③]

问翁折臂来几年? 兼问致折何因缘?

翁云贯属新丰县,生逢圣代无征战;

惯听梨园歌管声,[④]不识旗枪与弓箭。

无何天宝大征兵,[⑤]户有三丁点一丁。

点得驱将何处去? 五月万里云南行。

闻道云南有泸水,椒花落时瘴烟起;

大军徒涉水如汤,[⑥]未过十人二三死。

村南村北哭声哀,儿别爷娘夫别妻;

皆云前后征蛮者,千万人行无一回。

是时翁年二十四,兵部牒中有名字。
夜深不敢使人知,偷将大石槌折臂。
张弓簸旗俱不堪,从兹始免征云南。
骨碎筋伤非不苦,且图拣退归乡土。
此臂折来六十年,一肢虽废一身全。
至今风雨阴寒夜,直到天明痛不眠。
痛不眠,终不悔,且喜老身今独在。
不然当时泸水头,身死魂孤骨不收;
应作云南望乡鬼,万人冢上哭呦呦。⑦
老人言,君听取。
君不闻开元宰相宋开府,不赏边功防黩武。⑧
又不闻天宝宰相杨国忠,欲求恩幸立边功;
边功未立生民怨,请问新丰折臂翁。⑨

注释

①新丰:唐县名,属京兆府。旧城在今陕西临潼县东北。 ②玄孙:孙子的孙子。 ③凭肩:扶在玄孙的肩头。 ④梨园:唐玄宗教授伶人的地方;后来便把演剧的地方也叫梨园。 ⑤无何:也写作亡何,相当于"不久"。 ⑥徒涉:徒步过河。 ⑦作者自注:云南有万人坟,即是鲜于仲通和李宓全军覆没的地方。这坟现在还能看见。 ⑧作者自注:开元初年,突厥几次侵犯边境,当时天武军牙将郝灵荃出使,带领特勒回鹘部落,斩了突厥默啜的首级,献给朝廷,自以为立了很大的功劳。这时候宋璟做宰相,因为皇帝年轻好武,恐怕那些喜欢冒险立功的人乘机而入,便没有给郝灵荃任何奖赏,过了一年,才给他郎将的官衔;郝灵荃便痛哭呕血而死。按宋璟曾做开府仪同三司,所以称他为宋开府。 ⑨作者自注:天宝末年,杨国忠做宰相,重新发动征讨阁罗凤的战争,大量征兵,先后征去二十多万人,没有一个回来,又捕捉人民带上枷锁赶到战场,到处是哭泣怨恨的声音,人民痛苦不堪。所以安禄山乘机造反。元和初年,折臂翁还活着,因而写了这篇诗歌。按天宝十年,鲜于仲通带兵进攻云南王阁罗凤,全军覆没。天宝十三年,李宓又带兵进攻阁罗凤,全军覆没。这里所写的是天宝十三年的战役。

太行路

太行山的路能摧毁车辆,
若比起您的心啊,它多么坦荡!

巫峡里的水能颠覆船身,
若比起您的心啊,它多么平稳!

您的心啊,忽爱忽憎,反复无常,
爱起来巴不得长上翅膀,
憎起来巴不得生个恶疮。
我和您结了婚还不满五年,
谁料到牛郎和织女变成参商!

古人说颜色衰退了就丢在一边,
当时的美人还有怨言;
何况现在的镜子里面,
我的颜色没有变,您的心却已经改变。

为您熏衣裳,
您嗅到兰草麝香也说不馨香;
为您戴首饰,
您看见珍珠翡翠也说不漂亮。

行路难,
说不清!
人生千万莫作妇人身,
一辈子欢乐痛苦由他人!

行路难,
险过巫峡水,
难过太行山。
不仅人家的夫和妻,
近代的君臣也像这一般。

您不见左纳言、右纳史,
早上承恩,晚上赐死?

行路难!

不在水,

不在山;

只在人情反复间!

原 诗

(原题注:借夫妇以讽君臣之不终也。)

太行之路能摧车,若比君心是坦途;

巫峡之水能覆舟,若比君心是安流。

君心好恶苦不常,好生毛羽恶生疮。

与君结发未五载,岂期牛女为参商!①

古称色衰相弃背,当时美人犹怨悔;

何况如今鸾镜中,②妾颜未改君心改。

为君熏衣裳,君闻兰麝不馨香;

为君盛容饰,君看珠翠无颜色。

行路难,难重陈!

人生莫作妇人身,百年苦乐由他人。

行路难,难于山,险于水;

不独人家夫与妻,近代君臣亦如此。

君不见左纳言、右纳史,③朝承恩、暮赐死? 行路难!

不在水,不在山;只在人情反复间!

注释

①牛女:牛郎、织女。参(shēn)商:两颗星的名字,都属于二十八宿。参星在西方,商星在东方,此出彼落,永不相见。 ②鸾镜:李商隐《陈后宫诗》:"侵夜鸾开镜。"冯浩注引范泰《鸾鸟诗序》:罽宾王捕获了一只彩色的鸾鸟,想让它鸣叫,却达不到目的。他的夫人说:我曾经听说鸟见到它的同类,然后鸣叫,可拿镜子照它。罽宾王按她的办法去做,鸾看到它的影子,悲哀地叫了半夜便死去了。因而把镜子叫鸾镜。 ③纳言、纳史:都是官名。陈寅恪根据《唐六典》卷九,认为纳史应作内史。见《元白诗笺证稿》一六八页。

昆 明 春

昆明池,
好春光,
古老的池岸没有变样,
新添的池水一片汪洋。
池面倒映着蓝晶晶的南山,
波心摇漾着红艳艳的夕阳。

往年遭旱灾池水枯竭,
污浊的泥涂里困坏鱼鳖;
皇帝下命令引来八水,
一霎时救活千鳞万介。

现在啊,晶莹的池水映照蓝天,
活泼的鱼儿游戏在莲叶中间;
芳香的洲渚上杜若生长,
温暖的沙滩上鸳鸯睡眠。

飞、潜、动、植都称心快意,
皇泽像春光无不覆被。
渔人既有了网罟的收获,
穷人又得到菰蒲的利益。
只因为昆明池靠近京城,
皇帝下命令不准收征。
菰蒲没租鱼不纳税,
近水的人民都感激皇上的恩情。

感激恩情的,
仅仅是哪些人?
我听说领土以内的都是皇帝的百姓,
远处的为什么疏远,近处的为什么亲近?

我希望把这种恩惠推广到各处,

远远近近的人民同样欢欣。
吴兴的茶山免了茶税,
鄱阳的银坑停了税银;
天涯地角没有不准开发的利源,
融融乐乐,都像昆明池一样吹拂着春风。

原 诗

(原题注:思王泽之广被也。①)

昆明春,昆明春,春池岸古春流新。
影浸南山青滉漾,波沉西日红渊沦。②
往年因旱灵池竭,龟尾曳涂鱼煦沫;③
诏开八水注恩波,④千介万鳞同日活。
今来净绿水照天,游鱼鲅鲅莲田田;⑤
洲香杜若抽心短,⑥沙暖鸳鸯铺翅眠。
动植飞沉性皆遂,⑦皇泽如春无不被。
渔者仍丰网罟资,⑧贫人又获菰蒲利。⑨
诏以昆明近帝城,官家不得收其征;
菰蒲无租鱼无税,近水之人感君惠。
感君惠,独何人?
吾闻"率土皆王民",⑩远者何疏近何亲?
愿推此惠及天下,无远无近同欣欣。
吴兴山中罢榷茗,⑪鄱阳坑里休税银;⑫
天涯地角无禁利,熙熙同似昆明春。

注释

①作者自注:昆明池水,贞元年间开始涨泛。按昆明池旧址在现在西安城西南二十来里的鹳鹊庄。汉武帝开凿;后秦时期池水干涸;唐德宗贞元年间重新修浚;唐文宗以后,逐渐埋没。
②渊沦:水波回旋的样子。 ③"龟尾"句:龟曳尾于涂中,本来是《庄子·秋水》篇中的话,另有意义;这里只是说水干了。 ④关中八水:灞水、浐水、泾水、渭水、丰水、镐水、牢水、潏

水。 ⑤鲅鲅(bō bō)：鱼跳跃的样子。田田：形容莲叶的形状。 ⑥杜若：多年生草本植物，气味芳香。 ⑦动：兽类。植：植物。飞：禽类。沉：水族。遂：满足。 ⑧网罟(gǔ)：捕鱼的网。 ⑨菰(gū)：多年生禾本科植物，生浅水中。嫩芽像笋，即茭白。秋天结实像米，可以做饭，叫菰米或雕胡米。蒲：蒲苇。 ⑩"率土"句："普天之下，莫非王土；率土之滨，莫非王臣。"语出《诗经·小雅》中的《北山》篇，孟子曾引用过。 ⑪榷茗：收茶税。《旧唐书·德宗纪》：贞元九年正月开始征收茶税，每年得钱四十万贯。茗，茶。 ⑫鄱(pó)阳：今江西鄱阳县。唐代鄱阳郡多银坑。

道州民

道州的人民，
多数是矮子，
高的也高不到四尺。
被买作矮奴献到京城，
说什么是道州进的土贡！

进土贡，
哪像这种样？
不听爷爷哭孙娘哭儿，
使人骨肉分离多悲伤！

自从阳城管理道州郡，
不贡矮奴，皇帝几次责问。
阳城说：《六典》书上写得分明，
"本地出产的就进贡，不出产的就不贡。"
道州地方所产的，
没有矮奴，只有矮民。

皇帝觉悟了发下诏书，
进贡矮奴的规定完全废除。

道州的人民，
老的小的多么欢欣！

父子兄弟才能够保全,
从这时得到了良民的身份。

道州的人民,
到现在感激阳城的恩惠,
一提起阳城就掉下眼泪。
还恐怕后代忘记了阳城,
生下儿子,多半用"阳"字命名。

原 诗

(原题注:美贤臣遇明主也。)

道州民,多侏儒,①长者不过三尺余。
市作矮奴年进奉,②号为道州任土贡。
任土贡,宁若斯?
不闻使人生别离,老翁哭孙母哭儿!
一自阳城来守郡,③不进矮奴频诏问。
城云臣按《六典》书:④任土贡有不贡无。
道州水土所生者,只有矮民无矮奴。
吾君感悟玺书下,⑤岁贡矮奴宜悉罢。
道州民,老者幼者何欣欣!
父兄子弟始相保,从此得作良人身。
道州民,民到于今受其赐,欲说使君先下泪。⑥
仍恐儿孙忘使君,生男多以阳为字。

注释

①道州:今湖南省道县。侏儒:矮子。 ②市:买。年:每年。 ③阳城:唐朝北平人,字亢宗。德宗时期,及进士第。被征为谏议大夫。后来做道州刺史,很得民心。《旧唐书》卷一九二有传。 ④六典书:指《唐六典》,是关于唐朝典章制度的书。卷三《户部郎中员外郎》条讲到根据全国十道的出产情况来区别上贡和赋税的问题。 ⑤玺书:皇帝的诏书。
⑥使君:对太守、刺史等州郡长官的尊称。

缚 戎 人

被缚的戎人,
被缚的戎人,
耳穿脸破,被赶到京城。
皇上发慈悲不忍残杀,
教迁到东南的吴越安插。
黄衣小使录下姓名,
领出长安,接递解押。

面黄肌瘦,满身是刀箭的伤痕,
忍受着病痛,一天赶一站路程。
又饥又渴,吃空了杯盘,
满身腥臊,弄脏了床枕。
猛看见江水想起了交河,
一齐垂下手呜咽的悲歌。
其中有一人告诉众人:
"你们的苦处虽然多,也没有我的多。"

同伴们便要他说明原因,
话还没出口,愤怒之气已冲出了喉咙。
他说道:"我的家乡本来在凉原,
大历年间陷落蕃中。
陷落在蕃中四十余载,
穿的是皮裘,系的是毛带,
只准在元旦穿戴汉人的衣冠,
整理衣巾,忍不住掉下眼泪。

偷偷地发了誓定下还乡的计划,
不敢让蕃中的妻子觉察。
幸喜还有些残余的筋力,
生恐怕更衰老不能回家。

蕃地的哨卡严密到断绝了飞鸟,
冒着危险拼命地向前奔逃。
昼伏夜行,经过漫无边际的沙漠,
云阴月黑,滚滚的风沙怒号。
惊藏青冢,寒草是那么稀疏,
偷渡黄河,夜冰还没有结牢。

忽听见汉军的鼙鼓声声,
从路旁跳出来跪拜接迎。
哨兵却不管能说汉话,
将军便捆起当作蕃兵。
发配到江南低湿的地带,
只会有防范,哪会有抚恤温存!

想到这里啊,泣不成声地控诉苍天,
将怎样艰苦地度过残年!
凉原的乡井永不能看见,
胡地的妻儿怎能团圆!

落蕃不自由思念汉土,
回汉被劫持当作蕃虏。
早知道这样子不该回来,
两处受苦,还不如一处受苦!
被缚的戎人,
在戎人中间我最苦辛,
自古以来哪有这样的冤屈,
汉心汉语,却落了个吐蕃的身份!"

原　诗

（原题注：达穷民之情也。）

缚戎人,缚戎人,耳穿面破驱入秦。
天子矜怜不忍杀,诏徙东南吴与越。①

黄衣小使录姓名,领出长安乘递行。②
身被金疮面多瘠,扶病徒行日一驿。
朝餐饥渴费杯盘,夜卧腥臊污床席。
忽逢江水忆交河,③垂手齐声呜咽歌。
其中一虏语诸虏:"尔苦非多我苦多。"
同伴行人因借问,欲说喉中气愤愤。
自云"乡贯本凉原,④大历年中没落蕃,⑤
一落蕃中四十载,身著皮裘系毛带;
唯许正朔服汉仪,⑥敛衣整巾潜泪垂。
誓心密定归乡计,不使蕃中妻子知。⑦
暗思幸有残筋力,更恐年衰归不得。
蕃候严兵鸟不飞,⑧脱身冒死奔逃归。
昼伏宵行经大漠,云阴月黑风沙恶。
惊藏青冢寒草疏,⑨偷渡黄河夜冰薄。
忽闻汉军鼙鼓声,路旁走出再拜迎。
游骑不听能汉语,⑩将军遂缚作蕃生。⑪
配向江南卑湿地,定无存恤空防备。
念此吞声仰诉天,若为辛苦度残年!⑫
凉原乡井不得见,胡地妻儿虚弃捐!
没蕃被囚思汉土,归汉被劫为蕃虏。
早知如此悔归来,两地宁如一处苦!
缚戎人,戎人之中我苦辛,
自古此冤应未有,汉心汉语吐蕃身!"

注释

①诏徙:皇帝下令迁徙。吴、越:这里泛指东南一带。 ②乘递:坐递解之车。但下面有"扶病徒行日一驿"的句子,则分明是徒行,所以这里只作递解讲。古来解往远地的犯人,由所经过的地方派人接递押送,叫做递解。 ③交河:唐置交河郡,在现在新疆吐鲁番、鄯善一带,以交河水命名。 ④凉原:凉州、原州,在今甘肃省。 ⑤大历(766—779):唐代宗年号。按凉州、原州被吐蕃攻陷,实际在大历以前。见《新唐书·地理志》及《元和郡县图志》。

⑥正朔:正月一日。服汉仪:按汉家的礼节风俗穿戴行礼。　⑦作者自注:有个叫李如暹的——是蓬子将军的儿子,曾经陷落蕃中。他说:吐蕃的法令规定只有正月一日,允许陷落吐蕃的汉人穿戴汉人衣冠,因此非常悲痛,便秘密地定下还乡的计划。　⑧候:斥候,是侦探盗贼、敌兵的兵士,即哨兵。　⑨青冢:相传是王昭君的坟,在现在内蒙古自治区呼和浩特城南二十里。　⑩游骑:放哨、巡逻的骑兵。　⑪蕃生:吐蕃"生口",指被活捉的吐蕃人。　⑫若为:如何、哪堪。

骊宫高

高高的骊山有骊宫,
辉煌的楼殿三四重。
懒洋洋啊春天的艳阳,
玉池温暖啊温泉流漾。
凉飕飕啊秋日的金风,
山蝉悲鸣啊宫树深红。
龙旗不来啊日久年深,
墙上生了苔衣啊屋上长了瓦松。
皇帝登了极已经五年,
为什么不到这儿游幸?

从京城到这里并没有太远的距离,
皇帝不来啊大有深意:
一人来游啊很不容易,
六宫扈从啊百官齐备,
八十一车啊千骑万骑,
晚有赏赐啊早有宴会。
几百户中等人家的财产,
还不够供给一天的用费!

皇帝修己啊人不晓得,
既不自逸啊又不自嬉;
皇帝爱人啊人不懂得,

译诗集　171

既不伤财啊又不伤力。
骊山高高啊高入青云，
皇帝来游啊为了一身，
皇帝不来啊为了万民。

原 诗

（原题注：美天子重惜人之财力也。）

高高骊山上有宫，①朱楼紫殿三四重。
迟迟兮春日，玉甃暖兮温泉溢。②
袅袅兮秋风，③山蝉鸣兮宫树红。
翠华不来兮岁月久，④墙有衣兮瓦有松。⑤
吾君在位已五载，何不一幸于其中？
西去都门几多地，吾君不游有深意：
一人出兮不容易，六宫从兮百司备，
八十一车千万骑，朝有宴饫暮有赐。
中人之产数百家，未足充君一日费！
吾君修己人不知，不自逸兮不自嬉；
吾君爱人人不识，不伤财兮不伤力；
骊宫高兮高入云，君之来兮为一身，
君之不来兮为万人。

注释

①骊山：在今陕西临潼县南。上有宫：指华清宫。参阅《长恨歌》注。　②甃(zhòu)：本来是井壁，这里指浴池（温泉）的池壁。　③袅袅：形容风的动态。屈原《九歌·湘夫人》："袅袅兮秋风，洞庭波兮木叶下。"　④翠华：天子的旗，这里代表天子。　⑤衣：指垣衣，即生在墙垣上的苔，又叫苔衣。松：指瓦松，是生在屋瓦上的草本科植物，又叫瓦花、向天草或昨叶合草。

百 炼 镜

制造百炼的铜镜，

不按平常的规格,
时间地点都很奇特:

五月五日太阳正中,
在江心波上的船中铸成。
再用琼粉和金膏仔细磨擦,
磨得像秋天的池水一样光莹。

一造好就要献进皇宫,
扬州的长官亲手函封。
平民百姓没有照它的资格,
它的背面铸有天上的飞龙。

人人管它叫天子的宝镜,
我有一句话听自太宗:
太宗时常把人当镜子,
照古照今,却不照面容。

四海的安危握在掌内,
百代的兴亡悬在心中,
才晓得天子另有宝镜,
不是扬州的百炼青铜。

原 诗

(原题注:辨皇王鉴也。)

百炼镜,熔铸非常规,日辰置处灵且奇:
江心波上舟中铸,五月五日日午时。
琼粉金膏磨莹已,① 化为一片秋潭水。
镜成将献蓬莱宫,② 扬州长吏手自封。③
人间臣妾不合照,背有九五飞天龙。④
人人呼为天子镜,我有一言闻太宗:⑤
太宗常以人为镜,鉴古鉴今不鉴容。

四海安危居掌内,百王治乱悬心中。
乃知天子别有镜,不是扬州百炼铜。

注释

①琼粉:即玉石的粉末。金膏:水银。磨莹:把铜镜磨得光亮。已:完毕。　②蓬莱宫:本名大明宫,唐高宗改名蓬莱宫,故址在今西安市北郊。　③扬州贡百炼镜的事实,《旧唐书》、《异闻录》等书都有记载。《国史补》:"扬州旧贡江心镜,五月五日扬子江中所铸也。或言无有百炼者,或至六七十炼,则已易破难成。往往有自鸣者。"　④九五:《易经·乾卦》:"九五,飞龙在天,利见大人。"后来便以"九五"喻帝位。如称皇帝登极为"位登九五",称皇帝为"九五之尊"。　⑤"我有"句:唐太宗曾经对侍臣说过"以人为镜,可以明得失"的话。见《贞观政要·论任贤》及新、旧《唐书·魏征传》。

两朱阁

两座朱阁,
南北对峙,
"谁是它们的主人?"
"德宗的两个公主。"

两个公主吹着箫成了神仙,
驾着彩云飘飘地飞上青天。
楼阁亭台没有带去,
化为佛寺遗留在人间。

妆阁和妓楼多么寂静,
柳枝像舞腰池塘像明镜。
每到花落人静的黄昏时分,
听不见鼓吹只听见钟磬的声音。

御赐的金匾悬挂在寺门,
尼院和佛堂宽阔得惊人,
还有许多闲地让给青苔和明月,
数不清的老百姓却无处容身!

想从前公主的第宅开工兴建,

霸占了多少平民的土地房院!

成仙后一座座改作佛宫,

怕将来老百姓的田园都变成寺观。

原　诗

(原题注:刺佛寺寖多也。)

两朱阁,南北相对起。

借问何人家?贞元双帝子。①

帝子吹箫双得仙,②五云飘飘飞上天。③

第宅亭台不将去,④化为佛寺在人间。

妆阁妓楼何寂静,⑤柳似舞腰池似镜。

花落黄昏悄悄时,不闻鼓吹闻钟磬。

寺门敕榜金字书,⑥尼院佛庭宽有余,

青苔明月多闲地,比屋齐民无处居!⑦

忆昨平阳宅初置,⑧吞并平人几家地!

仙去双双作梵宫,⑨渐恐人间尽为寺。

注释

①贞元(785—805):唐德宗的年号,这里指唐德宗。　②吹箫:萧史擅长吹箫,秦穆公的女儿弄玉很喜欢,便嫁给他,每夜跟他学习吹箫。相传夫妇二人后来都成了神仙。这里暗用这个典故。　③五云:五色的彩云。　④将去:带去。　⑤妓楼:歌女住的楼。　⑥敕:皇帝的命令。榜:悬挂。　⑦比屋:一座屋子接着一座屋子。齐民:平民,意思是没有贵贱的区别,都是平头百姓。　⑧平阳:即汉武帝的姊姊平阳公主,这里指德宗的公主。　⑨梵宫:佛寺。

西　凉　伎

《西凉》杂伎是什么样子?

假扮的胡人玩弄伪造的狮子。

木刻的狮头丝作的尾巴,

金镀的眼睛银贴的齿牙。
抖擞毛衣摇摆着双耳,
仿佛来自遥远的流沙。

紫髯深眼的两个胡儿,
鼓舞跳跃地向前致辞。
好像凉州还没有失陷,
安西都护送来的样子。

接着说"得到新的消息:
安西的路断难回乡里。"
面对着狮子涕垂泪掉:
"凉州陷落,你知不知道?"
狮子回头遥望西方,
哀吼一声,观者也悲伤。

贞元的边将爱这个调调,
酒醉饭饱拿它来取笑;
劳军待客欢宴监军,
都离不开狮子胡人。

有一个战士七十高龄,
见演《凉州》低头泪零。
抹掉眼泪向将军陈诉:
"'主忧臣辱',是古来的明训。

天宝以来战争不息,
吐蕃不断地侵我土地;
凉州失守了四十来年,
河陇沦陷了七千余里。

从前安西有万里的边疆,

现在的边防却设在凤翔。
沿边空驻了十万大军，
饱食暖衣，闲度时光。

凉州的遗民盼望光复，
将士却没有光复的意图。
皇帝为这事时常发怒，
将军眼看着能不害羞！

奈何还看西凉的杂伎，
取笑寻欢毫没有愧意？
即使缺乏收复的能力，
怎忍把西凉拿来作戏！"

原　诗

（原题注：刺封疆之臣也。）

西凉伎，①假面胡人假狮子。
刻木为头丝作尾，金镀眼睛银贴齿。
奋迅毛衣摆双耳，如从流沙来万里。②
紫髯深目两胡儿，鼓舞跳梁前致辞。③
应似凉州未陷日，安西都护进来时。④
须臾云得新消息，安西路绝归不得。
泣向狮子涕双垂：凉州陷没知不知？⑤
狮子回头向西望，哀吼一声观者悲。
贞元边将爱此曲，醉坐笑看看不足；
享宾犒士宴监军，狮子胡儿常在目。
有一征夫年七十，见弄《凉州》低面泣。
泣罢敛手白将军："'主忧臣辱'昔所闻。
自从天宝兵戈起，犬戎日夜吞西鄙；⑥
凉州陷来四十年，⑦河陇侵将七千里。

平时安西万里疆,今日边防在凤翔。⑧
缘边空屯十万卒,饱食温衣闲过日。
遗民肠断在凉州,将卒相看无意收。
天子每思常痛惜,将军欲说合惭羞。
奈何仍看西凉伎,取笑资欢无所愧?
纵无智力未能收,忍取西凉弄为戏!"

注释

①西凉伎:一种舞狮子的技艺,汉代已有演出,唐代尤盛行。这里的"西凉",指晋十六国之一的"西凉"故地,约在今甘肃西部敦煌一带。　②流沙:西域的沙漠,沙流如水,故称流沙。　③跳梁:跳掷、跳动。　④安西都护:唐太宗贞观时期,平高昌,设安西都护府于交河城,在今新疆吐鲁番以西10公里处。其辖境内的龟兹、疏勒、于阗、焉耆四镇,于贞元六年没于吐蕃。　⑤"凉州"句:《元和郡县图志》"陇右道凉州条":"广德二年(764),陷于西蕃。"　⑥鄙:边疆。　⑦四十年:凉州广德二年陷落,到白居易作新乐府时(元和四年,809),已有四十五年。　⑧作者自注:"平时开远门外立堠,云去安西九千九百里,以示戍人不为万里行,其实就盈数也。今蕃汉使往来,悉在陇州交易。"是说以前西面国境,远在长安万里之外。现已内移,距长安不远。

八骏图

穆王的"八骏"真是天马。
后人喜爱它画成图画。

背如神龙啊,颈如巨象,
筋骨高竦啊,脂肉肥壮;
风驰电掣,日行万里,
拉着穆王,奔向何方?

四荒八极,将要踏遍,
三十二蹄,永不停息。
属车折了轴,哪能赶上,
黄屋生了草,早已抛弃!

西赴瑶池和王母饮宴,
不再在七庙中祭奠祖先;
南到璧台和盛姬嬉游,
不再在明堂里朝见诸侯。
《白云》、《黄竹》,歌声嘹亮,
一个人享乐,千万人忧伤。

周家从后稷直到文武,
世世积功德都很勤苦;
哪晓得才传到四代儿孙,
把祖宗的基业看成灰土。

从来的尤物不在大小,
能摇荡君心就把祸招。
文帝拒绝它不肯骑乘,
千里马去了汉家兴盛;
穆王得到它没有警惕,
八骏驹来了周朝陵替。

这东西到现在被人珍贵,
不知它是房星的精灵下凡作怪。
八骏的图画,
您不要喜爱!

原 诗

(原题注:诫奇物、惩佚游也。)

穆王八骏天马驹,①后人爱之写为图。②
背如龙兮颈如象,骨竦筋高脂肉壮;
日行万里疾如飞,穆王独乘何所之?
四荒八极踏欲遍,③三十二蹄无歇时。

属车轴折趁不及,④黄屋草生弃若遗。⑤
瑶池西赴王母宴,⑥七庙经年不亲荐;⑦
璧台南与盛姬游,⑧明堂不复朝诸侯。⑨
白云黄竹歌声动,⑩一人荒乐万人愁。
周从后稷至文武,⑪积德累功世勤苦;
岂知才及四代孙,⑫心轻王业如灰土。
由来尤物不在大,能荡君心即为害。
文帝却之不肯乘,千里马去汉道兴,⑬
穆王得之不为戒,八骏驹来周室坏。
至今此物世称珍,不知房星之精下为怪。⑭
八骏图,君莫爱!

注释

①穆王:姓姬名满,周昭王的儿子。八骏:赤骥、盗骊、白义、逾轮、山子、渠黄、华骝、骤耳,见《穆天子传》。　②"后人"句:柳宗元在《观八骏图说》一文里说:"古之书有记周穆王驰八骏升昆仑之墟者,后之好事者为之图,宋、齐以下传之,观其状甚怪。"白居易所见的就是这幅从六朝传下来的《八骏图》。　③四荒、八极:指极远的地方。　④属车:即副车,是侍从天子的车子。趁不及:赶不上。　⑤黄屋:天子的车,内面以黄缯为幔。　⑥瑶池:相传是西王母居住的地方。　⑦七庙:天子有七庙,奉祀三昭、三穆和太祖。荐:祭享。　⑧璧台:《穆天子传》卷六:穆王为他的宠姬盛姬筑"重璧之台"。台的形状像垒璧,所以叫重璧台。　⑨明堂:王者朝会诸侯的地方。　⑩"白云"句:《穆天子传》卷三:"乙丑,天子觞西王母于瑶池之上。西王母为天子谣曰:'白云在天,山陵自出。道里悠远,山川间之。将子无死,尚能复来。'"又《穆天子传》卷六:"日中大寒,北风雨雪,有冻人。天子作诗三章。"前两章都以"我徂黄竹"句开头。这两首歌,称《白云》、《黄竹》。　⑪后稷:名弃,周族祖先。文武:指周文王和周武王。　⑫四代孙:武王得天下,中间经过成王、康王、昭王,到穆王是第四代。　⑬"文帝"两句:汉文帝名恒,高帝的儿子。曾经拒绝过远方进来的千里马。　⑭房星:星名,又叫天驷星,古人认为它主宰马。

涧底松

有一棵百尺高十围大的松树,
生长在涧底下寒冷而且低湿;

涧又深山又险没有一条道路,
到老死也得不到良工的赏识。
天子的明堂正缺少大梁高柱,
这里寻求那里等待两不相知。

苍苍的老天谁能猜透他的用意,
只给予美材不给予合适的地位。
原宪空有才能金张享受着世禄,
牛衣的寒贱哪能比貂蝉的高贵。

貂蝉和牛衣,
高下虽相异;
高者未必贤,
下者未必愚。
您不见——
沉沉的海底生珊瑚,
高高的天上种白榆。

原　诗

(原题注:念寒俊也。)

有松百尺大十围,生在涧底寒且卑。
涧深山险人路绝,老死不逢工度之。①
天子明堂欠梁木,此求彼有两不知。
谁谕苍苍造物意,但与之材不与地。
金张世禄原宪贤,②牛衣寒贱貂蝉贵。③
貂蝉与牛衣,高下虽有殊;
高者未必贤,下者未必愚。
君不见沉沉海底生珊瑚,历历天上种白榆!④

注释

①工:工匠。度(duó):忖度、衡量。之:代前面的松。　②"金张"句:汉宣帝时期,金日磾、

张安世同时显贵,所以后来便用金张代表贵族。世禄:世世享受官禄。原宪:春秋时人,字子思,也叫原思。是孔子的弟子,生活贫困。 ③牛衣:用草编成,是用来覆盖牛体的。《汉书·王章传》中说:王章得了病,因为没有被子,便睡在牛衣里面。貂蝉:冠上的装饰品。《后汉书·舆服志》:"侍中、中常侍冠武弁大冠,加黄金珰,附蝉为文,貂尾为饰,谓之赵惠文冠。" ④古乐府:"天上何所有,历历种白榆。"白榆指星星。这里把白榆当作榆树。榆是一种质料不好的树,当然不能和海底的珊瑚相比,但它却种在上天。可见高者不一定贤,下者不一定愚。

牡 丹 芳

牡丹芳香啊牡丹芳香!
黄金的花蕊开绽在红玉的花房;
几千片花瓣赤霞似的灿烂,
几百枝花朵绛烛似的辉煌。

照地生辉,刚展开锦绣的身段,
迎风飘香,却没带兰麝的香囊。
仙人的琪树,被比得苍白无色,
王母的桃花,也显得细小不香。

宿露浸润,泛起紫闪闪的奇艳,
朝阳照耀,放出红灿灿的异光;
红紫深浅,呈现着不同的色调,
向背低昂,变幻出无数的形状。

无力地卧在花丛,将息带醉的身躯,
多情地映着花叶,隐藏含羞的面庞。
娇生生的笑容,仿佛想掩住香口,
怨悠悠的情怀,好像在撕裂柔肠。

秾姿贵彩,的确是超凡绝俗,
杂卉乱花,哪里能比美争芳!
石竹、金钱,固然是十分细碎,

芙蓉、芍药,也不过那么平常。

于是乎引动了王公卿相,
冠盖相接地赶来观赏;
还有轻车软轿的贵族公主,
和那香衫细马的豪家儿郎。

寂静的卫公宅闭了东院,
幽深的西明寺开放北廊。
双双舞蝶殷殷地陪伴看客,
声声残莺苦苦地挽留春光。

担心太阳晒损娇姿,
张起帷幕遮取阴凉。
花开花落,二十来天,
满城的人们都像发狂。

三代以后文采胜过实质,
一般人都重华而不重实;
重华直重到牡丹的芳菲,
由来已久,并非始于今日。

元和皇帝很关心农桑,
由于他体恤下民,天降吉祥。
去年的嘉禾长出九穗,
田中寂寞,没有人理睬;
今年的瑞麦分出两枝,
皇帝欢喜,没有人理会。
没有人理会,
真使人悲哀!
我愿暂求上帝的力量,
减掉牡丹妖艳的颜色;
少收卿士爱花的心情,
都像皇帝一样关怀稼穑。

原 诗

(原题注:美天子忧农也。)

牡丹芳,牡丹芳,黄金蕊绽红玉房;
千片赤英霞烂烂,百枝绛焰灯煌煌。
照地初开锦绣段,当风不结兰麝囊。
仙人琪树白无色,王母桃花小不香;①
宿露轻盈泛紫艳,②朝阳照耀生红光;
红紫二色间深浅,向背万态随低昂。
映叶多情隐羞面,卧丛无力含醉妆。
低娇笑容疑掩口,凝思怨人如断肠。
秾姿贵彩信奇绝,杂卉乱花无比方。
石竹金钱何细碎,③芙蓉芍药苦寻常。
遂使王公与卿相,④游花冠盖日相望;⑤
庳车软舆贵公主,⑥香衫细马豪家郎。
卫公宅静闭东院,⑦西明寺深开北廊。⑧
戏蝶双舞看人久,残莺一声春日长。
共愁日照芳难住,仍张帷幕垂阴凉。
花开花落二十日,一城之人皆若狂。
三代以还文胜质,⑨人心重华不重实;
重华直至牡丹芳,其来有渐非今日。⑩
元和天子忧农桑,⑪恤下动天天降祥。
去岁嘉禾生九穗,田中寂寞无人至;
今年瑞麦分两歧,君心独喜无人知。
无人知,可叹息!
我愿暂求造化力,减却牡丹妖艳色;
少回卿士爱花心,同似吾君忧稼穑。

注释

①"仙人"两句:是说仙人的琪树和王母的桃花都比不上牡丹。 ②宿露:夜间落下的露水。轻盈:美好的姿态。 ③石竹:花名,多年生草本,夏季开花。金钱:花名,即旋复花。 ④遂:于是。 ⑤冠:帽子。盖:车盖。日相望:冠盖每天相望,极言拥挤。 ⑥軬车软舆:是轻便舒适的车子和轿子。軬(bì),短小。 ⑦卫公宅:卫国公李靖的住宅。据《长安志》卷八,李靖的住宅在平康坊东南角,后为李林甫据有。 ⑧西明寺:唐代长安赏牡丹的地方。《白氏长庆集》卷十四有《重题西明寺牡丹》诗。 ⑨三代:指夏、商、周三个朝代。以还:以后。 ⑩其来有渐:是逐渐地发展来的。 ⑪元和天子:唐宪宗。

红线毯

红线毯——
挑选最好的蚕茧缫成丝,
挑选最好的蚕丝练成线,
挑选最好的红蓝把线染;
染成的丝线花一样红艳,
织作披香殿上的地毯。

披香殿有十多丈宽,
红线地毯刚好铺满。
毛茸茸的彩丝飘拂香气,
软绵绵的花线承不起东西;
美人到上头轻歌曼舞,
罗袜和绣鞋都陷进毯里。

太原的毛毯又涩又硬,
成都的锦褥又薄又冷;
不如红线的地毯又温又柔,
每年的十月来自宣州。

宣州太守制作得精细,

自以为做臣子肯卖力气。
上百个民夫担进宫中,
线厚丝多,没法子卷起。

宣州太守你知不知道?
一丈丝毯,
千两原料。
地不怕冷人需要温暖,
少夺人衣把地衣织造!

原 诗

(原题注:忧蚕桑之费也。)

红线毯,择茧缫丝清水煮,① 拣丝练线红蓝染;②
染为红线红于花,织作披香殿上毯。③
披香殿广十丈余,红线织成可殿铺。④
彩丝茸茸香拂拂,线软花虚不胜物;⑤
美人踏上歌舞来,罗袜绣鞋随步没。
太原毯涩毳缕硬,蜀都褥薄锦花冷;
不如此毯温且柔,年年十月来宣州。
宣州太守加样织,⑥自谓为臣能竭力。
百夫同担进宫中,线厚丝多卷不得。
宣州太守知不知? 一丈毯,千两丝。
地不知寒人要暖,少夺人衣作地衣!⑦

注释

①缫(sāo)丝:把蚕茧浸在滚水里抽丝。 ②拣:挑选。红蓝:即红蓝花,可制胭脂及红色染料。 ③披香殿:汉代后宫八区内有披香、昭阳等殿,汉成帝的皇后赵飞燕曾在披香殿歌舞。 ④可:大小刚好适合。 ⑤不胜(shēng):承受不起。 ⑥作者自注:"贞元中,宣州进开样加丝毯。"按唐代的宣州,即现在安徽省的宣城县。"加样"、"开样"、"加丝",都指用新鲜花样,加料、加工,精心织造。 ⑦地衣:指地毯。

杜 陵 叟

杜陵老人，
住在杜陵，
一顷多薄田年年耕种。

三月里没有下雨旱风不止，
麦苗苗没扬花大半黄死；
九月里落了霜天气早寒，
禾穗穗没入籽全部青干。

地方官明知道却不奏明，
横征暴敛，争取优异的考评。
典了桑卖了地将官租缴纳，
明年的衣和食有什么办法！

剥我身上的衣，
夺我口中的粮；
何必钩爪锯牙吃人肉，
残民害物的就是豺狼！

不晓得什么人报告皇帝，
皇帝知道了大发慈悲，
白麻纸上写下圣旨，
京城附近免除今年的租税。

地保昨天才来到家门，
手拿着公文布告乡村。
十家的租税九家纳完，
空受了免税的"浩荡皇恩"！

原 诗

（原题注：伤农夫之困也。）

杜陵叟，①杜陵居，岁种薄田一顷余。
三月无雨旱风起，麦苗不秀多黄死；②
九月降霜秋早寒，禾穗未熟皆青干。
长吏明知不申破，急敛暴征求考课。③
典桑卖地纳官租，明年衣食将何如！
剥我身上帛，夺我口中粟；
虐人害物即豺狼，何必钩爪锯牙食人肉？④
不知何人奏皇帝，帝心恻隐知人弊；⑤
白麻纸上书德音，⑥京畿尽放今年税。⑦
昨日里胥方到门，手持敕牒榜乡村。
十家租税九家毕，虚受吾君蠲免恩。⑧

注释

①杜陵：在今西安东南，秦时为杜县地，因有汉宣帝陵墓，所以叫杜陵。　②不秀：未开花。禾穗扬花叫秀。　③求考课：争取好成绩。古来考核官吏的成绩、缺点，分别给予奖励或处罚，叫做考课。　④"虐人"两句：意思是，不仅"钩爪锯牙食人肉"的是豺狼，那些"虐人害物"的官吏也是豺狼。　⑤恻隐：伤痛、同情。　⑥德音：皇帝的语言，又叫纶言或纶命。唐朝的制度，凡重要的纶命都用白麻纸写，次要的用黄麻纸写。见韦执谊《翰林院故事》及李肇《翰林志》等书。　⑦京畿（jī）：京城附近的地方。唐代设有京畿采访使，管辖长安周围四十多个县。放：免除。　⑧蠲（juān）免：免除。

缭 绫

缭绫缭绫像什么一般？
不像花绸也不像细绢；
好像天台山上的瀑布，

在明月照耀下寒光闪闪。

花纹和色彩又非常鲜妍,
白花像飞聚的雪花,
白底像平铺的白烟。

织它的是什么人?
——是越溪的贫女。
穿它的是什么人?
——是皇宫的舞女。

去年宦官传达了皇帝的"玉言",
从皇宫取来样式在民间织染;
织出一行秋雁在云外飞翔,
染得像一江春水流过江南。
宽宽地裁衫袖长长地做裙,
用金刀剪好用金斗烫平。
奇纹和异彩互相辉映,
耀眼的花光闪烁不定。

昭阳殿里的舞女皇恩正深,
一套春衣,价值千金;
沾了汗污了粉就不再穿,
拖着土踏着泥毫不心疼。

缭绫的织造很费气力,
不要拿平常的帛缯相比;
细丝缲痛了贫女的双手,
机声札札,多少天才能织成一匹!
昭阳殿里歌舞的美人,
若看见织造的艰难啊,也应该爱惜!

原 诗

(原题注:念女工之劳也。)

缭绫缭绫何所似? 不似罗绡与纨绮;
应似天台山上明月前,四十五尺瀑布泉。①
中有文章又奇绝,地铺白烟花簇雪。②
织者何人衣者谁? 越溪寒女汉宫姬。
去年中使宣口敕,天上取样人间织;
织为云外秋雁行,染作江南春水色。
广裁衫袖长制裙,③金斗烫波刀剪纹。
异彩奇文相隐映,转侧看花花不定。
昭阳舞人恩正深,春衣一对直千金;
汗沾粉污不再著,曳土踏泥无惜心。
缭绫织成费功绩,④莫比寻常缯与帛;
丝细缲多女手疼,扎扎千声不盈尺。
昭阳殿里歌舞人,若见织时应也惜!

注释

①天台山:在浙江天台县北,有瀑布悬流,千丈飞泻。四十五尺:指一匹缭绫的长度。 ②簇:聚。 ③《白氏长庆集》卷十四《和梦游春》诗中说:"时世宽妆束。"可见在白居易的时代,时尚宽衣,和《上阳人》中所说天宝末年尚窄衣者不同。 ④费功绩:缭绫是吴越一带出产的精美的丝织品,织造费工。元稹的《阴山道》中说:"挑纹变缦力倍费,弃旧从新人所好。越縠缭绫织一端,十四素丝工末到。"《织妇词》中也说:"缲丝织帛犹努力,变缉(缦)撩机苦难织,东家头白双女儿,为解挑纹嫁不得。"自注云:"予掾荆时,目击贡绫户有终老不嫁之女。"可见当时贡绫户的痛苦。

卖炭翁

卖炭的老汉,
在终南山上砍柴烧炭。

满脸灰尘,受尽了烟熏火燎,
两鬓苍苍,十指都变黑了。

身上的粗衣口中的淡饭,
全指靠几文炭钱。
可怜他破旧的单衣挡不住寒风,
担心炭贱,只盼望天气更冷!

一夜大雪直落到天亮,
套上炭车赶到结冰的路上。
牛困人饥太阳已经爬到高空,
才歇到市南门外的泥中。

两个骑马的翩翩而至,
是黄衣白衫的宫使。
口传圣旨手拿着公文,
回车叱牛直牵到北城。

一车炭,
一千多斤重,
宫使赶走心疼也没有用!
一丈绫子,半匹红纱,
系在牛头上,就算是炭价!

原 诗

(原题注:苦宫市也。)

卖炭翁,伐薪烧炭南山中。
满面尘灰烟火色,两鬓苍苍十指黑。①
卖炭得钱何所营?②身上衣裳口中食。
可怜身上衣正单,心忧炭贱愿天寒!
夜来城外一尺雪,晓驾炭车辗冰辙。
牛困人饥日已高,市南门外泥中歇。

翩翩两骑来是谁?③黄衣使者白衫儿。④

手把文书口称敕,回车叱牛牵向北。⑤

一车炭,千余斤,宫使驱将惜不得!

半匹红纱一丈绫,系向牛头充炭直!⑥

注释

①苍苍:黑白相杂的颜色。 ②何所营:做什么用。 ③翩翩:轻快的样子。 ④黄衣使者:指宦官。白衫儿:指宦官的随从。黄衣、白衫,指他们穿的衣服。 ⑤牵向北:唐代长安城市的建置,市在南而官在北,牵向北,即牵向宫中。 ⑥直:同"值"。唐代官市用绡、绫等丝织品准价,许多史书都有记载。《资治通鉴》卷二三五:"……先是官中市买外间物,令官吏主之,随给其值。比岁以宦者为使,谓之'官市'。抑买人物(低价买物),稍不如估(比原价稍低)。其后不复行文书,置白望数人于两市(注:白望者,言使人于市中左右望,白取其物,不还本价也。两市,长安城中东市西市也)及要闹坊曲。阅人所卖物,但称宫市,则敛手付与,真伪不复可辩,无敢问所从来及论价之高下者。率用值百钱物,买人值数千物,多以红紫染故衣败缯,尺寸裂而给之。仍索进奉门户及脚价钱(注:门户者,言进奉所经由门户皆有费用。脚价,谓倩人负荷进奉物入内,有雇脚之费),人将物诣市,至有空手而归者。名为宫市,其实夺之。……尝有农夫以驴负柴,宦者称宫市取之,与绢数尺,又就索门户,仍邀驴送柴至内。农夫啼泣,以所得绢与之。不肯受,曰:须得尔驴。农夫曰:'我有父母妻子,待此然后食(注:言待此驴负物贸易然后可以给食),今以柴与汝,不取值而归,汝尚不肯,我有死而已。'遂殴宦者。"官市害民的情况,于此可见。

母 别 子

娘别儿,

儿别娘,

哭声凄惨太阳收了光!

关西骠骑大将军,

去年打仗立了功。

皇上赏钱二百万,

从洛阳迎了个俊女人。

迎来新人弃旧人,

掌上的莲花眼中的钉。
迎新弃旧还不值得愁,
只愁两个孩儿留在你家没人疼。

一个会坐一个才会扶床走,
哭哭啼啼牵住娘衣裳。
为了你新婚美满享快乐,
使得我骨肉分离好悲伤!

不如林中的鸟和鹊,
母子团聚雌雄相依傍;
好似园里的桃李树,
花儿落了果子留树上。

新人啊新人听我说:
洛阳的红楼美女无限多,
但愿将军再把战功立,
更有新人胜过你!

原 诗

(原题注:刺新间旧也。)

母别子,子别母,白日无光哭声苦!
关西骠骑大将军,去年破房新策勋。①
敕赐金钱二百万,洛阳迎得如花人。
新人迎来旧人弃,掌上莲花眼中刺。
迎新弃旧未足悲,悲在君家留两儿。
一始扶行一初坐,坐啼行哭牵人衣。
以汝夫妇新嬿婉,②使我母子生别离。
不如林中乌与鹊,母不失雏雄伴雌;
应似园中桃李树,花落随风子住枝。
新人新人听我语:洛阳无限红楼女,
但愿将军重立功,更有新人胜于汝。

注释

①策勋:记功。策,同"册",策勋就是把功勋记在书册上,这里的"策"作动词用。　②嬿(yàn)婉:和好。

阴山道

阴山路上,
阴山路上,
青草肥美,
泉水清香。

每到戎人送马的时候,
路旁的水草都被喝尽吃光。
草光水尽马瘦得不像样子,
"飞""龙"的火印只烙在皮和骨上。
五十匹缣只换得一匹瘦马,
缣去马来,啥时才能作罢?
养着没有用,丢掉又不合适,
每年死伤的,总有十分之八。

缣丝不够用,女工活受苦,
织得疏、截得短,只凑匹数。
疏得像蛛网,长不过三丈,
回鹘陈诉说:"没有用处。"

咸安公主——蕃号"可敦",
她多次上书替可汗奏明。
元和二年传下了新旨:
拿内府的金银补贴马值;
仍旧教江淮供缣换马,
今后再不准短截疏织。

合罗将军欢呼万岁,
满意地接受了金银缣彩。
谁料到反引起了狨房的贪心,
第二年送的马增加了一倍!

缣越来越美好,
马越来越增加。
阴山的胡房啊,
拿你有什么办法!

原 诗

(原题注:疾贪房也。)

阴山道,①阴山道,纥逻敦肥水泉好。②
每至戎人送马时,道傍千里无纤草。
草尽泉枯马病羸,"飞""龙"但印骨与皮。③
五十匹缣易一匹,缣去马来无了日。
养无所用去非宜,每岁死伤十六七。
缣丝不足女工苦,疏织短截充匹数。
藕丝蛛网三丈余,④回鹘诉称无用处。⑤
咸安公主号可敦,⑥远为可汗频奏论。⑦
元和二年下新敕:内出金帛酬马直;
仍诏江淮马价缣,从此不令疏短织。
合罗将军呼万岁,⑧捧授金银与缣彩;
谁知黠房启贪心,⑨明年马多来一倍!
缣渐好,马渐多。阴山房,奈尔何!

注释

①阴山:在现在内蒙古自治区的北境。　②纥逻敦:陈寅恪认为"纥逻"可能是 karna 的译音,它的意义是青色(Radioff《突厥方言字典》二册一三二页),"敦"可能是 tuna 的对音简

译,它的意义是草地。这样,纥逻敦就是青草。见《元白诗笺证稿》二四二页。 ③"飞""龙":是烙在马上的印文。《唐会要》卷七二《诸监马》条:"(马)至二岁起脊量强弱,渐以飞字印印右髀。细马次马,俱以龙形印项左。" ④藕丝蛛网:是说织得疏。三丈余:是说截得短。按唐朝丝织品一匹的法定标准是四丈长,一尺八寸宽。见《旧唐书·食货志》。 ⑤回鹘(hú):种族名,即回纥。 ⑥咸安公主:即唐德宗的女儿燕国襄穆公主,嫁给回纥武义成功可汗。 ⑦可汗(kè hán):突厥、回纥等族称自己的君主为"可汗"。频:再三。 ⑧合罗将军:回鹘的将军。 ⑨黠虏:狡猾的敌人。

时世妆

时髦的梳妆,
时髦的梳妆,
从城里兴起传到四方。
各处都流行不分远近,
腮上不擦朱脸不抹粉,
两道眉毛画得像个"八"字,
一双嘴唇涂满乌黑的膏子。

美丑黑白失掉本来的姿态,
梳妆完毕都像伤心落泪;
圆梳头髻如同椎髻的模样,
斜抹丹红仿佛赭面的形状。

曾听说有披发的人在伊川出现,
辛有看见便预料到将有外患。
元和时代的梳妆请你记取,
髻椎面赭不是中华的风俗。

原　诗

(原题注:警戎也。)

时世妆,①时世妆,出自城中传四方。

时世流行无远近,腮不施朱面无粉,
乌膏注唇唇似泥,双眉画作八字低。
妍媸黑白失本态,妆成尽似含悲啼。
圆鬟无鬓椎髻样,②斜红不晕赭面状。③
昔闻被发伊川中,辛有见之知有戎。④
元和妆梳君记取,髻椎面赭非华风。

注释

①时世妆:时兴的妆束。《新唐书·五行志》中说:"元和末,妇人为圆鬟椎髻,不设鬓饰,不施朱粉,惟以乌膏注唇,妆似悲啼者。"可以移来作这篇诗的注解。 ②椎髻:髻形如椎。 ③赭面:新、旧《唐书·吐蕃传》中都说"其人面赭"。当时妇人的梳妆,大约是受吐蕃的影响。 ④被发:披发。《礼记》:"西方曰戎,被发衣皮。"《左传》:"辛有过伊川,见披发而祭于野者曰:'不及百年,此其戎乎!其礼先亡矣。'"

李夫人

汉武帝,
刚死了李夫人。
夫人临死不肯诀别,
死后保住了生前的君恩。

君恩没有尽想念不止,
甘泉殿里描下她的真容;
描下真容究竟有什么益处,
不说不笑,多么愁人!

又教方士配合灵药,
用金炉玉釜烧炼成功;
九华帐里更深夜静,
返魂的香烟引来夫人的灵魂。

夫人的灵魂啊,她在哪里?

跟着香烟,来到焚香之地,
既来了啊,何苦不多留些时间,
缥缥缈缈,立刻又回去!

来得多么迟慢,去得多么匆忙!
是呢不是呢,都很渺茫;
翠绿的蛾眉仿佛平时的容貌,
不像昭阳殿里卧病的形状。

灵魂不来啊,君心痛苦,
灵魂来了啊,君心悲凄!
背灯隔帐不能够讲话,
谁要她暂时来还又别离!

伤心的不仅是汉朝的武帝,
从古到今,都是这般样儿。
你不见周穆王三日痛哭,
重璧台前伤悼盛姬;
又不见唐明皇满把酸泪,
马嵬坡下怀念杨妃!
即使美艳的资质化成灰土,
此恨绵绵,哪有终止的时期!

活着也迷惑,
死了也迷惑,
尤物迷惑人啊,忘她不得!
人不是木石都有感情,
还不如不遇那迷人的美色!

原　诗

(原题注:鉴嬖惑也。)

汉武帝,初丧李夫人。

夫人病时不肯别,死后留得生前恩。

君恩不尽念未已,甘泉殿里令写真。①
丹青写出竟何益,②不言不笑愁杀人!
又令方士合灵药,玉釜煎炼金炉焚。
九华帐里夜悄悄,反魂香降夫人魂。
夫人之魂在何许?香烟引到焚香处。
既来何苦不须臾,缥缈悠扬还灭去!
去何速兮来何迟,是邪非邪两不知!③
翠蛾仿佛平生貌,不似昭阳寝疾时。④
魂之不来君心苦,魂之来兮君亦悲!
背灯隔帐不得语,安用暂来还见违!
伤心不独汉武帝,自古及今皆若斯。
君不见穆王三日哭,重璧台前伤盛姬;⑤
又不见泰陵一掬泪,⑥马嵬坡下念杨妃!
纵令妍姿艳质化为土,此恨长在无销期!
生亦惑,死亦惑:尤物惑人忘不得!
人非木石皆有情,不如不遇倾城色!⑦

注释

①"李夫人"各句:《汉书·外戚传》上《李夫人传》:"李夫人少而早卒,上(武帝)怜悯焉,图画其形于甘泉宫。……初,李夫人病笃,上自临候之。夫人蒙被谢曰:'妾久寝病,形貌毁坏,不可以见帝,愿以王及兄弟为托'……" ②丹青:是绘画用的两种颜料。所以把画也叫丹青。丹,丹砂。青,青靛。 ③"是邪"句:《汉书·外戚传》中说:李夫人死后,汉武帝思念很切。有一个叫齐少翁的方士自称能够招李夫人的魂。便在夜间点起灯烛,设起帷帐,教武帝居帐中。武帝遥遥望见一个漂亮女人,好像是李夫人,但可望而不可即,因而更加悲伤,作了一首诗:"是耶非耶,立而望之,翩何姗姗其来迟!"邪,同"耶"。 ④昭阳:汉宫名。 ⑤穆王哭他的宠姬盛姬,见《穆天子传》卷六。 ⑥泰陵,唐玄宗的陵墓,此指唐玄宗。 ⑦倾城:李延年想把他的妹妹(就是后来的李夫人)进给汉武帝,在武帝面前歌唱道:"北方有佳人,绝世而独立,一顾倾人城,再顾倾人国。宁不知倾城与倾国,佳人难再得!""倾城""倾国",是形容女子美貌,可以使一城人、一国人倾倒。宋玉的《登徒子好色赋》中早有"倾阳城,迷下蔡"的话。

陵 园 妾

陵园妾啊陵园妾,
颜色像花命像叶。
命像叶薄啊,有什么办法!
奉侍寝宫啊,虚度年华。

虚度年华啊,季节变换,
春愁秋思啊,无边无岸!
青丝似的头发脱落得疏了两鬓,
红玉似的肌肤消瘦得宽了绣裙。

想从前在宫中受人猜忌,
中谗言被迫害贬到陵园。
老母亲哭喊着赶在车后,
宦官们押送来把园门反关。

山宫一封闭就没有开放的时光。
此身如不死就没有出去的希望。
柏城里整日价风声萧瑟,
松门前彻夜价月色凄凉。

松门柏城,深深地把人幽禁,
蝉鸣燕语,感伤光阴的催人。
眼看菊蕊掩不住重阳的酸泪,
手把梨花说不出寒食的心情。

把花掩泪,哪有人看见,
绿芜的高墙包围着青苔的深院!
一年四季,空领取妆粉的银钱,
换了三朝,没见过皇帝的颜面。

遥想那宣徽的雪夜和浴堂的阳春,
六宫的宫人都争着把皇帝侍奉。

听说还有三千多美人，
没沾上雨露的恩情。

你我的君恩，
为什么厚薄不均？
只希望轮流地看守陵园，
三年一换，把苦乐均分。

原　诗

（原题注：托幽闭喻被谗遭黜也。）

陵园妾，①颜色如花命如叶。
命如叶薄将奈何，一奉寝宫年月多！
年月多，时光换，春愁秋思知何限？
青丝发落丛鬓疏，红玉肤销系裙缦。②
忆昔宫中被妒猜，因谗得罪配陵来。
老母啼呼趁车别，中官监送锁门回。
山宫一闭无开日，未死此身不令出。
松门到晓月徘徊，柏城尽日风萧瑟。
松门柏城幽闭深，闻蝉听燕感光阴。
眼看菊蕊重阳泪，手把梨花寒食心。
把花掩泪无人见，绿芜墙绕青苔院。
四季徒支妆粉钱，三朝不识君王面。
遥想六宫奉至尊，宣徽雪夜浴堂春。③
雨露之恩不及者，犹闻不啻④三千人。
三千人，我尔君恩何厚薄？
愿令轮转直⑤陵园，三岁一来均苦乐。

注释

①陵园：皇帝的坟园。按唐朝的制度，皇帝死后，凡没有儿子的宫人全都被派遣到陵园，像侍奉活人一样地侍奉死者，叫做陵园妾。见《资治通鉴》卷二四九《唐纪》中胡三省的注释。这首诗中所写的，则是被谗受害，发派来守陵园的宫人。　②缦：有好几种解释，这里作宽讲，

与上句的"疏"相对。　③三朝(cháo)：指经历过三个皇帝当政的漫长时间。这里的"一朝"，与"一朝天子一朝臣"中的"一朝"相同，不是指一个朝代。宣徽、浴堂：都是殿名。　④不啻(chì)：不止。　⑤直：即"值班"的值。

盐商妇

盐商的老婆，
金银绸缎非常多，
不做女工不干庄农活。
水上为家船里住，
东西南北图快活。

本来是扬州的小家女，
嫁了个江西的大商客。
光溜溜的油头金钗插不稳，
肥通通的粉腕银镯显得窄。
喊叫苍头骂婢女，
问你为什么这样阔？
——婿作盐商十五年，
直属皇帝不受州县管。
每逢盐利要上缴，
多入私囊少入官。
官家利薄私家厚，
盐铁尚书看不见。

何况江头鱼米贱，
红鲙黄橙香稻饭。
饱食艳妆柁楼上站，
两朵红腮好像初开的桃花瓣。

盐商的太太，
嫁给盐商真个美！
天天好吃喝，

年年好穿戴。
好吃好穿哪里来?
比比桑弘羊,盐铁尚书难道不惭愧!

桑弘羊,
死已久,
他那样的人才啊,
不仅汉朝有,如今也还有!

原 诗

(原题注:恶幸人也。)

盐商妇,多金帛,不事田农与蚕绩。①
南北东西不失家,风水为乡船作宅。
本是扬州小家女,嫁给西江大商客。
绿鬟溜去金钗多,皓腕肥来银钏窄。
前呼苍头后叱婢,②问尔因何得如此?
婿作盐商十五年,不属州县属天子。
每年盐利入官时,少入官家多入私。
官家利薄私家厚,盐铁尚书远不知。③
何况江头鱼米贱,红鲙黄橙香稻饭。
饱食浓妆倚柁楼,两朵红腮花欲绽。
盐商妇,有幸嫁盐商!
终朝美饭食,终岁好衣裳。
好衣美食来何处,亦须惭愧桑弘羊!④
桑弘羊,死亦久,不独汉世今亦有!

注释

①蚕:养蚕。绩:绩麻。 ②苍头:仆人。 ③盐铁尚书:唐代中叶以后,尚书省下设置盐铁使,专管全国盐铁税收,多由六部尚书或宰相兼任。 ④桑弘羊:汉武帝时领大农丞,尽管天下盐铁。他采取由国家直接掌握物资和市价的办法,避免了大商人的中间剥削,使国家在不加重人民赋税负担的情况下增加了收入。所以作者用他来对比当时的盐铁尚书,并希望像

桑弘羊那样的人才能够得到重用。

井底引银瓶

井底下吊银瓶,
银瓶要上来,丝绳断了;
石头上磨玉簪,
玉簪快磨成,中央折了。
瓶坠簪折啊,无可奈何,
正像我今天和你分别!

回想在家中做女儿的时光,
人家说我的姿态非常漂亮;
婉转的双眉仿佛远山的颜色,
美丽的两鬓仿佛秋蝉的翅膀。
跟着女伴在后园里玩耍,
这时候和你还没有来往。

我玩弄青梅倚着矮墙,
你骑着白马靠近垂杨;
墙头马上遥遥地相望,
一见就知你把我爱上。

知道你爱上我才和你谈心,
你指着松柏树立下誓盟;
感激你的心像松柏一样坚贞,
偷偷地梳起双鬟跟你私奔。

到你家已经有五六个年辰,
你家的老人时常地唧唧哝哝:
"聘来的是妻,私奔的是妾,
没资格作主妇祭祀祖宗!"
早知道不可能常住你家,

出了门没处去有啥办法!
并不是在故乡没有亲朋,
更不是在高堂没有爹妈;
自潜逃再没有通过消息,
到今天抱着愧没脸回家。

为了你一时的恩情,
耽误了我的终身。
寄语痴情年幼的闺女,
万不要把自身轻易许人!

原 诗

(原题注:止淫奔也。)

井底引银瓶,银瓶欲上丝绳绝;
石上磨玉簪,玉簪欲成中央折。
瓶沉簪折知奈何,似妾今朝与君别!
忆昔在家为女时,人言举动有殊姿;①
婵娟两鬓秋蝉翼,②宛转双蛾远山色。③
笑随女伴后园中,此时与君未相识。
妾弄青梅倚短墙,君骑白马傍垂杨;
墙头马上遥相望,一见知君即断肠。
知君断肠共君语,君指南山松柏树;
感君松柏化为心,暗合双鬟逐君去。④
到君家舍五六年,君家大人频有言:
聘则为妻奔是妾,不堪主祀奉蘋蘩。⑤
终知君家不可住,其奈出门无去处!
岂无父母在高堂,亦有情亲满故乡;
潜来更不通消息,今日悲羞归不得。
为君一日恩,误妾百年身。
寄言痴小人家女,慎勿将身轻许人!

注释

①殊姿:出色的姿态。 ②婵娟(chán juān):美好貌。 ③蛾:蛾眉。 ④暗合双鬟:古代未婚女子把头发梳为左右两髻,因髻作环形,故称"双鬟"。暗合双鬟,是把双鬟暗暗合拢,改成已婚妇女的发型。 ⑤"不堪"句:《诗经·召南》有《采苹》篇,旧注以为主妇能致诚敬,以奉祭祀,故作诗记其事。苹,又名芣菜、四叶菜。蘩,即白蒿。奉苹蘩,就是主妇祭祀祖宗的意思。因私奔的不配做主妇,故不堪祭祀奉苹蘩。

官 牛

官牛官牛把车拉,
浐河岸上拉细沙。
一石沙,
多少重,
早拉晚拉作什么用?

拉向五门官道西,
绿槐影里铺沙堤;
昨天上任的右丞相,
恐怕马蹄子沾上泥。
右丞相,
马蹄踏沙虽清洁,
牛领拉车磨出血。

右丞相,
只要你能为国为民谋福利,
牛领磨穿也没关系!

原 诗

(原题注:讽执政也。)

官牛官牛驾官车,浐水岸边驱载沙。①
一石沙,几斤重,朝载暮载将何用?
载向五门官道西,②绿槐阴下铺沙堤;③

昨来新拜右丞相,恐怕泥涂污马蹄。④

右丞相,马蹄踏沙虽净洁,牛领牵车欲流血。

右丞相,但能济人治国调阴阳,⑤
官牛领穿亦无妨!

注释

①浐水:源出陕西蓝田县西南,西北流经长安,合灞水入渭河。　②五门:唐长安太极宫南面有五门,即承天门、长乐门等。宰相到宫里办公,要经过"五门官道"。　③沙堤:据《国史补》:"凡拜相,礼绝班行,县府载沙填路,自私第至于城东街,名曰'沙堤'。"　④泥涂:泥路。　⑤调阴阳:古代认为宰相要能调理阴阳,使得风调雨顺,不出现水旱天灾。

紫毫笔

紫毫笔,
锥一样尖锐刀一样利。
江南的石山里有老兔,
吃竹饮泉长紫毫。
宣城工人采来做成笔,
千万根毛中选一毫。

毫虽轻,
功很重,
笔管上刻着工人的名字去进贡,
君啊臣啊别轻用!

别轻用,
将怎样?
希望赐给东西侍御史,
希望发给左右起居郎。
握着笔管走进黄金阙,
抽开笔帽站在白玉堂;
臣有奸伪邪恶奏明白,

君有动作言语记审详。

起居郎，
侍御史，
你知道紫毫难罗致，
每年宣城进笔时，
紫毫的价值如金子。
可别空拿它弹失仪，
可别空拿它录圣旨！

原 诗

（原题注：诫失职也。）

紫毫笔，尖如锥兮利如刀。
江南石上有老兔，吃竹饮泉生紫毫；
宣城工人采为笔，①千万毛中选一毫。
毫虽轻，功甚重，
管勒工名充岁贡，②君兮臣兮勿轻用。
勿轻用，将何如？
愿赐东西府御史，③愿颁左右台起居。④
搦管趋入黄金阙，抽毫立在白玉除；⑤
臣有奸邪正衙奏，君有动言直笔书。
起居郎，侍御史，尔知紫毫不易致。
每岁宣城进笔时，紫毫之价如金贵。
慎勿空将弹失仪，⑥慎勿空将录制词！⑦

注释

①宣城：当时是一个州。《元和郡县图志》上说：宣州溧水县的中山"出兔毫，为笔精妙"。②管：笔杆。勒：刻。 ③御史：官名，有纠察、弹劾的职权。 ④起居：指记述皇帝言行的官，这种官在唐朝叫起居郎。 ⑤除：殿前的台阶。 ⑥失仪：礼节不周到。 ⑦制词：皇帝的言词。

隋堤柳

隋堤的杨柳,
都已经衰朽。
经年累月,忍受着风吹雨打,
三棵两棵,分散在汴河路口。

老枝和病叶多么愁惨,
曾经过大业年间的春天!
大业年间的天子,就是炀帝,
两行杨柳,种在夹河的长堤;
西连黄河,东面直达淮海,
绿影覆盖了一千三百多里。
大业末年的暮春时候,
南航到江都尽情地嬉游;
碧蒙蒙的杨柳飘扬着雪絮,
正好给炀帝遮荫龙舟。
紫髯郎将保护着锦缆,
青蛾御史侍候在迷楼。
民间的血汗已经枯竭,
舟中的歌笑何时罢休!
上荒下困啊,多么危险,
国家的形势啊,好像累卵!
炀天子,
自以为福禄没有穷尽,
哪晓得皇子被封作鄗公!
龙舟还没过彭城阁下,
义旗已飘进长安宫中。
突然间起内乱人事变更,
送了命再不能回到京城。

一堆土坟埋葬在何处?
吴公台下号叫着悲风。
二百年来汴河路上,
朝朝暮暮烟草苍茫。
请看隋堤亡国的杨柳,
后王应如何借鉴前王!

原　诗

(原题注:悯亡国也。)

隋堤柳,①岁久年深尽衰朽。
风飘飘兮雨萧萧,三株两株汴河口。
老枝病叶愁杀人,曾经大业年中春。②
大业年中炀天子,③种柳成行夹流水;
西至黄河东至淮,绿影一千三百里。
大业末年春暮月,柳色如烟絮如雪,
南幸江都恣佚游,④应将此树荫龙舟。⑤
紫髯郎将护锦缆,青蛾御史直迷楼;⑥
海内财力此时竭,舟中歌笑何日休!
上荒下困势不久,宗社之危如缀旒。⑦
炀天子,自言福祚长无穷,岂知皇子封酅公!⑧
龙舟未过彭城阁,⑨义旗已入长安宫。⑩
萧墙祸生人事变,⑪晏驾不得归秦中。
土坟数尺何处葬?吴公台下多悲风。
二百年来汴河路,沙草和烟朝复暮。
后王何以鉴前王,请看隋堤亡国树!

注释

①隋堤柳:隋炀帝大业元年(605),自洛阳西苑引谷、洛二水达于黄河,又自板渚引河达于淮海,谓之御河。河畔筑御道,种柳树。　②大业(605—617):隋炀帝杨广年号。　③炀天子:即隋炀帝。　④"南幸"句:古代封建帝王到达某地,叫"幸"、"巡幸"。江都:故城约在

今江苏省扬州市。 ⑤龙舟：《隋书·食货志》：炀帝"造龙舟凤䙰，黄龙赤舰、楼船、篾舫，募诸水工，谓之殿脚。衣锦行縢，执青丝缆，挽舡以幸江都"。 ⑥迷楼：据《迷楼记》："项升能构宫室，经岁而成。千门万牖，工巧之极，自古无有；人误入者，终日不能出。炀帝幸之，大喜。顾左右曰：使'真仙游此，亦当自迷，可目之曰迷楼'。"按迷楼旧址，在现在的江苏省扬州市。 ⑦宗社：宗庙、社稷。缀旒：冠上的垂珠。这里用来比喻宗社的垂危。 ⑧酅（xī）公：唐朝封隋朝的后裔为酅公。 ⑨彭城阁：在江都，隋炀帝建，里面有温室。大业十四年，炀帝在此地被他的部下宇文化及所杀。 ⑩"义旗"句：大业十三年，太原留守李渊起兵，攻进长安。 ⑪萧墙：《论语·季氏》："吾恐季氏之忧，不在颛臾，而在萧墙之内也。"注："萧之为言肃也，墙谓屏也，君臣相见之礼，至屏而加肃敬焉，是以谓之萧墙。"按当时季氏将伐颛臾，孔子以为季氏之忧在内不在外，所以后人便把发生在内部的祸乱叫"萧墙之祸"。

草茫茫

草茫茫，
土苍苍，
茫茫苍苍，啥地方？
骊山脚底埋葬秦始皇。

墓里头掘干了两层泉水，
自以为这样深谁能毁坏。
上面悬着珍珠象征日月，
下面铺着水银象征江海。
精心创造了另一个天地，
妄图把生前的富贵带到这里。
有一天被盗劫坟墓掘破，
龙棺和神堂燃起大火。
珠玉珍宝又回到人间，
暂借到墓中，却惹来焚身的灾祸。

奢侈的遭殃节俭的安全，
一凶一吉就摆在眼前；
请你回过头向南眺望，
汉文帝安葬在灞陵原上。

原 诗

(原题注:惩厚葬也。)

草茫茫,土苍苍;
茫茫苍苍在何处?骊山脚下秦皇墓。①
墓中下涸二重泉,当时自以为深固。
下流水银象江海,上缀珠光作乌兔。②
别为天地于其间,拟将富贵随身去。
一朝盗掘坟陵破,龙椁神堂三月火。③
可怜宝玉归人间,暂借泉中买身祸。
奢者狼藉俭者安,一凶一吉在眼前;
凭君回首向南望,汉文葬在灞陵原。④

注释

①秦皇墓:在今陕西省临潼县城以东不远,南靠骊山。近年考古工作者发掘出大批兵马俑及其他文物,建了秦陵博物馆。 ②"下流"二句:经勘探,秦陵中确有大量水银。乌兔:指日月。古来传说日中有三足乌,月中有玉兔,所以用乌兔代表日月。 ③椁(guǒ):古代套在棺材外面的大棺材叫椁。 ④"凭君"两句:汉文帝刘恒的墓在灞陵原上,约在始皇陵的西南,故说"南望"。汉文帝很俭朴,所以他的墓没有被盗。

黑龙潭①

一潭子死水墨一样黑,
相传有神龙人们认不得。
官家在潭上架屋立祠堂,
把没有神的老龙当神供养。
不管是遭了水旱天灾或生病,
都说那是龙神老爷显威风。
家家喂着肥猪滤好酒,

早祈晚祷只等待灵巫开口。

神来了啊,清风飘飘,

纸钱飞扬啊,锦伞动摇;

神去了啊,微风不动,

香火熄灭啊,杯盘冰冷。

肉倒在潭边的石上,

酒泼在庙前的草上。

不晓得龙神享受了多少,

只看见野狐和山鼠吃得又醉又饱。

狐有什么福,

猪有什么罪,

年年杀猪把狐喂?

冒充龙神的狐狸把猪吃完了,

九重泉底的真龙你知道不知道?

原 诗

（原题注：疾贪吏也。）

黑潭水深色如墨,传有神龙人不识。

潭上架屋官立祠,龙不能神人神之。

灾凶水旱与疾疫,乡里皆言龙所为。

家家养豚漉清酒,② 朝祈暮赛依巫口。③

神之来兮风飘飘,纸钱动兮锦伞摇;④

神之去兮风亦静,香火灭兮杯盘冷。

肉堆潭岸石,酒泼庙前草。

不知龙神享几多,林鼠山狐长醉饱。

狐何幸,豚何辜,年年杀豚将喂狐?

狐假龙神食豚尽,⑤九重泉底龙知无?⑥

注释

①黑龙潭：在长安县南终南山下。《元和郡县志·京兆府·长安县》："龙首山,在县北一十

里,长六十里,头入渭水,尾达樊川。秦时有黑龙从南山出饮水,其行道因成土山。"所谓"黑龙",即此诗所说"黑潭龙"。　②豚:小猪。渌(lù):过滤。　③巫:旧社会中替迷信的人祈祷求神、骗取财物的迷信职业者。　④锦伞:供神的一种仪仗。　⑤假:假冒。　⑥无:疑问助词,用法同"否"。

天可度

天能够测,
地能够量,
唯有人心最难防。
只听说丹心红得像血,
谁晓得假话巧得像簧!
劝你掩鼻子你不要掩,
免使你夫妇俩变成参与商;
劝你捉蜜蜂你不要捉,
免使你父子俩变成豺和狼。
海底的鱼啊天上的鸟,
高的可以射,低的可以钓;
唯有人们相对坐,
各安什么心,谁能料得到?
你不见李义府之流笑欣欣,
笑中有刀暗杀人。
阴晴风雨都能测,
测不透人间的笑是嗔!

原　诗

(原题注:恶诈人也。)

天可度,①地可量,唯有人心不可防。
但见丹诚赤如血,②谁知伪言巧似簧!
劝君掩鼻君莫掩,③使君夫妇为参商;④
劝君掇蜂君莫掇,⑤使君父子成豺狼。

海底鱼兮天上鸟,高可射兮深可钓;

唯有人心相对时,咫尺之间不能料。⑥

君不见李义府⑦之辈笑欣欣,笑中有刀潜杀人。

阴阳神变皆可测,不测人间笑是嗔。⑧

注释

①度(duó):计算、推测。　②丹诚:心。　③"劝君"句:《韩非子·六微》里说:魏王给荆王赠了一个美人,荆王的夫人郑袖告诉新来的美人说:"王很喜爱你,但是讨厌你的鼻子;你见王的时候掩住鼻子,那么,王就永远喜欢你了。"新来的美人接受了这个建议,每见王,常掩鼻。荆王问郑袖:"新人见我常掩鼻,为什么?"郑袖说:"她最近常常说害怕闻王的臭气。"荆王愤怒地说:"把鼻子割了!"　④参商:二星名,互不相见,见前《太行路》注。　⑤掇蜂:《琴操》云:尹吉甫的儿子伯奇的生母死了,后母谋害他,把毒蜂放到衣领上,教伯奇给她捉掉。吉甫看见,误以为伯奇调戏后母,把他赶到野外。　⑥咫尺:是说距离很近。　⑦李义府:唐代饶阳人,官至中书令。性情阴险,和人说话,笑容满面。人们说他笑里藏刀。　⑧嗔(chēn):生气、发怒。

秦吉了

秦吉了,
出南方,
青黑的羽毛红脖项;
耳亮心灵舌头巧,
鸟语人言都擅长。

昨日长爪鸢,
扑翻乳燕窝,
今日大嘴乌,
啄瞎母鸡眼;
母鸡倒地燕惊飞,
然后抓走鸡雏拾燕卵。

岂无雕和鹗,

译诗集　215

吃饱肥肉懒动弹;

也有鸢和鹤,

高飞闲站不肯管。

秦吉了,

人说你是能言鸟,

难道看不见鸡燕的冤仇没有报!

我听说凤凰它能管百鸟,

你竟不把乌鸢的罪恶报告给凤凰,

谁要你唧唧喳喳闲聒噪!

原 诗

(原题注:哀冤民也。)

秦吉了,①出南中,彩毛青黑花颈红;

耳聪心慧舌端巧,鸟语人言无不通。

昨日长爪鸢,②今朝大觜乌,③

鸢捎乳燕一窠覆,④乌啄母鸡双眼枯;

鸡号堕地燕惊去,然后拾卵攫其雏。⑤

岂无雕与鹗,嗉中肉饱不肯搏;⑥

亦有鸾鹤群,闲立飏高如不闻。⑦

秦吉了,人云尔是能言鸟,

岂不见鸡燕之冤苦!吾闻凤凰百鸟主,⑧

尔竟不为凤凰之前致一言,安用噪噪闲言语!

注释

①秦吉了:属鸣禽类,嘴和脚都是红色,头部有黄肉冠,形似鹦鹉而声音较大,产广西一带。性伶俐,能学人言语,且能识人。 ②鸢(yuān):属猛禽类,形似鹰而嘴略短、尾较长,四趾都有钩爪,抓取小动物为食,俗称鹞子。 ③大觜乌:元稹《大觜乌》诗云:"阳乌有二类,觜白者名慈……其一觜大者,攫搏性贪痴。"白诗所讲的大觜乌,就是这种性贪善攫的家伙。觜,同"嘴"。 ④捎(shāo):这里是扑的意思。 ⑤攫(jué):抓取。 ⑥嗉(sù):鸟类的胃,通常叫嗉子。 ⑦飏(yáng):飞扬。 ⑧凤凰:古代神话传说中的一种神鸟,雄为凤,雌

为凰。凤被说成"百鸟之王"。

鸦 九 剑

欧冶子死了一千年以后，
灵魂暗暗地指导鸦九；
鸦九在吴山冶炼宝剑，
神给他助力，天给他吉祥的时间。

钢铁的精华在烈火里跳跃，
要求化成镆铘一样的宝剑。
剑铸成了十几年没有人使用，
有个客人买了来想看它一看；
谁晓得它时常想施展威力，
三尺青蛇不肯在匣中睡眠。

客人有心，
宝剑无口，
客人代替宝剑告诉鸦九：
你不要夸耀我能把美玉切碎，
你不要赞扬我能把巨钟砍伤；
不如拿上我扫荡浮云，
不让它漫无边际地遮蔽太阳，
使那大公无私的阳光普照万物，
让久蛰的昆虫苏醒，久枯的草木萌芽生长。

原 诗

（原题注：思决壅也。）

欧冶子死千年后，①精灵暗授张鸦九；②
鸦九铸剑吴山中，天与日时神借功。
金铁腾精火翻焰，踊跃求为镆铘剑。③

剑成未试十余年,有客持金买一观;
谁知闭匣长思用,三尺青蛇不肯蟠。④
客有心,剑无口,客代剑言告鸦九:
君勿矜我玉可切,⑤君勿夸我钟可刜;⑥
不如持我决浮云,⑦无令漫漫蔽白日。⑧
为君使无私之光及万物,蛰虫昭苏萌草出。⑨

注释

①欧冶子:春秋时人,善于铸剑。他曾经给越王铸了五口利剑,名叫:湛卢、巨阙、胜邪、鱼肠、纯钩。又和他的徒弟合作,给楚王铸了三口利剑,名叫:龙渊、太阿、工布。 ②张鸦九:唐朝人,善于铸剑。元稹的《说剑篇》中,也有"既非古风壶,无乃近鸦九"的句子。 ③"金铁"两句:《庄子·大宗师》:"今大冶铸金,金踊跃曰:'我且必为镆铘,大冶必以为不祥之金。'"镆铘即莫邪,这里是宝剑名。《吴地记》上说:吴王阖庐使干将铸剑,而铁汁不出;干将的妻子莫邪跳入炉中,铁汁便出,铸成两口宝剑;雄的叫干将,雌的叫莫邪。 ④三尺青蛇:指剑。 ⑤矜:夸耀。 ⑥刜(fú):砍斫。 ⑦决:劈开。 ⑧"无令"句:古诗中时常以浮云遮蔽太阳比喻奸臣蒙蔽皇帝。 ⑨蛰(zhé):动物冬眠,藏起来不食不动。昭苏:苏醒。

采诗官

采诗的官员,
采集诗歌,引导百姓发言;
言者没有罪,听者有所警惕,
消除隔阂,上下才能通气。
周亡秦兴直到隋代,
十个朝代,再不设采诗的官员。
祭祀宴会,只歌颂皇帝的美德,
乐府艳诗,只博取皇帝的喜欢;
要寻找规谏讽刺的词儿,
万句千章中没有只语片言。
自从章句中没有讽刺,
发展到朝廷里断绝讽议:
诤臣闭上口充当闲员,

谏鼓高挂起变成虚器;
皇帝在朝堂常常沉默,
百官进门来个个献媚;
夕郎所贺的都是德音,
春官所奏的只有祥瑞。
君的殿堂啊远隔千里,
君的大门啊深闭九重;
君的两耳只听殿上的语言,
君的双眼不见门外的事情。
奸臣毫无畏惧地欺骗君王,
贪吏肆无忌惮地残害人民。
您不见周厉王秦二世的末年,
受害的是君王,得利的是群臣。
君啊君啊请您细听:
要想扫除障碍了解民情,
先向诗歌中寻求讽刺的精神。

原 诗

(原题注:监前王乱亡之由也。)

采诗官,①采诗听歌导人言;
言者无罪闻者诫,下流上通上下泰。
周灭秦兴至隋代,十代采诗官不置。
郊庙登歌赞君美,②乐府艳诗悦君意;
若求兴谕规刺言,万句千章无一字。
自始章句无规刺,渐及朝廷绝讽议:
诤臣杜口为冗员,③谏鼓高悬作虚器;④
一人负扆常端默,⑤百辟入门两自媚;⑥
夕郎所贺皆德音,⑦春官每奏唯祥瑞。⑧
君之堂兮千里远,君之门兮九重閟;⑨
君耳唯闻堂上言,君眼不见门前事。

贪吏害民无所忌,奸臣蔽君无所畏。
君不见厉王胡亥之末年,⑩群臣有利君无利。
君兮君兮愿听此:
欲开壅蔽达人情,先向歌诗求讽刺。

注释

①采诗官:周代设有采诗官,采集民间诗歌供统治者了解民情风俗。参见前《读张籍古乐府》注。 ②郊:指古代帝王在郊外祭天祭地,即所谓"郊祀"。庙:指古代帝王祭祀祖庙。登歌:指祭祀宴会时所奏的歌曲。《乐府诗集》:"登歌者,祭祀燕飨,堂上所奏之歌也。" ③诤臣:谏官。 ④谏鼓:又叫朝鼓、登闻鼓。民有谏者,击鼓作响。 ⑤负扆(yǐ):周天子接见诸侯的时候,背屏风而立,所以叫负扆。负扆,也就是南面。负,背。扆,户牖之间的屏风。 ⑥百辟:百官。 ⑦夕郎:即黄门侍郎。《汉官仪》:"黄门郎日暮入对青琐门拜,故谓之夕郎。" ⑧"春官"句:武则天光宅元年,改礼部尚书为春官尚书。春官,即指礼部的官员。据《新唐书·百官志》:礼部掌管礼仪祭祀贡举等事。每年出现的"祥瑞",礼部员外郎要于年底向皇帝报告。 ⑨闷(bì):闭。 ⑩厉王:周厉王。胡亥:秦二世。

闲 适 诗

归田二首①

一

人生追求什么东西?
追求的东西不外两件:
普通的人们喜欢富贵,
清高的人们羡慕神仙。

神仙须有神仙的籍贯,
富贵也要富贵的天缘;
不要留恋长安的官路,
不要寻觅东海的神山。

长安的红尘遮天盖地,
东海的白浪撼地掀天;

要跨进金门很不容易，
想攀上琪树更加困难。

不如回到淳朴的农村，
像老农那样种好春田。

二

种田的计划已经决定，
决定的计划如何执行？
卖掉老马买一头小牛，
徒步跋涉，回到农村。

迎接春天把农具修整，
等候雨水把荒地开垦。
扶着手杖在田头站立，
不辞辛苦地督促仆人。

我听到老农所谈的经验：
种田要做好开头的工作；
只要付出辛勤的劳动，
必然得到丰富的收获。

既要缴纳皇帝的赋税，
也要供给全家的需求。
哪里能容许放荡懒惰，
拱手曳裾地闲坐闲游！

学习农业并不算下贱，
亲戚朋友请不要嘲讥；
还打算等到明年以后，
更要亲手儿耕田锄地。

原 诗

一

人生何所欲？所欲唯两端：
中人爱富贵，高士慕神仙。
神仙须有籍，富贵亦在天；
莫恋长安道，莫寻方丈山。②
西京尘浩浩，③东海浪漫漫；
金门不可入，④琪树何由攀。⑤
不如归山下，如法种春田。

二

种田计已决，决意复何如？
卖马买犊使，徒步归田庐。
迎春治耒耜，候雨辟葘畬。⑥
策杖田头立，躬亲课仆夫。
吾闻老农言：为稼慎在初；
所施不卤莽，⑦其报必有余。
上求奉王税，下望备家储。
安得放慵惰，拱手而曳裾！⑧
学农未为鄙，亲友勿笑余。
更待明年后，自拟执犁锄。

注释

①原诗三首,译两首。　②方丈山:传为东海三神山之一。　③西京:即长安。　④金门:宫署的门。因门旁有铜马,故叫金马门;金门是金马门的简称。　⑤琪树:指仙家的树。　⑥葘(zī)畬(yú):第一年开辟的荒田叫葘,第二年叫畬。　⑦卤莽:粗心大意。　⑧拱手:行礼貌。曳裾:行走时拖着衣服的大襟,古代文人的服装是这样的。这里的拱手曳裾是形容不劳动。

秋游原上

七月过了一半,
天气非常清新。
早晨梳好头发,
缓步走出大门。

凉露沾湿手杖,
清风飘起衣襟。
带上兄弟侄儿,
同到原上闲行。

西瓜还有余香,
枣子没有全红;
热情的田家老翁,
拿它们迎接客人。

从我到这个村子,
来往了好些年辰;
农民早已相熟,
老幼都有感情。
留到黄昏才走,
树树响起蝉声。

这时刚下过透雨,
夹路的禾黍青青;
看见这能使人饱,
何必要等到收成。

原 诗

七月行已半,①早凉天气清。
清晨起巾栉,②徐步出柴荆。③
露杖筇竹冷,④风襟越蕉轻;⑤

闲携弟侄辈,同上秋原行。
新枣未全赤,晚瓜有余馨;
依依田家叟,⑥设此相逢迎。
自我到此村,往来白发生;⑦
村中相识久,老幼皆有情。
留连向暮归,⑧树树风蝉声。
是时新雨足,禾黍夹道青;
见此令人饱,何必待西成。⑨

注释

①行:将。表示未来的时间副词。 ②巾、栉:头巾、梳子。这里都作动词用,就是裹头巾、梳头发。 ③徐:缓。柴荆:简陋的门。 ④筇(qióng)竹:竹子的一种,可以做手杖。 ⑤越蕉:即蕉葛,是一种细葛,可以做衣服。 ⑥依依:热情的样子。叟(sǒu):老头。 ⑦"自我"两句:我从第一次来这个村子以后,时常来往,在来往的过程中头发都变白了。就是说经过了相当长的时间。 ⑧留连:逗留。向暮:将要天晚。 ⑨西成:古代以为秋季的位置在西方,所以用"西"代表"秋","西成"就是"秋收"。

观 稼

我没有事务的纠缠,
身心时常安闲;
傍晚到田野游玩,
缓缓地走过村边。
场上堆着一堆堆田禾,
村中飞来一群群麻雀;
不光是人们庆祝丰收,
鸟儿的叫声也充满欢乐。
老农看见我非常高兴,
一声不响地摆好酒盅;
请我喝些祭神的好酒,
他的脸上堆满了笑容。

当不起这般的殷勤恭敬,
放下手杖领他的盛情。
言语动作都那么坦率,
才感到农民的善良纯真。
停住酒杯问他的情况,
男女老幼都从事耕作,
一年苦了个筋疲力尽,
还过着缺吃少穿的生活。
做官的人们能不惭愧!
从来不参加生产劳动;
饱食暖衣不干事儿,
和卫人的白鹤有什么不同?

原　诗

世役不我牵,①身心常自若;②
晚出看田苗,闲行傍村落。③
累累绕场稼,喷喷群飞雀;④
年丰岂独人,禽鸟声亦乐。
田翁逢我喜,默起具樽杓;
敛手笑相延,⑤社酒有残酌。⑥
愧兹勤且敬,藜杖为淹泊;⑦
言动任天真,⑧未觉农人恶。
停杯问生事,⑨夫种妻儿获;
筋力苦疲劳,衣食常单薄。
自惭禄仕者,曾不营农作;
饱食无所劳,何殊卫人鹤?⑩

注释
①世役:劳累人的事务。　②自若:安闲自在。　③傍村落:沿着村边。　④喷喷(zé zé):赞美的声音。这里是鸟叫声。　⑤敛手:一种行礼的动作。延:请。　⑥社酒:祭社神的酒。　⑦藜(lí)杖:用藜做的手杖。藜,开黄绿色花,茎可以做手杖。淹泊:逗留。　⑧任天真:由

着真实的思想感情,毫不做作。任,任凭、由着。 ⑨生事:生活。 ⑩何殊:有什么区别。卫人鹤:指卫懿公的鹤。卫懿公爱鹤,豢养的鹤坐着华贵的车子。

访陶公旧宅(并序)

余夙慕陶渊明为人。①往岁渭上闲居,尝有效陶体诗十六首。②今游庐山,经柴桑,过栗里,③思其人,访其宅,不能默默,又题此诗云。

美玉不沾尘垢,
灵凰不吃腥膻;
可敬的靖节先生啊,
您生在那晋宋之间!
心中确有高尚的理想,
口里始终不能明言。
时常向往孤竹君的儿子,
双双隐居在首阳山巅。
伯夷叔齐都是单身,
受穷挨饿不算艰难;
您却有五个儿子,
和您同受饥寒。
腹中的饮食不充足,
身上的衣服不周全;
几次叫做官您都不肯去,
这才称得上真正的"高贤"!

我生在您的后面,
相隔五百来年;
每次读《五柳传》,
都激起想象和怀念。
从前歌咏您的遗风,
作诗一十六篇;
现在寻访您的旧宅,

仿佛您在眼前。
不爱您杯中有酒，
不爱您琴上无弦；
只爱您轻视名利，
老死在田园中间。

柴桑还是古代的村落，
栗里还是旧时的山川；
却不见篱下的菊花，
只余下村里的孤烟。
您的子孙虽没有名声，
您的族氏还没有变迁；
每遇见姓陶的人啊，
便引起我恋恋不舍的情感！

原　诗

垢尘不污玉，灵凤不啄膻；
呜呼陶靖节，④生彼晋宋间。⑤
心实有所守，口终不能言。
永惟孤竹子，拂衣首阳山。⑥
夷齐各一身，穷饿未为难；
先生有五男，与之同饥寒。⑦
肠中食不充，身上衣不完；
连征竟不起，⑧斯可谓真贤！
我生君之后，相去五百年；
每读《五柳传》，⑨目想心拳拳。
昔尝咏遗风，著为十六篇；
今来访故宅，森若君在前。
不慕樽有酒，不慕琴无弦；⑩
慕君遗荣利，老死此丘园。
柴桑古村落，栗里旧山川；

不见篱下菊,⑪但余墟中烟。⑫

子孙虽无闻,族氏犹未迁;

每逢姓陶人,使我心依然!

注释

①夙:早先。陶渊明(365—427):字元亮(入宋后改名潜,而以渊明为字),东晋浔阳柴桑(今江西省九江县西南)人,我国伟大诗人之一。 ②"往岁"两句:白居易在元和六年至八年(811—813)住在下邽(今陕西省渭南县境内)的渭村,作有《效陶潜体诗》十六首,诗见《白氏长庆集》卷五。 ③栗里:在柴桑与庐山之间。萧统《陶渊明传》:"渊明尝往庐山。弘(王弘)命渊明故人庞通之赍酒具,于半道栗里之间邀之。" ④陶靖节:"靖节"是陶渊明的谥号(古时人死以后,友好根据他平生的事迹,给他立号,叫做"谥")。按谥法以"宽乐令终"为"靖","好廉克己"为"节"。 ⑤"生彼"句:陶渊明生于晋哀帝兴宁三年(365),卒于宋文帝元嘉四年(427),活了六十三岁。 ⑥"心实"等四句:大意是陶渊明在晋朝灭亡以后为晋守"臣节",不肯做刘宋的官,但口里不好明说,故借怀念"不食周粟"的伯夷叔齐来寄托他的感情。孤竹,古国名,在现在河北省境内。周灭殷,孤竹君的两个儿子伯夷、叔齐隐居首阳山,采薇而食。见《史记·夷齐列传》。 ⑦"先生"两句:先生指陶渊明。陶渊明《责子》:"虽有五男儿,总不好纸笔"。五男名俨、俟、份、佚、佟。《责子》中提到的舒、宣、雍、端、通都是小名。同饥寒,同五个儿子一起受饥寒。陶渊明在《与子俨等疏》一文中说:"俛仰辞世,使汝等幼而饥寒。" ⑧"连征"句:朝廷召他做主簿、做著作郎,都不肯去。 ⑨《五柳传》:指陶渊明描写他自己的《五柳先生传》。 ⑩"不慕"两句:陶渊明《归去来兮辞》:"携幼入室,有酒盈樽。"萧统《陶渊明传》:"渊明不解音律,而蓄无弦琴一张,每酒适,辄抚弄以寄其意。" ⑪"不见"句:陶渊明《饮酒》诗中有"采菊东篱下,悠然见南山"的句子。 ⑫"但余"句:陶渊明《归园田居》诗中有"暧暧远人村,依依墟里烟"的句子。墟,村落。

自蜀江至洞庭湖口,有感而作①

长江从西南流来,

日日夜夜地吼叫;

后浪追赶着前浪,

奔过凿好的水道。

几千年没有壅塞溃决，
老百姓没有淹在水中。
要不然人民都会变成鱼鳖，
伟大啊，大禹治水的功勋！

老远地疏导岷江，
眼看要通到东海，
为什么没有完工，
余水在这里聚汇？

洞庭和青草两湖，
气势一样的雄伟：
渺渺万丈的深渊，
茫茫千里的大水。

每年的夏秋两季，
仿佛要吞没七泽。
水族的窟穴越多，
农民的土地越窄。

连我都感到惋惜，
大禹岂没有遗憾！
不知是什么原因！
凭遗迹寻找答案：

也许是苗民反抗，
不肯把任务赶完，
大禹也没有办法，
才留下这种祸患？

水流在天地中间，
就像人身的血管，
凝滞了便长脓包，
要治疗就得开刀。

怎能使大禹复活,
掌握治水的大权,
手提着倚天长剑,
再一次亲临指点!

引水像剪破薄纸,
决壅像撕裂绸帛,
淤积肥沃的田地,
踏平鱼鳖的窟宅。

把龙宫变成村庄,
让水府生长禾麦,
白增加百万户口,
记入政府的表册。

原 诗

江从西南来,浩浩无旦夕;②
长波逐若泻,连山凿如劈。
千年不壅溃,万姓无垫溺。
不尔民为鱼,③大哉禹之绩!
导岷既艰远,④距海无咫尺,⑤
胡为不讫功,⑥余水斯委积?
洞庭与青草,⑦大小两相敌;
混合万丈深,渺茫千里白。
每岁秋夏时,浩大吞七泽。⑧
水族窟穴多,农人土地窄。
我今尚嗟叹,禹岂不爱惜!
邈未究其由,⑨想古观遗迹。
疑此苗人顽,恃险不终役,
帝亦无奈何,留患与今昔。
水流天地内,如身有血脉,

滞则为疽疣,治之在针石。⑩
安得禹复生,为唐水官伯,⑪
手提倚天剑,重来亲指画!
疏流似剪纸,决壅同裂帛,
渗作膏腴田,踏平鱼鳖宅。
龙宫变闾里,水府生禾麦,
坐添百万户,书我司徒籍。⑫

注释

①蜀江:指在四川境内的长江。作者自四川忠州东下,经过洞庭湖口,作此诗。 ②无旦夕:不分昼夜。 ③不尔:不这样。 ④岷:指岷江,源出四川松潘县的岷山,流经灌县、成都、眉山、乐山等地,至宜宾县入长江。相传大禹疏导长江,从岷江开始。 ⑤咫尺:距离很近。咫(zhǐ),周尺的八寸。 ⑥讫(qì):完结。 ⑦洞庭与青草:两个湖名。青草湖在湖南岳阳县西南,北连洞庭,南接潇湘,东纳汨罗,自古与洞庭并称。 ⑧七泽:相传楚国有七泽,当在现在湖北省境内。 ⑨邈(miǎo):远。究其由:探索它的原因。 ⑩针石:即针砭。是古代用石针刺病的手术。 ⑪水官:古代管治水的官。伯:长。 ⑫司徒:古代管全国土地、户口、物产、财富的官。在唐代,就是"户部"。籍:簿册。

感 伤 诗

游襄阳怀孟浩然①

楚山的碧峰巍峨,
汉水的碧波浩荡;
进入孟氏的诗歌,
结成秀丽的形象。

我爱孟氏的诗歌,
来到孟氏的家乡;
清风没有人继承,
黄昏空留下襄阳。

南向鹿门山遥望,

仿佛有霭霭余芳,
不知他隐居何处,
只看见云树苍茫。

原　诗

楚山碧岩岩,②汉水碧汤汤;③
秀气结成象,孟氏之文章。
今我讽遗文,④思文至其乡;
清风无人继,⑤日暮空襄阳。
南望鹿门山,蔼若有余芳;⑥
归隐不知处,云深树苍苍。

注释

①孟浩然(689—740):襄阳人,世称孟襄阳,是和李白、杜甫同时(年岁较长)的大诗人。一生没有做过官,隐居在襄阳的鹿门山中,擅长描写田园山水的诗,与王维同为田园山水诗派的代表诗人。作品有《孟浩然集》四卷。李白、杜甫等都钦佩他的诗歌和人品,写过许多赞扬他的诗。李白在《赠孟浩然》诗中说:"吾爱孟夫子,风流天下闻。"杜甫在《解闷》诗中说:"复忆襄阳孟浩然,清诗句句尽堪传"。　②岩岩:山势高耸的样子。　③汤汤(shāng):水势浩大奔流的样子。　④讽:诵读。遗文:指孟浩然留下的诗歌作品。　⑤清风:这里兼指孟浩然的人品和诗的风格。　⑥蔼(ǎi)若:蔼然,形容盛多。

夜　雪

这搞的什么名堂?
被窝、枕头越来越冰凉。
睁眼瞥见门窗,
怎么忽然明亮?
噢,外面下雪了呀!
夜越深,积雪越增加重量。
喀嚓,喀嚓,
不时传来竹子被压折的声响。

原　诗

已讶衾枕冷，忽见窗户明。①
夜深知雪重，时闻折竹声。②

注释

①"已讶(yà)"两句：意思是说，夜里被冻醒，惊讶被子、枕头为什么显得冰冷。睁眼一看，门窗又特别明亮，但离天亮还远呢。于是想到外面正大雪纷飞。讶，惊异。衾(qīn)，被子。
②"夜深"两句：因"时闻折竹声"而想到雪越下越大、越积越厚。

感　情

在院子里晒衣服和玩具，
忽然看见故乡的鞋子一双。
从前赠鞋给我的是什么人？
是东边邻家的漂亮姑娘。

因而想到她赠鞋时的话儿：
用鞋子表达有始有终的愿望。
只愿永远像鞋子一般，
或行或止都成对成双。

自从我被贬到江州，
三千里长途独自漂荡。
为了感激多情的人儿，
把鞋子一直带到这个地方。

今天拿起这双鞋子，
反复观看，使我十分感伤；
鞋还是一对，人却分在两处，
人和鞋哪里能够一样！

多么可叹又多么可惜！

锦面绣里,算她空做一场;
何况经过梅雨天气的潮湿,
锦的颜色和绣的花草都黯淡无光。

原 诗

中庭晒服玩,忽见故乡履。
昔赠我者谁？东邻婵娟子。①
因思赠时语:特用结终始,
永愿如履綦,②双行复双止。
自吾谪江郡,③漂荡三千里;
为感长情人,提携同到此。
今朝一惆怅,反复看未已;
人只履犹双,何曾得相似！
可叹复可惜,锦表绣为里;
况经梅雨来,④色黯花草死。

注释

①婵娟(chán juān):美好。　②綦(qí):履下的装饰物。　③"自吾"句:元和十年(815),白居易被贬为江州司马。　④梅雨:江、湘、两浙等处,四五月间,梅子黄落的时候多雨,叫做黄梅雨。

过昭君村①

灵异的珍珠没有种子,
灿烂的云霞没有根子;
也像那漂亮的姑娘,
生在这偏僻的村子。
极端的美丽谁能掩盖,
骤然被选进皇帝的宫内;
突出的美丽受人妒忌,

终于被丢在荒凉的塞外。
难道这绝代的佳人，
得不到皇帝的青睐？
因为受形势的逼迫，
皇帝也做不了主宰。
黑白都可以颠倒，
图画有什么标准！
骨头竟埋在塞北，
灵魂也回不了巴东。
呜咽的江水笼罩着乌云，
故乡仍然是当年的情景；
妍丽的肉体早已腐化，
只留下村名唤做"昭君"。
村子里有一位老人，
指点着为我说明：
"恐怕受同样的冤屈，
吸取了前人的教训；
到现在村中的姑娘，
都烧伤了美好的面孔。"

原　诗

灵珠产无种，彩云出无根；
亦如彼姝子，②生此遐陋村。③
至丽物难掩，遽选入君门；④
独美众所嫉，终弃于塞垣。⑤
唯此希代色，⑥岂无一顾恩？⑦
事排势须去，不得由至尊。⑧
白黑既可变，丹青何足论！⑨
竟埋岱北骨，⑩不返巴东魂。⑪
惨淡晚云水，依稀旧乡园；⑫

妍姿化已久,但有村名存。

村中有遗老,指点为我言:

"不取往者戒,恐贻来者冤;⑬

至今村女面,烧灼成瘢痕。"⑭

注释

①王昭君:名嫱,以美丽著名,是汉元帝的宫人。今湖北秭归县有昭君村,相传是昭君出生的地方。村在长江北岸,与巫峡接连。杜甫《咏怀古迹五首》中的"群山万壑赴荆门,生长明妃尚有村",就是指这个村子。明妃即昭君,晋朝因避司马昭讳,改称明妃。白居易于唐宪宗元和十四年(819)从浔阳溯江而上,到忠州做刺史去的时候,经过昭君村,写了这首诗。 ②彼姝子:那个美丽的女子。姝,美丽。 ③遐(xiá):远。陋:荒凉,简陋。 ④遽(jù):忽然、仓猝。 ⑤塞垣:边塞的墙。为了押韵的关系,用了个"垣"字,这里实际上只说边塞。汉元帝为了与匈奴和亲,把昭君嫁给匈奴的国君呼韩邪单于。 ⑥希代:世所少有,和绝代、绝世的意思相同。希,同"稀"。 ⑦顾:看、顾盼。 ⑧"事排"两句:这两句是说已成的事实不能改变,昭君必须去嫁给匈奴的君主,连皇帝(汉元帝)也没有办法。相传汉元帝命画工画宫女容貌,按图选择。宫女多贿赂画工,要求把自己画好看些。王昭君自恃貌美,不肯行贿,画工毛延寿故意把她画得很丑,因此得不到汉元帝的选拔。等到决定把她嫁给匈奴,元帝召见,才发现她光艳照人,是后宫里最出色的美人,很想取消遣嫁匈奴的决定,但当着匈奴的使者,又不便取消。只好把毛延寿杀了出气。见《西京杂记》等书。 ⑨丹青:图画。丹,红色。红和青是绘画所用的主要颜色,所以称图画为丹青。这一句即指毛延寿故意把昭君画丑。何足论:不值得谈论。 ⑩岱北:泰山以北。实际上,作者的意思是泛指塞北匈奴的地区。岱,泰山的别称。 ⑪巴东:在秭归县以西。实际上,作者是指昭君村所在的地区。 ⑫依稀:仿佛。 ⑬贻:留。 ⑭"至今"两句:这是说鉴于王昭君由于美丽出众而得到悲惨的遭遇,所以村女们都把面孔烧起许多瘢痕,破坏了她们的美貌,以免蹈王昭君的覆辙。

生 离 别

吃蘗不易吃梅难,

蘗很苦来梅很酸;

哪能比上生别难,

苦在心来酸在肝。

鸡叫两遍月落山,
行人出门马叫唤;
眼看骨肉放声哭,
蘖苦梅酸如蜜甜。
黄河水白秋云黄,
行人河边好凄惶;
天寒野旷哪儿歇?
棠梨叶颤风吹霜。

生离别,
使人愁,
忧愁如水不断流。
愁多伤心损血气,
不满三十白了头。

原　诗

食蘖不易食梅难,^①蘖能苦兮梅能酸;^②
未如生别之为难,苦在心兮酸在肝。
晨鸡再鸣残月没,征马连嘶行人出;
回看骨肉哭一声,梅酸蘖苦甘如蜜。^③
黄河水白黄云秋,行人河边相对愁;
天寒路旷何处宿,棠梨叶战风飕飕。
生离别,生离别,忧从中来不断绝。
忧极心劳血气衰,未到三十生白发。

注释

①蘖(bò):即中药中的黄檗(通常写作黄柏)。性寒味苦,和黄连相似。梅:梅子,味甚酸。
②能:通"恁"(nèn),不作"能够"解。唐宋诗词中有许多"能"都通"恁",是"如此"、"这样"的意思。如杜甫诗"群小谤能深"、"衣马不复能轻肥",李之仪词"舞柳经春底瘦,游丝到地能长",文天祥词"乾坤能大"等,其中的"能"都作"这样"讲,这里的"蘖能苦兮梅能酸"中的

两个"能"字,也是一样。这样苦,这样酸,也就是很苦、很酸。 ③"回看"两句:意谓梅很酸、蘖很苦,但和生离别相比,则梅和蘖比蜜还甜。极言生离别之苦,苦到极点。

江南遇天宝乐叟①

白头老翁一边说一边哭泣:
"安禄山作乱前我就作了梨园子弟。
能弹着琵琶伴奏法曲,
常常在华清宫奉侍皇帝。
这时的天下啊,久享太平,
年年十月,皇帝都驾幸华清。
千官请安,摇曳的环珮鸣奏,
万国朝见,络绎的车马飞奔。
石瓮寺里,闪耀着金钿的光辉,
温泉源头,熏煮着兰麝的芳芬。
贵妃婀娜地跟随着君王,
娇弱禁不起珠翠的繁重。
冬雪飘飖,更觉得锦袍温暖,
春风荡漾,越显出霓裳飘动。

乐还没享够,叛军已杀到京城,
弓劲马肥,到处是胡语的噪音。
逃避夷狄,数不清豳土的难民,
痛哭轩辕,留不住鼎湖的飞龙。
从这时落了难飘流到南国,
死了千万人,只留下我一身。
一叶孤舟,饱经江上的风浪,
几杯淡酒,消磨雨中的黄昏。
涸鱼早失掉风波的凭仗,
枯草曾沾过雨露的深恩……"
"我来自秦川你不须细问,

骊山渭水都好像荒村。
新丰树老,笼罩着明月,
长生殿暗,覆盖着春云。
红叶纷纷掩埋了破瓦,
绿苔重重封锁了断墙。
只有宦官充当宫使,
每年的寒食节开一次宫门!"

原　诗

白头老叟泣且言:"禄山未乱入梨园。②
能弹琵琶和法曲,③多在华清随至尊。④
是时天下太平久,年年十月坐朝元。⑤
千官起居环佩合,⑥万国会同车马奔。
金钿照耀石瓮寺,⑦兰麝熏煮温汤源。⑧
贵妃宛转侍君侧,体弱不胜珠翠繁。
冬雪飘飖锦袍暖,春风荡漾霓裳翻。⑨
欢娱未足燕寇至,⑩弓劲马肥胡语喧。
豳土人迁避夷狄,⑪鼎湖龙去哭轩辕。⑫
从此漂沦落南土,万人死尽一身存。
秋风江上浪无限,暮雨舟中酒一樽。
涸鱼久失风波势,枯草曾沾雨露恩。"⑬
"我自秦来君莫问,⑭骊山渭水如荒村。
新丰树老笼明月,长生殿暗锁春云。⑮
红叶纷纷盖欹瓦,⑯绿苔重重封坏垣。
唯有中官作宫使,⑰每年寒食一开门!"

注释

①这首诗约为长庆三年(823)左右,作于杭州刺史任上,距天宝(742—756)时代已有七八十年。江南:这里指杭州。　②梨园:唐明皇李隆基教授优伶的地方。李隆基曾选坐部伎子弟三百人教于梨园,号皇帝梨园子弟;宫女数百人,也叫梨园子弟。　③法曲:本是道观所奏的

乐曲,隋朝时已有之。唐明皇特爱法曲,《霓裳羽衣曲》即法曲之一。 ④华清:指华清宫,遗址在现在陕西省临潼县城南门外的骊山。这里有温泉,秦始皇时即构屋宇,此后历代多有增修。唐贞观十八年(644),李世民于此营建宫殿,名汤泉宫。天宝六年,李隆基役使劳动人民盖宫殿、修汤池、建百官第宅,改名华清宫。 ⑤朝元:指朝元阁。骊山有东西绣岭,西秀岭第三峰上现有老君殿,相传是唐代朝元阁的旧址。因华清宫温暖,所以李隆基每年十月即来这里,次年春天才回到长安。李隆基在朝元阁作乐的事实,诗人多有歌咏。李义山的《华清宫》:"朝元阁迥羽衣新,首按昭阳第一人。当日不来高处舞,可能天下有胡尘?"就是一首对那种荒淫生活进行了有力抨击的讽刺诗。 ⑥起居:问安、行礼。环佩:佩带的玉制装饰品。合:聚合,这里指佩玉互相撞击,丁当作响。 ⑦金钿:妇女所用的嵌有金花的首饰。石瓮寺:其遗址在今华清池以东约三四里半山腰的石瓮谷中。 ⑧温汤:温泉。李隆基时代,华清宫内有五汤,更有长汤十六所。 ⑨霓裳:在这里指舞人所穿的虹霓似的舞衣,不是指《霓裳羽衣曲》。白居易《霓裳羽衣舞歌》:"案前舞者颜如玉,不著人家俗衣服。虹裳霞帔步摇冠,钿璎累累佩珊珊。""霓裳"即"虹裳"。 ⑩燕寇:指安禄山。天宝十四载十一月,平卢、范阳、河东三镇节度使安禄山在范阳起兵叛变。因范阳为古燕国地,故称"燕寇"。 ⑪"豳(bīn)土"句:应借指安禄山攻陷长安,唐明皇迁蜀及关中百姓避难的事。豳,古国名,在今陕西邠县一带,这里泛指长安周围的地方。周代的祖先古公亶父初居豳地,为戎狄所侵,乃迁到岐,豳人也随之而迁。 ⑫鼎湖:相传轩辕黄帝铸鼎于荆山下,鼎成,乘飞龙上天,群臣没有来得及挽住龙髯。后人便把黄帝铸鼎的地方叫鼎湖。见《史记·封禅书》。这里指唐玄宗逝世。 ⑬枯草:和上句的涸鱼都是天宝乐叟指他自己。 ⑭我:作者自指。这以前是天宝乐叟的话,以后是作者的话。 ⑮长生殿:华清宫有长生殿,又叫集灵台,是奉祀天神的地方。见《旧唐书》卷九《玄宗纪》。 ⑯欹(qī):不正。 ⑰中官:宦官。

客中月

旅客来自遥远的江南,
出发的时节月儿上弦;
在这漫长的旅行当中,
已经三次地看见月圆。

黎明和残月一起赶路,
夜晚和新月一同安眠;
谁说那月儿没有感情?

千里相跟，不嫌路远。

清晨出发渭河桥头，
黄昏跨进长安路中；
不知道今晚的月儿，
又去做谁家的客人！

原　诗

客从江南来，来时月上弦；①
悠悠行旅中，②三见清光圆。③
晓随残月行，夕与新月宿；
谁谓月无情？千里远相逐。④
朝发渭水桥，暮入长安陌；
不知今夜月，又作谁家客！

注释

①月上弦(xián)：阴历每月初七八，月亮缺上半，像一张弓弦朝上的弓，叫上弦月；二十二、二十三，月亮缺下半，像一张弓弦朝下的弓，叫下弦月。　②悠悠：漫长。　③清光圆：即月圆。清光，这里代月。　④相逐：即跟随我。相，在这里不表示"互相"，而指"逐"的对象。

长 相 思①

九月天飘起西风，
霜华结月色凄清；
想念你秋夜漫漫，
一夜里心神不宁。

二月天东风和暖，
草发芽花儿开绽；
想念你春日迟迟，
一日里愁肠九转。

我住在洛桥北面，

你住在洛桥南边；
十五就和你相识，
今年已二十有三。

好像那女萝蔓子，
生长在松树近旁；
女萝短松树太高，
想攀附攀附不上。
人常说人有心愿，
老天爷必然赞成。
愿变作远方野兽，
一步步并肩而行；
愿变作深山大树，
一枝枝连理而生。

原　诗

九月西风兴，②月冷霜华凝；
思君秋夜长，一夜魂九升。③
二月东风来，草坼花心开；④
思君春日迟，⑤一日肠九回。⑥
妾住洛桥北，君住洛桥南；
十五即相识，今年二十三。
有如女萝草，⑦生在松之侧；
蔓短枝苦高，萦回上不得。
人言人有愿，愿至天必成。
愿作远方兽，⑧步步比肩行；
愿作深山木，枝枝连理生。⑨

注释

①长相思：本古怨思二十五曲之一，《乐府诗集》列为"杂曲歌辞"，内容多写男女或朋友久别思念之情。南朝和唐代诗人作此题者甚多，常以"长相思"三字开头，句式长短错落。白氏

的这一首,则纯为五字句。　②兴:起、作。　③魂九升:形容心神不定,语本潘岳《寡妇赋》"神一夕而九升"。　④草坼(chè):草发芽。　⑤春日迟:语本《诗经·豳风·七月》"春日迟迟"。春季白天变长,给人以日头移动迟缓的感觉,这里则因"思君"而嫌春日太长,带有感情色彩。　⑥肠九回:语本司马迁《报任少卿书》"是以肠一日而九回",极言忧愁之甚,致使肚肠也翻转不定。　⑦女萝:一种蔓生植物。　⑧远方兽:即《尔雅·释地》中所说的"比肩兽"。据说这种比肩兽一个前腿短、后腿长,善觅食,而行走即跌倒;一个前腿长、后腿短,善走路而不善觅食。因而二者相依为命,各避其短而发挥所长。　⑨连理生:两棵树的枝或干连在一起生长,叫连理树。

山鹧鸪

山鹧鸪,
你日日夜夜地叫啊叫啊,
叫得多么伤心!
在苦竹岭下的悲凉的月夜,
在黄茅冈头的寂寞的黄昏,
你叫啊叫啊,
直叫得寒风凄凄,白露零零。

畲田里有粮食,你干吗不吃?
石楠上有枝条,你干吗不停?
你那慢悠悠的不缓不急的叫声,
暗暗地飘到楼上、飘进船中,
搅得怀念故乡的迁客不能入梦,
搅得抚养婴儿的寡妇不得安宁。

山鹧鸪,
你本来是这里的鸟儿,
既不辞别亲人,又不离开故乡,
何苦要一声声叫到天亮!
叫到天亮,
只能使北方人悲伤,
南方人听惯了,就像没有听见一样。

原 诗

山鹧鸪,朝朝暮暮啼复啼,①啼时露白风凄凄。

黄茅冈头秋日晚,苦竹岭下寒月低。

畲田有粟何不啄?②石楠有枝何不栖?③

迢迢不缓复不急,楼上舟中声暗入。

梦乡迁客展转卧,④抱儿寡妇彷徨立。

山鹧鸪,尔本此乡鸟,

生不辞巢不别群,何苦声声啼到晓!

啼到晓,唯能愁北人,南人惯闻如不闻!

注释

①"山鹧鸪"两句:鹧鸪的啼声很凄凉,好像是说:"行不得也,哥哥!"古代诗人常用以发抒世路难行的感慨。 ②畲(shē):与"菑畲(yú)"的"畲"不同,作火耕讲。山地烧其荆榛,然后耕种,叫做畲田。 ③石楠:生在山地的一种常绿灌木。 ④迁客:被贬谪的人。这篇诗是作者谪居江州的时候写的。

放 旅 雁①

元和十年的冬天,
九江的大雪空前;
江水被寒冰封锁,
树枝被积雪压断。

百鸟没有食东西飞窜,
旅雁的声音最最凄惨。
在雪中啄草冰上歇息,
冻僵了翅膀飞动艰难;
儿童拿网将它捕去,
提到市上活活地卖钱。

我本是北方人被贬到南国,

人鸟虽不同同样是做客；
见了这客鸟伤透客人的心，
赎你、放你，快飞上高空！
雁啊雁啊你飞向哪里？
第一不要向西北飞去。

淮西有贼还没有讨平，
百万甲兵长期屯聚。
官军贼军相持不下，
粮尽兵穷立刻要射你。
兵士饥饿煮你的肉吃，
拔你的翅翎去作箭羽！

原　诗

九江十年冬大雪，江水生冰树枝折。
百鸟无食东西飞，中有旅雁声最饥。
雪中啄草冰上宿，翅冷腾空飞动迟；
江童持网捕将去，手携入市生卖之。
我本北人今遣谪，人鸟虽殊同是客；
见此客鸟伤客人，赎汝放汝飞入云。
雁雁汝飞向何处？第一莫飞西北去。
淮西有贼讨未平，②百万甲兵久屯聚。
官军贼军相守老，③食尽兵穷将及汝。
健儿饥饿射汝吃，拔汝翅翎为箭羽。

注释

①作者自注："元和十年冬作。"　②"淮西"句：元和九年（814）八月，彰义节度使吴元济在淮西叛乱，泽潞节度使李师道响应，唐宪宗派遣各镇兵马数十万围攻，相持不下。后来裴度负征讨专责，经过三年长期战争，叛乱才得平息。　③老：军队双方长期相持不下的意思。

山石榴寄元九

山石榴,
又叫杜鹃花,
又叫映山红,
杜鹃叫的季节花儿红通通。

九江的三月天杜鹃鸟儿来,
一声鸟叫催得一枝花儿开。
江城的小官闲着没有事情,
从山下移了来在厅前种栽。

满满的一栏共栽了一十八棵,
数得清的根株数不清的花朵。
千房万叶一齐换上了新装,
嫩紫、深红,还夹杂着淡黄。

像泪痕湿损了胭脂脸霞,
像剪刀裁破了红绡手帕;
像刚贬下凡间的仙人诉不尽哀愁,
像才嫁到夫家的美女掩不住娇羞;
日照血珠滴溜溜地闪动,
风翻火焰扑烘烘地烧人。

闲折了两枝拿在手里,
细看来不像人间的东西。
在百花中间这花像西施般美艳,
芙蓉和芍药都不过是嫫母、无盐。

奇芳绝艳和什么人分离?
通州的迁客——元拾遗。
拾遗当初被贬到江陵,
去的时候正碰上暮春。
商山秦岭把行人愁杀,

夹路开遍了山石榴花。
作诗寄我表达了什么样的感情?
曾说这花的颜色好像石榴罗裙。
当时在路上苦苦地念我,
今日在厅前单单地想您;
想您不能见眼看着花落,
日西起了风纷纷地飘零!

原 诗

山石榴,一名山踯躅,①
一名杜鹃花,杜鹃啼时花扑扑。
九江三月杜鹃来,一声催得一枝开。
江城上佐闲无事,②山下剧得厅前栽。③
烂漫一栏十八树,根株有数花无数。
千房万叶一时新,嫩紫殷红鲜曲尘。④
泪痕裛损胭脂脸,剪刀裁破红绡巾;
谪仙初堕愁在世,姹女新嫁娇泥春;⑤
日射血珠将滴地,风翻火焰欲烧人。
闲折两枝持在手,细看不似人间有。
花中此物是西施,⑥芙蓉芍药皆嫫母。⑦
奇芳绝艳别者谁,通州迁客元拾遗。⑧
拾遗初贬江陵去,去时正值青春暮。
商山秦岭愁杀人,山石榴花红夹路。
题诗报我何所云,苦云色似石榴裙。⑨
当时丛畔唯思我,今日栏前只忆君。
忆君不见坐销落,日西风起红纷纷!

注释

①山踯躅:石楠科小灌木,三四月间开花,花红色,漏斗状,边缘五裂,又叫山石榴、映山红。诗中说又叫杜鹃花,非是。山踯躅很像杜鹃,但杜鹃的花色红紫,且开花较迟。 ②"江城"

句:作这诗的时候,作者做江州司马。　③劚(zhǔ):砍。　④曲尘:淡黄色。酒曲所生的细菌,像淡黄色的尘土,所以把淡黄色叫曲尘。　⑤姹(chà)女:少女。泥:读去声,动词,以软媚之态强有所求叫"泥"。元稹《遣悲怀》:"泥他沽酒拔金钗。"　⑥西施:春秋时越国的美女,越王勾践将她献给吴王夫差。　⑦嫫(mó)母:又作嫫母,相传是黄帝的妃子,相貌很丑陋,但很贤慧。后人举美人的例子,常提西施、王嫱;举丑妇的例子,常提嫫母、无盐(战国时齐国人,名钟离春,齐宣王纳为后,封无盐君)。　⑧元拾遗:指元稹。元稹于元和元年任左拾遗,屡上书论事,执政者恶其直言,于同年九月贬为河南县尉。元和十年至十四年任通州司马。　⑨"题诗"两句:元稹于元和五年被贬为江陵士曹,路经商山秦岭,作《紫踯躅》一篇,其中有"灭紫拢裙倚山腹"的句子。全诗是这样的:"紫踯躅,灭紫拢裙倚山腹;文君新寡乍归来,羞怨春风不能哭。我从相识便相怜,但是花丛不回目。去年春见湘水头,今年夏见青山曲。迢迢远在青山上,山高水阔难容足。愿为朝日早相暾,愿作轻风暗相触。尔踯躅,我向通川尔幽独:可怜今夜宿青山,何年却向青山宿?山花渐暗月渐明,月照空山满山绿;山空月午夜无人,何处知我颜如玉!"

长 恨 歌①

好色的汉皇想一个迷人的美女,
在他的领土上多少年没有找到。
杨家有一个俊姑娘刚刚地长大,
养在深深的闺阁里还没人知道。

天生就的丽质怎能不惹人喜爱,
果然有一天被选到君王的身侧。
眼珠儿一转动就生出千娇百媚,
六宫粉黛都被她比得黯然无色。

寒冷的初春赐她洗华清的温汤,
美玉似的肌肤更洗得洁白光亮。
侍女扶起来娇生生的没有力气,
这才是开头儿接受皇恩的时光。

乌云般的鬓发装饰着花冠步摇,
在暖烘烘的芙蓉帐里欢度春宵。

春宵太短啊直睡到太阳老高,
从这时开始君王再不设早朝。

不是侍候饮宴就是承受欢宠,
春天跟着春游夜晚陪着夜寝。
后宫里尽管有三千来个美人,
三千来人的宠爱集中在一身。
金屋晚妆越显出娇媚的神态,
玉楼春宴更增添醉人的风韵。

姊妹兄弟都享受着高官厚禄,
耀眼的光彩笼罩杨家的门户。
于是改变了天下父母的想法,
不重视生男孩只盼望生女娃。

骊宫的高处插到高高的天上,
嘹亮的仙乐随着风飘到远方;
缓歌曼舞应和着管弦的旋律,
君王整天沉醉在欢乐的海洋。

渔阳的战鼓传来动地的杀声,
惊破了霓裳羽衣的舞步弦音;
滚滚的烟尘弥漫了琳宫玉殿,
千骑万乘向遥远的蜀川逃奔。

龙旗飘飘摇摇行行还又停停,
西出都门才走了百余里路程;
将士们不肯前进有什么办法,
宛转蛾眉被逼死在马嵬驿亭!

花钿抛在地上没有人收留,
翠翘金雀还有玉质的搔头;
君王捂着脸没有法子挽救,
止不住的眼泪和热血交流!

萧瑟的寒风卷起黄惨惨的灰尘,
攀上高入云端的栈道过了剑门。
峨嵋山底下很少有行人的踪迹,
凄惨的日光映照着黯淡的旌旗。

蜀江碧油油啊蜀山蓝格英英,
日日夜夜地撩动圣主的感情。
行宫里看月亮是伤心的颜色,
夜雨中听銮铃是断肠的声音。

时局好转了,君王从成都归来,
到这里徘徊彷徨哪能骤然离开。
马嵬坡下仍旧是一片泥土荒凉,
看不见玉颜空留下惨死的地方!

君看着臣臣看着君都流下酸泪,
朝着京城的方向由着马儿走回。
回来看见旧时的池苑仍然如旧,
太液的荷花辉映着未央的杨柳;
荷花像她的脸啊柳叶像她的眉,
对着这一切啊怎能不使人伤悲!

熬过了和风吹放桃花的春季,
又到了冷雨滴落梧叶的秋天。
西宫南内长遍了凄迷的衰草,
枯败的落叶也由它堆满阶前。
梨园的艺人渐渐地长出白发,
椒房的女官暗暗地退了红颜。

点点的流萤又带来愁闷的黄昏,
挑尽了灯芯还没有入睡的可能;
缓慢的更鼓难送走悠悠的长夜,
明净的银河才迎接迟迟的黎明。

冷冰冰的鸳鸯瓦结满霜冻，
寒生生的翡翠衾和谁相共！
一生一死分别了多少年月，
她的灵魂从没有来到梦中！

有个临邛的道士寓居京城，
能以诚心招致死者的灵魂；
由于同情君王的辗转思念，
便接受了命令殷勤地找寻。

驾驭空气排开乌云好像闪电，
升入天上钻进地底到处寻遍；
上面寻遍碧落下面寻遍黄泉，
两下里渺渺茫茫都没有寻见。
忽然听说大海上有一座仙山，
这座山耸立在虚无缥缈之间，
玲珑的楼阁缭绕着五色彩云，
里面有许多温柔婉丽的天仙；
其中有一位仙人名字叫太真，
花朵般美艳的容貌还像生前。

金阙西边轻叩玉石的院门，
请求开门的仙女转告太真。
听说汉家天子派来了使者，
九华帐里惊动了她的梦魂。

穿衣服推枕头出了床帷，
珠帘子银屏风逐次打开；
半偏着云髻刚刚地睡醒，
歪带着花冠就走下堂来。

仙风吹拂着衣袖轻轻地飘动，
还好像霓裳羽衣的舞态娉婷；

寂寞的玉容流满晶莹的清泪,
一枝梨花经受着春雨的欺凌。

含着无限深的情感致谢君王:
一经分别再没有相见的希望,
昭阳殿里断绝了深挚的恩爱,
蓬莱宫中消磨着漫长的时光。

回过头来下望那遥远的人间,
看不见长安只看见尘雾漫漫。
惟有拿当年的礼物表达深情,
把钿盒金钗寄到君王的身边。

金钗留下一股钿盒留下一扇,
金钗擘开黄金钿盒分了宝钿,
只愿心像黄金宝钿一样坚贞,
天上人间总会有相见的一天!

临别的当儿殷勤地重把话捎,
话中的誓言只有两个人知道;
七月七日的晚上在长生殿里,
夜深人静秘密地立下了盟约——

在天上愿作比翼双飞的鸟儿,
在地上愿作连理并生的树枝;
天那么长地那么久也有穷尽的时候,
这绵绵的长恨啊却没有完结的日子!

原　诗

汉皇重色思倾国,②御宇多年求不得。③
杨家有女初长成,养在深闺人未识。
天生丽质难自弃,一朝选在君王侧。④
回眸一笑百媚生,六宫粉黛无颜色。⑤

春寒赐浴华清池,⑥温泉水滑洗凝脂。⑦
侍儿扶起娇无力,始是新承恩泽时。
云鬟花冠金步摇,⑧芙蓉帐暖度春宵。
春宵苦短日高起,从此君王不早朝。
承欢侍宴无闲暇,春从春游夜专夜。
后宫佳丽三千人,三千宠爱在一身。
金屋妆成娇侍夜,玉楼宴罢醉和春。
姊妹弟兄皆列土,⑨可怜光彩生门户。
遂令天下父母心,不重生男重生女。⑩
骊宫高处入青云,仙乐风飘处处闻;
缓歌慢舞凝丝竹,⑪尽日君王看不足。
渔阳鼙鼓动地来,⑫惊破《霓裳羽衣曲》;⑬
九重城阙烟尘生,⑭千乘万骑西南行。⑮
翠华摇摇行复止,⑯西出都门百余里,
六军不发无奈何,宛转蛾眉马前死!⑰
花钿委地无人收,翠翘金雀玉搔头。⑱
君王掩面救不得,回看血泪相和流!
黄埃散漫风萧索,云栈萦纡登剑阁。⑲
峨嵋山下少人行,⑳旌旗无光日色薄。
蜀江水碧蜀山青,圣主朝朝暮暮情。
行宫见月伤心色,㉑夜雨闻铃肠断声。㉒
天旋日转回龙驭,㉓到此踌躇不能去。
马嵬坡下泥土中,㉔不见玉颜空死处!
君臣相顾尽沾衣,东望都门信马归。㉕
归来池苑皆依旧,太液芙蓉未央柳。㉖
芙蓉如面柳如眉,对此如何不泪垂!
春风桃李花开日,秋雨梧桐叶落时。
西宫南内多秋草,㉗落叶满阶红不扫。
梨园弟子白发新,㉘椒房阿监青娥老。㉙

夕殿萤飞思悄然,孤灯挑尽未成眠;
迟迟钟鼓初长夜,耿耿星河欲曙天。㉚
鸳鸯瓦冷霜华重,翡翠衾寒谁与共!
悠悠生死别经年,魂魄不曾来入梦。
临邛道士鸿都客,㉛能以精诚致魂魄;
为感君王展转思,遂教方士殷勤觅。
排云驭气奔如电,升天入地求之遍;
上穷碧落下黄泉,㉜两处茫茫皆不见。
忽闻海上有仙山,山在虚无缥缈间,
楼阁玲珑五云起,其中绰约多仙子;
中有一人字太真,雪肤花貌参差是。
金阙西厢叩玉扃,㉝转教小玉报双成。㉞
闻道汉家天子使,九华帐里梦魂惊。
揽衣推枕起徘徊,珠箔银屏迤逦开;㉟
云鬓半偏新睡觉,花冠不整下堂来。
风吹仙袂飘飘举,犹似《霓裳羽衣》舞,
玉容寂寞泪阑干,㊱梨花一枝春带雨。
含情凝睇谢君王,一别音容两渺茫。
昭阳殿里恩爱绝,蓬莱宫中日月长。㊲
回头下望人寰处,不见长安见尘雾。
唯将旧物表深情,㊳钿合金钗寄将去。
钗留一股合一扇,钗擘黄金合分钿;
但令心似金钿坚,天上人间会相见。
临别殷勤重寄词,词中有誓两心知;
七月七日长生殿,夜半无人私语时:
在天愿作比翼鸟,在地愿为连理枝。
天长地久有时尽,此恨绵绵无绝期!

注释

①这篇诗是作者于元和元年做盩厔县尉时作的。原诗载《白氏长庆集》卷十二,诗前有陈鸿

作的《长恨歌传》,没有译、录,读者可翻阅鲁迅《唐宋传奇集》或汪辟疆《唐人小说》。　②汉皇:暗指唐明皇。倾国:指美女。见前《新乐府·李夫人》注。　③御宇:皇帝的权力所统治的地方,即他的领土。　④"杨家"四句:杨贵妃小名玉环,蒲州永乐(今山西省芮城县境)人。早孤,养在叔父杨玄圭家里。开元二十三年册封为寿王(玄宗的儿子李瑁)妃。二十八年,玄宗欲纳之,先度为女道士,住太真宫,号太真。天宝四年,立为玄宗贵妃,时年二十七岁。其事迹见新、旧《唐书·后妃传》。白诗说她"养在深闺人未识"、"一朝选在君王侧",是有意避讳的说法。　⑤粉黛:这里作妇女的代称。粉,白色,涂脸用。黛,青色,画眉用。　⑥华清池:即骊山华清宫的温泉。　⑦凝脂:《诗经·卫风·硕人》:"肤如凝脂。"凝脂,本来是形容皮肤细腻白净像凝固的动物脂肪一样,这里用凝脂代替细腻白净的皮肤。　⑧金步摇:金质的步摇。步摇,首饰名,上有垂珠,行步便摇。　⑨列土:封给一定的地盘。杨玉环册为贵妃以后,其兄铦拜为殿中少监,锜为驸马都尉,再从兄钊(即杨国忠)为右丞相;三个姊妹都封为国夫人:大姨嫁崔家的封韩国夫人,三姨嫁裴家的封虢国夫人,八姨嫁柳家的封秦国夫人。　⑩"不重"句:陈鸿《长恨歌传》:"当时谣咏有云:'生女勿悲酸,生男勿喜欢。'又曰:'男不封侯女作妃,看女却为门上楣'。其为人心羡慕如此。"　⑪凝:结合。丝竹:管弦乐。　⑫渔阳鼙鼓:指安禄山之乱。天宝十四年冬,安禄山反于范阳(安禄山是平卢、范阳、河东三镇的节度使),附和他的有六郡,渔阳是其中之一。同时,渔阳鼙鼓,又含有《渔阳参挝》的意思。《渔阳参挝》(鼓曲),其声悲壮,正与《霓裳羽衣曲》形成显明的对比。渔阳,唐郡名,在现在河北蓟县、平谷一带。鼙鼓,骑鼓。　⑬《霓裳羽衣曲》:舞曲名,共十二遍。本名《婆罗门》,出自印度,开元时传入中国。北宋时教坊尚能歌其曲,舞已失传。白居易《霓裳羽衣舞曲》:"繁音急节十二遍,跳珠撼玉何铿铮。"　⑭九重:九,阳数之极,所以天子所居的城阙有九重门。骆宾王诗:"山河千里国,城阙九重门。"按九重门为路门、应门、雉门、库门、皋门、城门、近郊门、远郊门、关门。见《礼记》注。　⑮千乘万骑:一车一马为一乘,一人一马为一骑。按这里的千乘万骑是泛指,实际上,明皇幸蜀,仓皇出走,扈从者甚少。《资治通鉴》卷二一八:"既夕,命龙武大将军陈玄礼整比六军,厚赐钱帛,选闲厩马九百余匹,外人皆莫之知。……黎明,上(明皇)独与贵妃姊妹、皇子、妃、主、皇孙、杨国忠、韦见素、魏方进、陈玄礼及亲近宦官、官人出延秋门,妃、主、皇孙之在外者,皆委之而去。"　⑯翠华:以翠羽为饰,是天子的旗。译诗中译作龙旗,取其通俗易懂。《礼记》:"龙旗九旒,天子之旌也。"《通典》:"唐开元礼:大驾卤簿(天子的仪仗),导驾龙旗十二。"　⑰"宛转"句:《资治通鉴》卷二一八:"(肃宗至德元年)丙申,至马嵬驿,将士饥疲,皆愤怒。陈玄礼以祸由杨国忠,欲诛之。……会吐蕃使者二十余人遮国忠马,以诉无食,国忠未及对,军士呼曰:'国忠与胡虏谋反!'或射之,中鞍。国忠走至西门内,军士杀之。……上(明皇)闻喧哗,问外何事,左右以国忠反对。上杖屦出驿门,慰劳军士,令收队,军士不应。上使高力士问之,玄礼对曰:'国忠谋反,贵妃不宜供奉,愿陛下割恩正法。'上曰:'朕当自处之。'入门,倚杖倾首而立久之,京兆司录韦谔前言曰:'今众怒难犯,安危在晷刻,愿陛下速决!'因叩头流血。上曰:'贵妃居深宫,安知国忠谋反?'高力士曰:'贵妃诚无罪,然将士已杀国忠,而贵妃在陛下左右,岂敢自安!愿陛下审思之,将士安则陛下安矣。'上乃命力士引贵妃于佛堂,缢杀之。舆尸置驿庭,召玄礼等人视之。"蛾眉,指杨贵妃。蛾,蚕蛾,其眉细长弯曲。古代以蛾眉赞美美女的眉毛,也用以代替美人。　⑱"花钿"两句:意思是,花钿、翠翘、金雀、玉搔头等首饰,都丢在地上,没有人收敛。花钿,即金钿,是嵌有金花的首饰。翠翘,妇女首饰。《山堂肆考》:"翡翠鸟尾上长毛曰翘,美人首饰如之,因名翠翘。"金雀,钗名。玉搔头,即玉簪。《西京杂记》:"武帝过李夫人,取玉簪搔头,自是后宫人搔头皆用玉。"　⑲云栈:高跨云端的栈道。萦纡:萦回曲折。剑阁:在四川剑阁县北,其山峭壁中断,两崖相对,如剑之植,如门之辟。又叫剑门山。　⑳峨嵋山:在今四川峨嵋县西南,明皇幸蜀,没有经过这里,又按利州(今四川省广元县)古蜀道旁有小峨眉山。《广元县志》云:"小山岸阿似眉,故名。白居易《长恨歌》:'峨眉山下少人行',即此。"　㉑行宫:指天子行幸临时驻扎的地方。　㉒"夜雨"句:《杨太真外传》卷下:"至斜谷口,属霖雨涉旬,于栈道雨中闻铃声,隔山相应。上(明皇)既悼念贵妃,因采其声为《雨淋铃曲》,以寄恨焉。"　㉓龙驭:皇帝的坐骑,因亦指皇帝。《拾遗记》:"禹逾峻山,则神龙而为驭。"按肃宗至德二年(757)九月,郭子仪等收复西京,十二月,明皇回长安。　㉔马嵬坡:在现在陕西兴平县西。　㉕信马:由着马。　㉖太液:池名,在大明宫内。池中蓬莱山有亭,也叫太液。未央:宫名。　㉗西宫南内:天子的宫殿之内叫做大内,简称内。唐以兴庆宫为南内,以太极宫为西内。明皇从蜀回,居南内;到上元元年(760)宦官李辅国假借肃宗的名义,强逼明皇迁于西内。见《资治通鉴》卷二二一。　㉘梨园弟子:见前《江南遇天宝乐叟》注。　㉙椒房:以椒和泥涂壁,是后妃居住的地方。阿监:指宫中的女监。　㉚耿耿:光明貌。　㉛临邛:现在四川的邛崃县。鸿都:即鸿都门,在长安,本来是教学及藏书的地方,这里代指长安。《杨太真外传》卷下:"有道士杨通幽自蜀来,知上皇念贵妃,自云有'李少君之术'。上皇(明皇)大喜,命致其神。"　㉜碧落:天上。黄泉:地下。　㉝扃(jiōng):门扇上的环钮,也指门户。　㉞小玉:吴王夫差的女儿。双成:即董双成,相传是王母的侍女。这里的双成指太真,小玉指使女。　㉟珠箔:珠帘。　㊱阑干:纵横交错的样子。　㊲蓬莱宫:蓬莱是传说中的东海三神山之一,据说山上有仙人宫室,都用金玉做成。　㊳旧物:据《长恨歌传》,唐明皇与杨玉环"定情之夕,授金钗钿盒以固之",所以这里把"金钗钿盒"叫"旧物"。

妇人苦

着意地梳了头发,
用心地画了眉毛;
多少次梳妆起来,

你看见不曾说好。
我重视同穴安葬，
你轻视白头偕老；
从去年开始发觉，
说不出心中烦恼。

今早上对你说明，
话虽少意义很深；
愿引证从前事实，
转移你现在心情。
人常说夫妻相爱，
结合得好像一身；
到遇上生死关头，
苦和乐何尝平均！
妇人家死掉丈夫，
一辈子忍受寂寞。
正好像林中竹子，
忽然间被风吹折；
一折断就不再生，
到枯死还抱贞节。

男子汉死掉妻子，
也不免暂时伤情。
却好像门前柳树，
到春天容易发荣；
有一枝被风吹断，
又还有一枝新生。

我向你委婉陈诉，
希望你仔细听清；
要晓得妇人痛苦，

从今后再莫相轻!

原　诗

蝉鬓加意梳,①蛾眉用心扫;
几度晓妆成,②君看不言好。
妾身重同穴,君意轻偕老;
惆怅去年来,心知未能道。
今朝一开口,语少意何深!
愿引他时事,移君此日心。
人言夫妇亲,义合如一身;
及至死生际,何曾苦乐均!
妇人一丧夫,终身守孤孑。③
有如林中竹,忽被风吹折;
一折不重生,枯死犹抱节。
男儿若丧妇,能不暂伤情!
应似门前柳,逢春易发荣;
风吹一枝折,还有一枝生。
为君委曲言,愿君再三听;
须知妇人苦,从此莫相轻!

注释

①蝉鬓:古代妇女的一种发型。"望之缥缈如蝉翼"。　②晓妆:早晨的一次梳洗打扮,包括整理发型、描画眉毛、涂抹脂粉,等等。古代妇女,有晓妆,有晚妆。　③孤孑(jié):孤单。

琵琶行(并序)①

元和十年,予左迁九江郡司马。②明年秋,送客湓浦口,③闻舟中夜弹琵琶者,听其音,铮铮然有京都声。问其人,本长安倡女,尝学琵琶于穆、曹二善才;④年长色衰,委身为贾人妇。⑤遂命酒使快弹数曲。⑥曲罢悯然,⑦自叙少小时欢乐事,今漂泊憔悴,转徙于江湖间。予出官二年,⑧恬然自安,⑨感斯人言,是夕始觉有迁谪意。⑩因为长句,⑪歌以赠之,凡六百一十六言,命曰《琵琶行》。

　　　　夜晚在浔阳江头送一个客人,
　　　　枫叶荻花传来了沙沙秋声。
　　　　主人下了马走进客人的船中,
　　　　拿起酒想喝却没有音乐助兴。

　　　　闷闷地喝醉了凄凄惨惨地将要分别,
　　　　要分别的时候茫茫的江水里沉浸着明月。
　　　　忽然听到水面上飘来琵琶的声音,
　　　　主人忘记了回去客人也不肯动身。
　　　　跟着声音悄悄地询问是什么人在弹琵琶,
　　　　琵琶声停止了想说话却迟迟地没有说话。

　　　　移近船只请那个人见面,
　　　　添酒挑灯又摆上菜饭。
　　　　再三呼唤她才肯走出船舱,
　　　　还抱着琵琶遮住半边脸庞。

　　　　扭紧了轴子拨动了两三下丝弦,
　　　　还没有弹成曲调已经充满了情感。
　　　　每一弦都在叹息每一声都在沉思,
　　　　好像在诉说不得意的身世。
　　　　低着眉随着手继续地弹啊,弹,
　　　　说尽了无限伤心的事件。

　　　　轻轻地拢慢慢地捻又抹又挑,
　　　　开头弹的是《霓裳》后来弹的是《六幺》。
　　　　粗弦嘈嘈好像是急风骤雨,
　　　　细弦切切好像是儿女私语。
　　　　嘈嘈切切错杂成一片,
　　　　大珠小珠落满了玉盘。
　　　　花底的莺语间间关关——多么流利,

冰下的流泉幽幽咽咽——多么艰难!
流泉冻结了也冻结了琵琶的弦子,
弦子冻结了声音也暂时停止。
另外流露出一种潜藏在内心深处的愁恨,
这时候没有声音却比有声音的更能激动人心。
突然爆破一只银瓶水浆奔迸,
骤然杀出一队铁骑刀枪轰鸣。
曲子弹完了收回拨子从弦索中间划过,
四根弦发出同一个声音好像在撕裂绸帛。
东边西边的船舫里都静悄悄地没有人说话,
只看见江心的秋月挥舞着千万条银蛇。

疑疑吞吞地放下拨子又插到弦中,
整理好了衣裳站起来显得非常肃敬。
她说道:"本来是京城里的女儿,
家住在虾蟆陵附近。

十三岁就学会了弹琵琶的技艺,
名字排列在教坊的第一部里。
弹罢曲子曾赢得曲师的赞扬,
妆梳起来时常惹起秋娘的妒嫉。

五陵的年少争先地赠送礼品,
一支曲子换来无数匹吴绫蜀锦。
打拍子敲碎了钿头银篦,
吃花酒泼脏了血色罗裙。

今年欢笑啊明年欢笑,
轻轻地度过了多少个秋夜春天;
兄弟从了军阿姨也辞别了人世,
无情的时光夺去了美艳的红颜!

门前的车马越来越稀,
嫁了个商人跟到这里。

商人重利轻视别离,
前月到浮梁去做生意。

留下我独守在江口的船中,
绕船的月光和江水一样清冷。
深夜里忽然梦见少年时代的乐事,
纵横的涕泪飘落了脸上的脂粉……"

我听了琵琶已经叹息,
又听了这话更加伤悲;
同样是流落天涯的人啊,
相逢又何必要曾经相识!

我自从去年辞别京城,
谪居浔阳一直在生病。
浔阳这偏僻的地方哪儿有音乐,
一年到头听不到管弦的声音。

住在湓江的附近又低又湿,
住宅周围长满了黄芦苦竹;
在这里早晚听见的是什么东西,
是猿狖的哀鸣和杜鹃的悲啼。

春江花朝和秋天的月夜,
往往拿了酒自酌自饮;
难道没有山歌和村笛,
呕哑嘲哳实在难听!

今晚上听了你弹奏的琵琶,
像听了仙乐耳朵暂时的清明;
不要告辞请坐下再弹一支曲子,
我替你翻成《琵琶行》。

听了我的话长久地站立,
又坐下拨弦索拨得更急;

凄凄切切不像刚才的声音,
满座的人听了都忍不住哭泣。
其中哪一个哭得最悲酸,
江州司马湿透了青衫!

原　诗

浔阳江头夜送客,枫叶荻花秋瑟瑟。⑫
主人下马客在船,举酒欲饮无管弦。
醉不成欢惨将别,别时茫茫江浸月。
忽闻水上琵琶声,主人忘归客不发。
寻声暗问弹者谁,琵琶声停欲语迟。
移船相近邀相见,添酒回灯重开宴;⑬
千呼万唤始出来,犹抱琵琶半遮面。
转轴拨弦三两声,未成曲调先有情。
弦弦掩抑声声思,⑭似诉平生不得志。
低眉信手续续弹,说尽心中无限事。
轻拢慢捻抹复挑,⑮初为《霓裳》后《六幺》。⑯
大弦嘈嘈如急雨,小弦切切如私语。
嘈嘈切切错杂弹,大珠小珠落玉盘。
间关莺语花底滑,⑰幽咽泉流冰下难。⑱
冰泉冷涩弦凝绝,凝绝不通声暂歇。
别有幽愁暗恨生,此时无声胜有声。
银瓶乍破水浆迸,铁骑突出刀枪鸣。
曲终收拨当心画,⑲四弦一声如裂帛。
东船西舫悄无言,唯见江心秋月白。
沉吟放拨插弦中,⑳整顿衣裳起敛容。㉑
自言本是京城女,家在虾蟆陵下住。
十三学得琵琶成,名属教坊第一部。㉒
曲罢曾教善才服,妆成每被秋娘妒。㉓
五陵年少争缠头,㉔一曲红绡不知数。

钿头银篦击节碎,㉕血色罗裙翻酒污。
今年欢笑复明年,秋月春风等闲度;㉖
弟走从军阿姨死,暮去朝来颜色故!
门前冷落车马稀,老大嫁作商人妇。
商人重利轻别离,前月浮梁买茶去。㉗
去来江口守空船,绕船月明江水寒。
夜深忽梦少年事,梦啼妆泪红阑干。㉘
我闻琵琶已叹息,又闻此语重唧唧;㉙
同是天涯沦落人,相逢何必曾相识!
我从去年辞帝京,谪居卧病浔阳城。
浔阳地僻无音乐,终岁不闻丝竹声。
住近湓江地低湿,黄芦苦竹绕宅生;
其间旦暮闻何物,杜鹃啼血猿哀鸣。㉚
春江花朝秋月夜,往往取酒还独倾;
岂无山歌与村笛,呕哑嘲哳难为听。㉛
今夜闻君琵琶语,如听仙乐耳暂明;
莫辞更坐弹一曲,为君翻作《琵琶行》。
感我此言良久立,却坐促弦弦转急;
凄凄不似向前声,满座重闻皆掩泣。
就中泣下谁最多,江州司马青衫湿!㉜

注释

①琵琶行:一本作《琵琶引》。"行",乐府诗歌中的一种体裁。明人徐师曾《文体明辨》:"放情长言,杂而无方者曰'歌';步骤驰骋,疏而不滞者曰'行';兼之曰'歌行'。" ②予:同"余",我。左迁:古代以右为尊,以左为卑,所以把降职叫左迁。九江郡:本来叫江州,隋朝改为九江郡,唐朝初年又改为江州,唐玄宗改为浔阳郡,肃宗时又改为江州,即现在江西省九江市。司马:官名,唐代的司马是刺史(州的长官)的属官。 ③湓浦口:在今九江市南,是湓水流入长江的地方,又叫湓口。 ④善才:曲师。 ⑤委身:托身。贾(gǔ)人:商人。 ⑥命酒:叫手下人摆酒。快弹:畅快地弹。 ⑦悯(mǐn)然:悲愁的神色。 ⑧出官:由京官贬为外官。 ⑨恬(tián)然:心平气和的样子。 ⑩迁谪(zhé):降职外调。 ⑪长句:七言

歌行。　⑫瑟瑟:风吹草木声。　⑬回灯:把熄了的灯重新点起来。　⑭掩抑:沉郁、忧闷。思:读去声,包括思想感情。　⑮"轻拢"句:弹琵琶时右手运拨,左手叩弦。拢、拈、抹、挑,都是叩弦的指法。　⑯霓裳:曲名,见前。六幺:或作绿腰,曲名。　⑰间关:鸟声。滑:流利。　⑱"幽咽"句:冰下难,汪本、《全唐诗》本都作"水下滩",在"水"字下注明"一作冰","滩"字下注明"一作难"。清代学者段玉裁在《与阮芸台书》中说:"白乐天'间关莺语花底滑,幽咽泉流水下滩','泉流水下滩'不成语,且何以与上句属对?昔年曾谓当作'泉流冰下难',故下文接以'冰泉冷涩'。'难'与'滑'对,'难'者,滑之反也。'莺语花底','泉流冰下',形容滑、涩二境,可谓工绝"。段氏之说极是。　⑲拨:拨弦用的拨子。　⑳沉吟:低吟,是迟疑不决的表情。《六书故》:"喜为歌吟,疑为沉吟。"　㉑敛容:收敛其散漫弛惰的状态,表现出肃敬的神情。　㉒教坊:唐代置左右教坊,掌管优伶杂伎。　㉓秋娘:当时长安很负盛名的歌女,元稹、白居易的诗中有好几处提到她。　㉔五陵是汉代帝王的五个陵墓:长陵、安陵、阳陵、茂陵、平陵。汉代经营帝王的陵墓,又使富豪人家迁住其地,所以五陵多豪华少年。缠头:古代舞女在歌舞时用罗锦缠头,因而观者常赠罗锦作为彩礼,叫做"缠里",后来多以钱物代之。　㉕"钿头"句:节,又叫拊,是打拍子用的乐器。击节,就是打拍子。晋朝人王敦欣赏曹操的诗句"老骥伏枥,志在千里;烈士暮年,壮心不已。"酒后诵读,用如意(搔痒的东西)击唾壶为节,壶边尽缺。因而"击节"一词又含有赞赏的意思。钿头银篦,是上端镶着金花的银钗。这句诗是说歌女唱曲的时候,五陵少年用钿头银篦给她打拍子,由于很卖力,把钿头银篦都打碎了。　㉖等闲:随随便便。　㉗浮梁:唐代属饶州鄱阳郡,故城在现在江西省浮梁县东北。　㉘阑干:纵横。　㉙唧唧:叹息声。　㉚杜鹃:本名鹃,形体像鹰。相传是古蜀帝杜宇的魂所化,故叫杜鹃或杜宇;子规、子鹃则是它的别名。春天鸣叫、鸣声凄厉,能打动旅客思家的心情,故又称思归、催归,古代诗人常用"啼血"形容它的凄切的鸣声,如"子规夜半犹啼血"之类。　㉛呕哑嘲哳(zhāo zhā):形容声音杂乱。　㉜"江州"句:唐代五品以下的官穿青衫。江州司马,即作者自己。

花 非 花①

雾不是雾,
花不是花,
夜很深才来,
天一亮就去啦!
来呢——
像春宵的梦,多么匆匆!
去呢——
像早晨的云,向哪儿寻啊!

> 原 诗

花非花,雾非雾,夜半来,天明去。
来如春梦几多时,② 去似朝云无觅处!③

注释

①这是作者写的一首杂言体短诗。后人取其句式为词牌,用首句"花非花"为调名。　②春梦:春夜很短,春梦,极言其短。　③朝(zhāo)云:早晨的云。朝云容易消散,故说"无觅处"。

醉后狂言酬赠萧殷二协律①

杭州的旅客大多数贫穷,
特别贫穷的是萧殷二君;
天气很冷,身上还穿着葛衣,
太阳老高,锅里还扑满灰尘。

十一月里北风卷起沙尘,
大雪掩盖了山寺和江城;
老百姓没得到襦裤的恩典,
宾客们没看见绨袍的馈赠。

这时候太守很觉得惭愧,
自己独拥有温暖的衣衾;
因此便命令染匠和女工,
做两件袍子先送给二君。

吴绵细软桂布也很结实,
软得像狐腋白得像浮云。
作了诗写了信将我感谢,
这一点小意思哪值得谈论!

我有大袍子你没有看见,
像春天一样宽广温馨。

它的材料不是棉也不是布,
按"法度"裁剪用"仁义"装成。

工具不好还没有做完,
做完了也不仅包裹一身;
如果能让我做五年太守,
为你覆盖全杭州的人民。

原 诗

余杭邑客多羁贫,②其间甚者萧与殷;
天寒身上犹衣葛,日高甑中未拂尘。③
江城山寺十一月,北风吹沙雪纷纷;
宾客不见绨袍赠,④黎庶未沾襦裤恩。⑤
此时太守自惭愧,重衣复衾有余温;
因命染人与针女,先制两裘赠二君。
吴绵细软桂布密,柔如狐腋白似云。⑥
劳将诗书投赠我,如此小惠何足论!
我有大裘君未见,宽广温暖如阳春。
此裘非缯亦非纩,裁以法度絮以仁。
刀尺钝拙制未毕,出亦不独裹一身;
若令在郡得五考,⑦与君展覆杭州人。

注释

①这首诗是作者在从穆宗长庆二年(822)到四年作杭州刺史的时候写的。萧殷二协律是白居易在杭州时常在一起的朋友,有好些诗提到他们。萧协律叫萧悦,善画竹子;殷协律叫殷尧藩,元和时进士。协律,即协律郎,是掌管音乐的八品官员。 ②余杭:唐代设杭州余杭郡,辖钱唐、余杭等八县,即今浙江杭州市周围一带地区。羁(jī):寄居做客。 ③甑(zèng):蒸饭用的器具。东汉时人范丹很穷,时常断炊,乡里作歌云:"甑中生尘范史云,釜中生鱼范莱芜。"甑中未拂尘,就是断炊、揭不开锅盖。 ④绨(tí):厚缯。绨袍:厚缯制成的袍子。绨袍赠,是用《史记·范雎传》中的须贾给范雎赠绨袍的典故。 ⑤黎庶:老百姓。襦(rú)裤恩:赠送襦裤的恩情。襦,短袄。裤,套裤。《梁书·昭明太子传》:"每霖雨积雪,遣左右周行间巷,有流离道路,密加赈赐。又出主衣绵帛,多作襦裤,冬月以施贫冻。"

⑥狐腋:狐狸腋下的皮毛,细软洁白。名贵的狐裘,系用狐腋集成。 ⑦考:成绩。一年一考绩,五考就是五年。

杂津诗

赋得古原草送别①

古原上的芳草啊一丛接着一丛,
一年有一度枯萎也有一度繁荣;
无情的野火哪里能烧毁干净,
温暖的春风又唤醒新的生命。
馥馥的香气侵入古老的道路,
闪闪的绿光爬进遥远的荒城;
又送公子走向天涯啊走向天涯,
萋萋的芳草充满离别的感情!

原 诗

离离原上草,②一岁一枯荣;
野火烧不尽,③春风吹又生。
远芳侵古道,晴翠接荒城;
又送王孙去,萋萋满别情!④

注释

①《唐摭言》等书都说白居易十六岁时拿着他的诗稿去见大诗人顾况,顾况看见他的名字——居易,开玩笑说:"长安米贵,居大不易!"及至翻开诗卷,读到这首诗中的"野火烧不尽,春风吹又生"一联,不禁击节赞赏,连声说:"有才如此,居亦何难!"这首诗,题前有"赋得"二字,或以为是作者练习应试的拟作,但应试诗是五言六韵(十二句),这诗只八句,不合规格。按"赋得"即"赋"诗"得"题的意思。应试诗而外,几个人一起作诗,先拟为若干题,再分题。《沧浪诗话·诗体》云:"古人分题,或各赋一物,如云送某人分题得某物也。"如戴叔伦《赋得古井送王明府》及白氏的这首,皆此类。 ②离离:稠密繁茂的样子。 ③野火:深冬荒原草枯,常放火焚

烧,这里的野火即指烧荒的火。　④"又送"两句:用《楚辞·招隐士》"王孙游兮不归,春草生兮萋萋"语意。王孙,即公子,这里指他送的友人。萋萋,草盛貌。

邯郸冬至夜思家①

住在邯郸的客店里,
碰上这冬至佳节;
在油灯前抱膝沉思,
只有影子陪着我坐到深夜。
料想家里人这时候也还在坐着,
念叨我这个出门人——
在哪里歇脚,
怎样过节……

原　诗

邯郸驿里逢冬至,抱膝灯前影伴身。
想得家中深夜坐,还应说着远行人。②

注释

①邯郸:唐代县名,当时属河北道磁州,今为河北省邯郸市。冬至:二十四节气之一,约在阳历十二月二十二或二十三日。在古代,冬至是一个重要的节日;民间互相馈赠酒食,穿新衣,贺节,与过春节相似,故引起诗人客中的思家之情。　②"想得"两句:因自己思念家人而想到家人思念自己的情景,很动人。

自河南经乱,①关内阻饥,②兄弟离散,各在一处,因望月有感,聊书所怀,寄上浮梁大兄,③于潜七兄,④乌江十五兄,⑤兼示符离及下邽弟妹⑥

家产在兵灾和年荒中荡然一空,
兄弟们你东我西各奔前程。

田园荒芜,还留下战争的伤痕,
骨肉流离,受尽了风霜的欺凌。
像失群的旅雁凭吊孤单的影子,
像辞根的秋蓬怨恨漂泊的命运。
同时看见明月啊,谁能不掉下眼泪,
在五个地方同样有怀念故乡的深情!

原 诗

时难年荒世业空,⑦弟兄羁旅各西东。
田园寥落干戈后,⑧骨肉流离道路中。⑨
吊影分为千里雁,⑩辞根散作九秋蓬。⑪
共看明月应垂泪,一夜乡心五处同!⑫

注释

①河南经乱:贞元十五年(799)二月,宣武节度使董晋死后,部下举兵叛乱。三月,彰义节度使吴少诚又叛,战争的规模很大,时间也很久。这两次战乱,都发生在河南道境内。 ②关内阻饥:贞元十四、十五年,长安周围旱灾严重。阻饥,困苦饥饿之意。语本《尚书·舜典》"黎民阻饥"。 ③浮梁大兄:指作者的大哥幼文,贞元十五年春作浮梁主簿。 ④于潜七兄:指作者叔父季康的长子,曾做过于潜县尉。 ⑤乌江十五兄:指作者的从兄白逸,时任乌江县主簿。 ⑥符离:今安徽省宿县,当时是徐州的属县。作者的父亲季庚在徐州做官多年,在符离安家。下邽(guī):唐县名,在今陕西渭南县境,是作者的家乡。 ⑦时难(nàn):即指河南兵乱。世业:祖宗遗留下来的产业。 ⑧寥落:荒废、冷落。 ⑨骨肉:父母子女及兄弟姊妹等有血统关系的,都可谓之"骨肉之亲"。 ⑩"吊影"句:大雁飞行,行列秩然有序,故古人称兄弟为"雁行"。此句即以大雁失群比拟兄弟离散。吊影,只有影子相伴,即失群之意。 ⑪九秋:秋季。蓬:菊秋植物,末大于本,秋天被大风吹断,随风旋转,被称为"飞蓬"、"转蓬"、"断蓬",常用以比拟人们流转无定。 ⑫五处:即指题中亲人分散羁旅的五处:浮梁、于潜、乌江、符离、下邽。

放言五首(并序)①

元九在江陵时,有《放言》长句诗五首,②韵高而体律,意古而词新,予每咏之,甚觉有味。虽前辈深于诗者,未有此作。惟李颀有云:"济水自清河自浊,周公大圣接舆狂。"③斯句近之矣。予出佐浔阳,未届所任,④舟中多暇,江上独吟,因缀五篇,⑤以续其意耳。

一

早上是真、晚上是假,谁能洞察?
古往今来,什么怪事儿会没有呀!
只喜欢臧武仲伪装的圣人,
哪晓得宁武子会装成傻瓜!
草萤有光芒,毕竟不是火,
花露圆溜溜,难道就是珍珠吗?
可是,如果不点燃柴禾、拿出夜明珠,
萤火与真火、露珠与珍珠,就难识别啊!

三

赠给你一种好方法去解决疑难,
用不着占卜打卦,却十分灵验。
要检验真玉或假玉,就烧它三天,
要识别豫树和樟树,就等它七年。
周公多忠诚!却恐惧篡位的谣言,
王莽要篡位,反骗到谦恭的称赞。
假如他们正在那时候就离开人间,
一生的真和假,又有谁能够分辨!

原 诗

一

朝真暮伪何人辨?古往今来底事无?⑥
但爱臧生能诈圣,⑦可知宁子解佯愚!⑧
草萤有耀终非火,荷露虽团岂是珠!
不取燔材兼照乘,可怜光彩亦何殊!⑨

三

赠君一法决狐疑,⑩不用钻龟与祝蓍。⑪
试玉要烧三日满,⑫辨材须待七年期。⑬
周公恐惧流言日,⑭王莽谦恭未篡时。⑮
向使当时身先死,⑯一生真伪有谁知?

注释

①《放言》五首,元和十年作者被贬去江州的途中所作,这里选译第一、三两首。 ②元九:即元稹,他于元和五年被贬为江陵士曹参军。其《放言》五首,见《元氏长庆集》卷十八。长句诗:指七言诗。 ③李颀(690—751):盛唐著名诗人,以五言古诗及七言歌行见长。他的《杂兴》诗中有"青青兰艾本殊香,察见泉鱼固不祥。济水自清河自浊,周公大圣接舆狂"之句。 ④出佐浔阳:指去江州任司马。司马是郡守的佐理官吏,故云"出佐"。未届所任:还未到任。届,到。 ⑤缀:指连缀词句、作诗。 ⑥底事无:啥事没有呢?意谓什么稀奇古怪的事都有。 ⑦臧生:名纥,字武仲,春秋时鲁国人,曾任司寇。诈圣:伪装圣人。《左传·襄二十二年》杜氏注:"武仲多知,时人谓之'圣'。"《论语·宪问》曾说他要挟鲁君。 ⑧宁子:名俞,字武子,卫国人。《论语·公冶长》:"宁武子,邦有道,则智;邦无道,则愚。其智可及也,其愚不可及也。"荀悦《汉纪·王商论》:"宁武子佯愚。"解佯愚,懂得装傻瓜。 ⑨"不取"两句:承五、六两句而转,意谓:尽管"草萤有耀终非火,荷露虽团岂是珠",但有比较才能鉴别,如果不点起柴火,就会把草萤的光耀当成火,如果不拿出照乘珠,就会把露珠当成珍珠,弄不清萤光与火光、露珠光与珍珠光有什么殊异。燔柴,烧柴生火。照乘(shèng),指照乘珠。四马拉一车叫"乘",珠可照乘,极言光亮。殊,区别、差异。 ⑩狐疑:狐狸生性多疑,所以把犹豫不决叫狐疑。 ⑪钻龟、祝蓍(shī):古代占卜的两种办法。钻龟,指钻龟壳后看它的裂纹以卜吉凶;祝蓍,指用蓍草的茎来占卜。其实都是迷信。 ⑫"试玉"句:作者原注:"真玉烧三日不热。" ⑬"辨材"句:作者原注:"豫章木生七年而后知。"豫、章(也作"樟")是两种树。古人说这两种树极相似,长满七年,才能分辨清楚。 ⑭"周公"句:周公是周武王的弟弟、周成王的叔父。武王死,成王年幼,周公摄政,勤劳忠诚;而管叔等却制造谣言,说周公要篡位。周公恐惧,避居于东,不问政事。后来成王悔悟,迎他回来,平叛治国,大见成效。 ⑮"王莽"句:王莽字巨君,汉元帝皇后之侄,以外戚掌权,后来篡位称帝,改国号为"新"。政令烦苛,被赤眉、绿林等农民起义军推翻。王莽在争夺政权的过程中伪装谦恭,骗得不少人的赞誉。 ⑯向使:假使。

译诗集 271

大林寺桃花①

人间四月天,
花儿都落了。
深山古寺里,
桃花正妖娆。
春天一离去,
常恨无处找。
她却溜到这儿来,
谁能料得到!

原 诗

人间四月芳菲尽,②山寺桃花始盛开。③
长恨春归无觅处,不知转入此中来。

注释

①此诗乃白氏于元和十二年游庐山大林寺时所作。庐山大林寺有三处。《清一统志·九江府二》:"上大林寺在庐山西大林峰南,晋建……又中大林寺在庐山锦涧桥北,下大林寺在桥西。"据查慎行《庐山记游》:"上大林寺,乐天先生曾游此,于四月见桃花,集中有诗序,今犹称白司马花径。" ②芳菲:形容花卉美盛芬芳,这里指花。 ③"山寺"句:白氏《游大林寺序》云:"大林穷远,人迹罕到,环寺多清流苍石、短松瘦竹。寺中惟板屋木器,其僧皆海东人。山高地深,时节绝晚。于时孟夏月,如正二月天,梨、桃始华,涧草犹短,人物风候与平地聚落不同。初到恍然,若别造一世界者。因口号绝句云……"所谓绝句,即指此诗。

建 昌 江①

建昌江水流过县前,
立马江边,
派人去喊渡船。
忽然感到,这正像往年回家,
在蔡渡等船:

风吹野草，
雨打沙滩，
我立马在渭河岸边。

原　诗

建昌江水县门前，② 立马教人唤渡船。③
忽似往年归蔡渡，④ 草风沙雨渭河边。

注释

①建昌江：即修水，源出江西修水县西，流入鄱阳湖。　②县门前：即建昌县南门前。《明统志·南康府》："唤渡亭，在建昌县治南。"按唤渡亭，乃后人据白氏此诗诗意修建，内有石碑，刻此诗，文字略有出入。见后面所引王士禛文。　③教(jiāo)人：使人、派人、打发人。
④蔡渡：在下邽（今陕西省渭南县）白居易故乡紫兰村南边，是渭河的一个渡口。从南岸坐船渡过渭河，就到了紫兰村。白氏《重到渭上旧居》诗云："旧居清渭曲，开门当蔡渡。"可证蔡渡与紫兰村隔渭河相对。王士禛《居易录》卷十三："予过江西建昌县，南渡修水，岸上有亭，贮白乐天诗碣，一绝句云：'修江江水县门前，立马教人唤渡船。好似当年归蔡渡，草风沙雨渭河边。'爱其风调，然未详蔡渡所在。偶阅《渭南县图经》云：'渭水至临潼县交口渡，东入渭南境，又东折至县城，北曰上涨渡。又东南流曰下涨渡。又东北折而流曰蔡渡。以汉孝子蔡顺得名，其地有蔡顺碑。与乐天故居紫兰村，正隔渭河一水耳。'"

浔阳春·春生①

春，你在什么地方出生？
一出生，就到处游行。
不游遍天涯海角，
看来准不会甘心。
先派遣和风送暖，
报导你即将光临。
再打发好鸟欢唱，
宣告你赶走了严冬。

你把河岸装扮得绿草如茵，
你把树枝点缀得繁花似锦。
你如果漫游到我的家乡，
乡亲们问我的行踪，
你就说："他被贬到江州，
孤孤零零……"

原　诗

春生何处闇周游？②海角天涯遍始休。③
先遣和风报消息，续教啼鸟说来由。④
展张草色长河畔，⑤点缀花房小树头。
若到故园应觅我，⑥为传沦落在江州。⑦

注释

①原诗三首，小标题为：《春生》、《春来》、《春去》。题下作者原注云："元和十二年作。"这里选译第一首《春生》。　②闇：通"暗"。　③海角天涯：极言遥远，远到海之角、天之涯。　④教：使、让，读平声。来由：因由。　⑤展张：展开、铺盖。　⑥故园：家乡、老家。这里指白居易的家乡下邽。　⑦为(wèi)传：替我捎信。

问刘十九①

新酿的米酒泛起绿渣，
红泥小炉子冒着火花。
天晚了，眼看就要下雪，
能来喝一杯吗？

原　诗

绿蚁新醅酒，②红泥小火炉。
晚来天欲雪，能饮一杯无？③

注释

①此诗约作于元和十二年冬作者任江州司马的时期。刘十九:是白氏在江州往还较多的朋友,称他为"嵩阳刘处士",名未详。《刘十九同宿诗》云:"唯共嵩阳刘处士,围棋赌酒到天明。"《雨中赴刘十九二林之期,及到寺,刘已先去,因以四韵寄之》、《蔷薇正开,春酒初熟,因招刘十九、张大夫、崔二十四同饮》等诗所说的刘十九,均指此人。　②绿蚁(yǐ):酒的别名。蚁,同"蚁"。新酿的米酒,酒面上有淡绿色的浮渣,像绿蚁,故名。新醅(pēi)酒:新酿成尚未过滤的酒。　③无:疑问词,用法同"否"。

编集拙诗成一十五卷,因题卷末,戏赠元九李二十①

　　一篇《长恨歌》充满浓郁的感情,
　　十首《秦中吟》发出正大的声音。
　　常被老元偷去我的风格韵律,
　　硬使短李佩服我的乐府歌行。
　　世间的富贵大概没有份儿,
　　死后的文章应该赢得声名。
　　口气太大也用不着大惊小怪,
　　十五卷诗集刚刚编成。

原　诗

　　一篇《长恨》有风情,十首《秦吟》近正声。
　　每被老元偷格律,②苦教短李伏歌行。③
　　世间富贵应无分,身后文章合有名。
　　莫怪气粗言语大,新排十五卷诗成。

注释

①元九:即元稹。李二十:即李绅。白居易于元和十年到江州后自编诗集十五卷,约八百首,分为四类:讽谕诗、闲适诗、感伤诗、杂律诗。编成后作了这首诗,戏赠他的诗友元稹和李绅,对他的诗歌创作及其影响作了自我评价。此后,作者陆续编订新作。现在最早的白集,是南宋绍兴时所刻的《白氏长庆集》,先诗后文,共七十一卷。　②"每被"句:作者自注:"元九向

江陵日,尝以拙诗一卷赠行,自后格变。" ③"短李"句:李绅短小精悍,当时被称为短李。作者自注:"李二十尝自负歌行,近见予乐府五十首,默然心伏。"歌行,是乐府诗中的一种体裁,见前《琵琶行》注。

鹦 鹉

成天价忽而讲话忽而又沉默,
半夜里一时安息一时又惊醒。
身体被囚禁只由于羽毛美丽,
心灵受折磨只因为是非分明。
晚间常涌起回到老窝的思潮,
春天常发出怀念同伴的心声。
什么人能彻底打破这只牢笼,
让它快意地歌唱自由地飞行!

原 诗

竟日语还默,①中宵栖复惊。
身囚缘彩翠,②心苦为分明。
暮起归巢思,春多忆侣声。
谁能坼笼破,从放快飞鸣!

注释

①竟日:成天、整天。 ②缘:因为。

暮江吟

一道残阳,铺在江中。
这一半儿江水,红艳艳,
那一半儿江水,碧澄澄。
九月初三的夜啊,

多迷人！
露珠儿晶莹,像珍珠,
月牙儿弯弯,像一张弓。

原　诗

一道残阳铺水中,半江瑟瑟半江红。①
可怜九月初三夜,②露似真珠月似弓。③

注释
①瑟瑟:通常用以形容风吹草木的声态,这里则是另一种用法。《唐书·于阗国传》云:"德宗……求玉于于阗,得瑟瑟百斤。"这种瑟瑟是碧色的玉石,白居易常用来表现碧波。如"两面苍苍岸,中心瑟瑟流"、"寒食青青草,春风瑟瑟波"等等。"半江瑟瑟",写"残阳"未照到的江面;"半江红",则写"残阳"铺展的江面。　②可怜:这里是可爱的意思。　③真珠:即珍珠。

啄木曲

别买珍贵的剪刀,
白把金钱扔掉;
我有心中的牢愁,
料你剪它不了。

别磨犀利的锥子,
空把力气耗费;
我有肠中的郁结,
料你解它不开。

别染鲜红的丝线,
徒夸颜色美丽;
我有双眼的泪珠,
料你穿它不起。

别近红炉的烈火,

瞎受热气熏蒸；
我有两鬓的白雪，
料你销它不动。

剪刀不能剪心中的牢愁，
锥子不能解肠中的郁结，
红线不能穿双眼的泪珠，
烈火不能销两鬓的白雪；
还不如饮这神圣的杯酒，
万念千忧立刻化为乌有！

原 诗

莫买宝剪刀，虚费千金值；
我有心中愁，知君剪不得。
莫磨解结锥，虚劳人气力；
我有肠中结，知君解不得。
莫染红丝线，徒夸好颜色；
我有双泪珠，知君穿不得。
莫近红炉火，炎气徒相逼；
我有两鬓霜，知君销不得。
刀不能剪心愁，锥不能解肠结，
线不能穿泪珠，火不能销鬓雪；
不如饮此神圣杯，万念千忧一时歇！

别 州 民[①]

父老们遮住去路，
筵席上摆满酒杯；
我没办什么好事，
哪来惜别的眼泪！

薄田养不活饥民,
穷人负担着重税。
只留下一片湖水,
为你们消除旱灾。

原　诗

耆老遮归路,② 壶浆满别筵;③
甘棠无一树,④ 那得泪潸然!⑤
税重多贫户,农饥足旱田。
唯留一湖水,与汝救凶年。⑥

注释

①唐穆宗长庆二年(822)至四年,白居易在杭州做刺史。这是长庆四年五月他将要离开杭州回洛阳的时候留别杭州人民的一首诗。　②耆(qí)老:年高有德的老人。古来称六十岁的人为耆。遮归路:挽留不肯让走的意思。汉代侯霸作临淮太守,有德政,离任时"百姓老弱相携,哭号遮使者车,或当道而卧,皆曰:乞侯君复留"。　③壶浆:壶里盛着酒浆,这里指酒。别筵:送别的筵席。　④甘棠:植物名,即棠梨。《诗经·召南》中有一篇诗,名叫《甘棠》。据说周朝的召公视察南国,治政劝农,曾经在一株甘棠树下休息。他走后当地的人民思念他,因而也很爱护那株甘棠,作了那篇诗,表现思念召公和爱护甘棠的感情。"甘棠无一树",是说没有像召公那样值得使人民怀念的德政。这是白居易自谦的话。他在杭州,如他在《初领郡政衙退登东楼作》这篇诗中所说:"螳悚心所念,简牍手自操;何言符竹贵,未免州县劳。"是辛辛苦苦地为人民办了一些好事的。所以人民在送他的时候才流下惜别的眼泪。　⑤潸(shān)然:流泪的样子。　⑥"唯留"二句:作者原注云:"今春增筑钱塘湖堤,贮水以防天旱,故云。"白居易在杭州时曾疏理李泌所凿的六井,又在西湖筑了一道长堤(人们纪念他,把这堤叫做"白堤"),以便蓄水灌田。湖周围一千多顷田地,都能灌溉。

和微之《听妻弹〈别鹤操〉》,
因为解释其义,依韵加四句②

情义深重的没有人比得上妻子,
活着分离还不如死了埋在一起;
已经发下死了同埋的誓愿,

奈何活着没有生下儿子！
商陵牧子受礼教的压迫，
无法挽留被抛弃的妻子；
天一亮妻子就要辞别舅姑，
夫妻俩辗转了半夜不得不爬起。
起来的时候忽然听见双鹤告别，
好像和人的分别一样伤心；
听它那悲惨凄厉的叫声，
也好像有不得已的苦衷。
青田八九月的季节，
辽城一万里的路程；
去住异势的云彩徘徊不定，
东西分流的河水呜咽不停……
把这些都谱在琴曲里面，
听到的人都酸透心肝。
何况在秋天的月夜弹奏，
先打进忧人的心坎！
深思地停住了玉指，
哀怨地按住了朱弦；
一听到没儿子的叹息，
更加深了没儿汉的忧念。
没儿子虽然命薄如纸，
有妻子可以同生同死；
能幸免生惨惨地分离，
还胜过商陵牧子！

原　诗

义重莫若妻，生离不如死；
誓将死同穴，其奈生无子！
商陵迫礼教，妇出不能止；
舅姑明旦辞，夫妻中夜起。

起闻双鹤别,若与人相似;
听其悲唳声,亦如不得已。
青田八九月,③辽城一万里;④
徘徊去住云,呜咽东西水……
写之在琴曲,听者酸心髓。⑤
况当秋月弹,先入忧人耳!
怨抑掩朱弦,沉吟停玉指;
一闻无儿叹,想念两如此。⑥
无儿虽薄命,有妻偕老矣;
幸免生别离,犹胜商陵氏!⑦

注释

①《别鹤操》:商陵牧子所作。据《古今注》上说:商陵牧子娶妻五年,没有生下儿子,父母决定给他另娶,妻子听见,半夜起床,靠着窗户悲啼;牧子看到这种情景,非常难过,便弹琴而歌:"将乘比翼隔天端,山川悠远路漫漫,揽衣不寝食忘餐。" ②这个诗题的意思是:元稹(微之)作了一首《听妻弹〈别鹤操〉》的诗,作者和了一首,顺便替元稹解释《别鹤操》的意义,按照元稹的诗韵,后面又加了四句。作此诗时,作者和元稹都没有儿子,作者《寄微之》云:"何事遣君还似我,髭须早白亦无儿。"元稹的妻子弹《别鹤操》,元稹作《听妻弹〈别鹤操〉》的诗,都为的是抒发无儿的悲愁。作者读了元稹的诗,有同感,因而作此诗安慰元稹。 ③青田:山名,在现在浙江青田县。《永嘉记》:青田双白鹤,年年生子,子长便去。梁元帝《鸳鸯赋》:"青田之鹤,昼夜俱飞。" ④"辽城"句:《搜神记》:辽东城门有华表柱,有一天,一个白鹤忽然落到柱上说:"有鸟有鸟丁令威,去家千年今来归,城郭如故人民非。何不学仙去,空冢累累!"王维《送张道士归山》:"当作辽城鹤,仙歌使尔闻。" ⑤以上写《别鹤操》。 ⑥以上写元稹听妻弹《别鹤操》。 ⑦末尾四句:作者安慰元稹,兼以自慰。认为虽然无儿,但有妻偕老,比商陵牧子因无子而被迫出妻强得多。全诗对无子出妻的封建礼教有批判意义。

鹦　鹉

陇西的鹦鹉被捉到南方,
养过一年,渐渐地成长。
只有喂食,才打开铁笼,

恐怕飞去，先剪坏翅膀。
人爱嘴巴伶巧，虽有感情，
鸟想自由地飞翔，另有愿望。
就像关在富贵人家的歌女，
忘不了追求解放的理想。

原　诗

陇西鹦鹉到江东，[1]养得经年嘴渐红。[2]
常恐思归先剪翅，每因喂食暂开笼。
人怜巧语情虽重，[3]鸟忆高飞意不同。[4]
应似朱门歌舞伎，深藏牢闭后房中。[5]

注释

[1]陇西鹦鹉：陇西出鹦鹉，见《本草纲目》。　[2]嘴渐红：鹦鹉小的时候嘴不红，嘴渐红，是说它渐渐成长，会学人说话了。　[3]人怜巧语：是说养它的人喜欢它的伶俐的语言。怜，爱惜。　[4]鸟：指鹦鹉。　[5]"应似"两句：是说关在笼子里的鹦鹉和关在富贵人家后房中的歌舞伎一样，主人虽爱嘴巧，自己却想着高飞远走。这首诗虽写鹦鹉，但实际上为歌舞伎鸣不平。

问杨琼[1]

古代人唱歌兼唱感情，
现代人唱歌光唱声音。
想说给您您不能领会，
试拿这话去问问杨琼。

原　诗

古人唱歌兼唱情，今人唱歌唯唱声。
欲说向君君不会，[2]试将此语问杨琼。[3]

注释

[1]杨琼：当时的一位歌伎，本名播。元稹有《和乐天示杨琼诗》。　[2]不会：不理解。　[3]"试将"句：意谓杨琼懂得唱歌不应"只唱声"而应"兼唱情"，所以劝不懂此意的人去向杨琼请教。

秋 思

一轮落日,烈火般的红艳,
万里晴空,大海般的澄蓝。
稀疏的云朵,像野兽游荡,
初三的月儿,像玉弓高悬。
雁群飞过天际,引人遐思,
砧声响彻水边,惹人愁烦。
多么萧条啊,这深秋的气味!
已经尝够了,虽然没到老年。

原 诗

夕照红于烧,①晴空碧胜蓝。②
兽形云不一,③弓势月初三。④
雁思来天北,⑤砧愁满水南。⑥
萧条秋气味,未老已深谙。⑦

注释

①夕照:落日。烧:冬季野草干枯,放火点燃,一片火光,叫"烧"或"野烧"。《管子·轻重甲》:"齐之北泽烧,火光照堂下。管子入贺桓公曰:'吾田野辟,农夫必有百倍之利矣'。"可见"野烧"由来已久。 ②蓝:一种蓼科植物,其叶可制青绿染料。 ③"兽形"句:天空中的云朵,形态不一,有的像这种兽,有的像那种兽。 ④"弓势"句:农历初三的夜晚,新月一弯,像一张弓。 ⑤雁思:因看见大雁从北方飞来而引发的思绪。思,在这里读去声,名词,思绪。 ⑥砧愁:因听见捣衣声而引起的哀愁。砧(zhēn),捣衣石。 ⑦谙(àn):熟悉。

魏王堤①

花儿嫌寒冷,懒得开,
鸟儿嫌寒冷,懒得啼。
我骑着马儿随意闲游,

直到太阳偏西。

是什么地方呢?

春天还没来,却已经有点春意。

噢,那就是魏王堤!

你看那柳丝儿柔弱得毫无力气,

一任轻风把她们扶起,扶起。

原　诗

花寒懒发鸟慵啼,②信马闲行到日西。

何处未春先有思?③柳条无力魏王堤。

注释

①魏王堤:在洛阳。洛水流入洛阳城内,汇为池。唐太宗贞观年间,赐此池给魏王李泰,名魏王池。有堤与洛水相隔,名魏王堤。堤柳池荷,风景秀丽,是唐代洛阳的游览胜地之一。

②慵(yōng):懒。　③未春先有(春)思:春天还未来,先透露出春意。思,名词,读去声。

李商隐诗选译

夜雨寄北

你来信问我回家的日期,
唉!回家的日期嘛,还没有准儿哩!
夜已经很深了,巴山还在下雨,
门前的池塘,大约已经秋水四溢。
唉!什么时候才能回到家里,
和你在西窗前剪亮蜡烛,
诉说我今晚上巴山听雨的心情呢!

原　诗

君问归期未有期,巴山夜雨涨秋池。
何当共剪西窗烛,[①]却话巴山夜雨时。

注释
①何当:何时。剪烛:剪掉烛花、烛烬,使烛光更亮。

晚　晴

我住在高冈上,可以俯瞰夹城。
春去夏来,风光还清朗宜人。
天意怜惜那幽暗地方的小草,
人间珍重这傍晚时候的新晴。
为我的高阁增添了几分高迥,
给我的小窗注入了不少光明。
经过雨淋的鸟巢已被夕阳晒干,
回巢的鸟儿们,飞得更加轻盈。

原　诗

深居俯夹城,[①]春去夏犹清。
天意怜幽草,人间重晚晴。
并添高阁迥,微注小窗明。

越鸟巢干后,^②归飞体更轻。

注释
①深居:幽居,指作者在桂林的寓所。夹城:瓮城。 ②越鸟:南方的鸟,此时作者在桂林,故称当地的鸟为越鸟。

无 题

相见多艰难,离别也难堪,
东风没气力,百花已凋残。
春蚕直到死,丝才吐尽,
蜡烛燃成灰,泪才流干。
清晨看镜,只发愁容颜消减,
深夜吟诗,会感到月光凄寒。
仙女的住处离这儿不远,
有谁能替我去探望问安!

原 诗

相见时难别亦难,东风无力百花残。
春蚕到死丝方尽,蜡炬成灰泪始干。①
晓镜但愁云鬓改,夜吟应觉月光寒。
蓬山此去无多路,②青鸟殷勤为探看。③

注释
①蜡炬:即蜡烛,燃烧时烛脂流溢如泪,称为"蜡泪"。杜牧《赠别》:"蜡烛有心还惜别,替人垂泪到天明。" ②蓬山:即蓬莱,神话传说中的海上仙山,这里指所思念的女子的住地。
③青鸟:神话传说中为西王母送信的仙鸟。

贾 谊

文帝求贤才,咨询被放逐的贤臣,
贾生的才干,的确是出类超群。
可惜他直询问到半夜,白白地向前靠拢,
不问民生国计,却只是问鬼问神。

译诗集 **287**

原　诗

宣室求贤访逐臣,①贾生才调更无伦。
可怜夜半虚前席,②不问苍生问鬼神。③

注释

①宣室:汉未央宫前殿正室。访逐臣:征询被贬之臣的意见。汉文帝曾提拔贾谊为太中大夫,其后又贬往长沙。这时又召贾谊回京,在宣室征询他的意见。　②可怜:可惜。虚:徒然,白白地。前席:古人席地跪坐,前席,指在席上移膝向前。　③问鬼神:《史记·屈原贾生列传》:"上(文帝)因感鬼神事而问鬼神之本。贾生具道所以然之状。至夜半,文帝前席(因听得认真,移膝靠近贾生)。"

隋　宫①

高兴南游就南游,
谁敢造反,何须戒严。
谁扫兴就杀谁,
不屑看谏书,免得心里烦。
东风和旭,正该春耕,
百姓们却忙着裁剪锦缎。
一半儿为骏马作障泥,
一半儿为龙舟作风帆。

原　诗

乘兴南游不戒严,九重谁省谏书函?②
春风举国裁宫锦,半作障泥半作帆。

注释

①隋宫:指隋炀帝在江都(今江苏扬州市)所建的行宫,这首诗为炀帝南游江都而作。
②九重:指皇帝所居的深宫。

安定城楼①

巍峨的高城上耸立着百尺高楼,
我登楼远望,从绿杨枝外看见汀洲。
贾谊在年少时就忧心国事,却徒然流涕,
王粲在春季里远游做客,避乱荆州。
我经常忆念江湖,打算到老年回去隐居,
只希望回天转地,然后稳驾扁舟自在地遨游。
不料那些鸱鸮竟然把腐鼠当作美味,
对高洁的鹓鶵百般猜忌,不肯罢休!

原 诗

迢递高城百尺楼,绿杨枝外尽汀洲。
贾生年少虚垂涕,②王粲春来更远游。③
永忆江湖归白发,欲回天地入扁舟。④
不知腐鼠成滋味,猜意鹓鶵竟未休。⑤

注释

①安定:郡名,即泾州(治所在今甘肃省泾川县北),唐泾原节度使府所在地。开成三年(838)初,作者赴泾原节度使王茂元幕,做了王茂元的女婿。婚后应博学宏辞科考试,初选被吏部录取,但上报后被"中书长者"抹去名字,便回到王茂元幕府当幕僚。此诗即作于此时,借登楼望远抒发感慨和素志。 ②贾生:即贾谊,青年时期上《治安策》给汉文帝,指出当时国事"可为痛哭者一,可为流涕者二,可为长太息者六",却因大臣阻挠,未被采纳。作者以此比喻他应试不中。虚:徒然、白白地。忧国而不被重用,眼泪也就白流了。 ③王粲:"建安七子"之一。十七岁时从长安到荆州避董卓之乱,投靠荆州刺史刘表,于春日登当阳楼,作了著名的《登楼赋》。作者以王粲投靠刘表比喻自己赴泾州入王茂元幕。 ④"永忆"两句:春秋时范蠡辅佐越王勾践"雪会稽之耻",乃乘扁舟浮于江湖。作者用此典表达他的志愿。这两句深受王安石赞赏,是脍炙人口的警句。 ⑤"不知"两句:用庄子寓言抒发感慨。《庄子·外篇·秋水》中说:惠施相梁,生怕庄子争夺他的相位。庄子就去见惠施,告诉他鹓鶵"非梧桐不止,非练实不食,非醴泉不饮",鸱鸮抓到一只腐鼠,生怕被鹓鶵夺去,岂不可笑。作者用这个寓言暗示他应试落选,是由于受贪图禄位的鸱鸮们的猜忌。鹓鶵(yuān chú):古代传说中一种像凤凰的鸟。

七月二十九日崇让宅宴作①

夜露降落，池面上好像洒下一层霜霰，
凉风吹过，池畔的竹林发出声声悲叹。
漂浮无定的人生本来就多的是离别之苦，
红荷的花瓣儿为什么也零落分散？
回家的好梦惟独孤灯观察得一清二楚，
坎坷的生涯只有浊酒了解得最深最全。
难道直到白头就一直是这种凄凉景况，
嵩阳的苍松白雪总会证实夫妻归隐的心愿。

原 诗

露如微霰下前池，风过回塘万竹悲。
浮世本来多聚散，②红蕖何事亦离披？③
悠扬归梦惟灯见，④濩落生涯独酒知。⑤
岂到白头长只尔？⑥嵩阳松雪有心期。⑦

注释

①崇让宅：李商隐岳父王茂元在洛阳崇让里的住宅。宴：宴会。此时作者暂居岳父家，妻子仍在京城长安。　②浮世：即"浮生"。浮，言其漂泊不定。聚散：这里是偏义词，等于"散"。　③红蕖：红荷花。离披：散落。　④悠扬：恍惚。　⑤濩落：空虚、坎坷不遇。　⑥尔：这样、如此。　⑦嵩阳：嵩山之阳。心期：心愿。

天　涯

在这美好的春天我依然流落天涯，
流落天涯啊，这一天的太阳又已经西斜。
声声啼唤的黄莺儿如果也有眼泪，
就替我洒湿那最高枝头的最高花。

> 原　诗

春日在天涯，天涯日又斜。
莺啼如有泪，为湿最高花。

流　莺

流莺漂荡在这里，又漂荡在那里，
飞过阡陌，飞到水边，都不是预定的目的。
圆转的啼声怎能不表达发自内心的意愿？
虽然是春天的良辰，却未必有得意的佳期。
不论是风晨露夜阴天还是晴天，
也不论是千门万户开启还是关闭，
你这伤春的鸟儿都在没完没了地哀啼，
使同样伤春的我悲慨不已！
唉！这繁华的京城里园林栉比，
可是让你栖息的花枝到哪儿去寻觅？

> 原　诗

流莺漂荡复参差，①度陌临流不自持。②
巧啭岂能无本意，良辰未必有佳期。
风朝露夜阴晴里，万户千门开闭时。
曾苦伤春不忍听，③凤城何处有花枝？④

注释

①参差：形容鸟飞时翅膀张敛的形态，这里作动词用，从"漂荡复参差"中间的"复"字看，实与"漂荡"同义。　②不自持：不能自主。　③"曾苦"句：自己曾苦于伤春，所以不忍心听流莺伤春的悲啼。　④凤城：京城。此句从李义府《咏鸟》"上林多少树，不借一枝栖"化出。

谒 山①

谁都想拴住太阳,永葆青春,
可是从哪里去找这样的长绳!
只恨那白云归山,流水东去,
时光也跟着消失得无影无踪。
我想从麻姑手里买来沧海,
而那沧海——
一转眼就变成一杯春露,冷得像冰!

原 诗

从来系日乏长绳,②水去云回恨不胜。
欲就麻姑买沧海,③一杯春露冷如冰!④

注释

①谒(yè)山:朝谒名山,全诗即表现登山临海时的奇想。 ②长绳系日:是古人企图留住时光的幻想,每见于古典诗文。 ③麻姑:神话传说中的仙女。《神仙传》:东汉时仙人王方平降于蔡经家,召麻姑至,年十八九,貌美丽,手爪似鸟,谓方平曰:"接待以来,已见沧海三为桑田,向到蓬莱,水又浅于往昔,会时略半,岂复为陵陆乎?"作者据此,把麻姑说成沧海的主人。 ④一杯春露:极言水少易干。作者从麻姑"已见沧海三为桑田"的角度驰骋想象:即使从麻姑手里买来沧海,也在时光的流逝中很快变成"一杯春露"。

唐文今译

与元九书①

白居易

　　月　　日，居易启

微之兄：

　　自从你贬到江陵以来，赠送我的诗和回答我的诗差不多有一百来篇。每次寄诗来，在诗的前面，不是有一篇序，就是有几页信，都是用来说明古今诗歌的意义，叙述自己写诗的动机和写作时期的。我既喜爱你的诗歌，又领会你写序写信的用意，时常想就你提出的论点说几句话，粗略地论述有关诗歌的重要问题，并且谈一下我自己的创作意图，写成一封信，寄到你面前。几年以来，被许多事情纠缠住，没有工夫。偶然有空儿，或者想写；但考虑到我所要写的，也超不出你的见解，因而有好几次铺开稿纸，又收起来了。终于没有了却这桩心愿，一直拖到现在。

　　现在我被贬到浔阳等待处罚，除了洗脸、梳头、吃饭、睡觉以外，没有其他事情，因而阅读你到通州去的时候留下的新、旧作品二十六篇。读着读着，非常高兴，忽然像看见你一样。积在心里的话，就想畅快地说出来，往往怀疑，不知道相隔万里啊！接着又想发泄一肚子闷气，所以根据以前的心愿，下决心写这封信，希望你替我仔细看一看。

　　文章的来源很早了。天地人各有文章：天的文章，以"三光"为首；地的文章，以"五材"为首；人的文章，以《六经》为首。就《六经》说，《诗》又为首。为什么呢？圣人感化人心而天下和平。感化人心的，莫先于感情，莫早于语言，莫切于声音，莫深于"六义"。而诗呢？感情是他的根本，语言是他的枝叶，声音是他的花朵，"六义"是他的果实。上自圣贤，下至愚人，渺小如豬鱼，神秘如鬼神，种类有分别，而精神相似，形状有差异，而情感相通，没有听到声音而不起反应，接触情感而不受感动的。圣人看到这一点，就其语言，贯串"六义"；就其声音，组织"五音"。音有韵律，义有类别。音韵调协，则语言顺口；语言顺口，人们就容易接受。义类分明，则感情突出；感情突出，人们就容易感动。这样一来，诗歌就具有广阔的内容，包含深刻的意义，揭露生活的底蕴，洞察心灵的秘密，从而消除隔阂，使上下联成一气，交流感情，将群众打成一片。二帝三王之所以能够行其正道,轻而易举地治理天下,就是由于掌握了这种武器,抓住了这个关键啊!

所以听了"元首明哉,股肱良哉"的诗歌,就知道虞舜的政治昌明了,听了"今失厥道,乱其纪纲"的诗歌,就知道夏代的政治荒废了。作诗的人没有罪,读诗的人可以吸取教训,双方面都尽了自己的责任。

到了周朝衰败,秦朝兴起,废除了采集诗歌的官职,上面不用诗歌考察当时的政治,下面不用诗歌表达群众的愿望,甚至形成阿谀逢迎的风气,丢掉克服缺点的精神。这时候"六义"开始削弱了。

《国风》变为《楚辞》,李陵、苏武又创造了五言诗,这二者都是怀才不遇的人就其思想感情写成的。所以苏李的五言,只表现离别时的感伤;屈原的《离骚》,只发抒放逐后的愤懑。忧愁苦闷,顾不得其他啊!然而距离《诗经》的时代不远,毕竟还像个样子。所以前者引"双凫"、"一雁"比喻朋友的离别,后者用"香草"、"恶鸟"比喻君子小人的品质。虽然"义类"不够完备,但仍然继承了《国风》的某些传统。这时候,"六义"开始残缺了。

晋、宋以来,能够继承《诗经》传统的人更少。像谢灵运那样深奥渊博,却沉溺于刻画山水;像陶渊明那样高洁古朴,却偏重于描写田园;江淹、鲍照等人,其诗歌的内容,更其狭隘。像梁鸿的《五噫》那样意义深刻的作品,一百篇中找不出一两篇来。这时候,"六义"逐渐衰微了。

沿着这条下坡路滚下来,到了梁陈之间,都不过嘲咏风雪,玩弄花草而已。唉!风雪花草之类的东西,《诗经》中难道没有吗?但看怎样用法啊!例如:"北风其凉",这是借凛冽的北风讽刺暴虐的统治者的;"雨雪霏霏",这是就大雪纷飞表现守卫边防的士兵们的艰苦生活的;"棠棣之花",这是有感于棠棣的花朵彼此相依而劝告兄弟们应该互相团结的;"采采芣苢",这是通过对于芣苢草的赞美而表现妇女生了孩子的快乐的。这些诗都不是单纯地描写风雪花草,而是深刻地反映社会生活。要不是这样的话,那有什么意义呢?那么,"余霞散成绮,澄江净如练","离花先委露,别叶乍辞风"这样一些作品,华丽是华丽了,却不知道它们有什么社会意义。所以我说那是嘲咏风雪,玩弄花草而已。这时候,"六义"完全丧失了。

唐朝兴起二百来年,诗人很多,数也数不清。就比较突出的说:陈子昂有《感遇诗》二十首,鲍钫有《感兴诗》十五篇。除此以外,李白、杜甫是公认的最卓越的诗人。李白的作品,有才气啊,不平凡啊,人们达不到那种境界啊,但寻找具有"风、雅、比、兴"的特点的,十篇之中没有一篇。杜甫的诗歌最多,可以流传不朽的,也有一千多首。就其吸收古今诗人的优点,具备各种各样的体裁,非常精工,非常完美这一点上说,又超过李白的成就;但是像《新安吏》、《石壕吏》《潼关吏》《塞芦子》《留花门》一类的诗篇,"朱门酒肉臭,路有冻死骨"一类的诗句,合起来也不过三四十首。连杜甫都是这样,何况赶不上杜甫的人呢!

我看到诗歌发展的道路崩溃了,非常痛心,非常焦急。反复思考,有时候甚至忘记了吃饭睡觉。不自量力,想补救它。唉,事实有与愿望大相违背的,又不可能完全说出来;然而也不能不粗略地告诉你。

我在出生六七个月的时候,奶妈抱在字画下面玩耍,有人指"之"字和"无"字让我看,我虽然口不会说,却默默地记在心里。以后有人问这两个字,即使试验一百次,也能准确地指出来。可以看出我一生下来就和文字结上因缘了。到了五六岁,便学习作诗。九岁,已完全懂得声韵。十五六岁开始知道有"进士"这条出路,更下苦功读书。二十岁以后,白天学赋,晚上读书,有时也学习诗歌,顾不得睡觉休息了。以至于口、舌磨起疮,手、肘磨起茧;到了壮年,肌肤不丰满;还没有老,牙齿已经摇动,头发已经发白,两眼昏花,动不动就像有几万只苍蝇乱飞,几万颗珠子摇晃一样。这都是刻苦学习和努力创作所致啊!谈起来自己也感到悲哀。家庭贫穷,又遭逢变故,二十七岁时,才参加"乡贡"的考试。考取之后,虽然专心做考进士的准备,但也没有停止作诗;到做校书郎的时候,已经积累了三四百首。偶然拿给你和其他朋友看,都说写得好。其实呢,还没有窥见诗人的门径啊。

自从入朝做官以来,年纪渐大,经验渐多,每和旁人谈话,常询问当前的事务,每读历史和其他书籍,常探索治理天下的道理,才懂得文章应该为时代而写,诗歌应该为现实而作。这时候皇帝刚就位,政府里有正直的官员,好几次下命令调查民间疾苦。我在这时,被提拔为翰林学士,担任谏官,每月领取写意见的纸张。除了给皇帝上书而外,凡有可以解除人民的痛苦、弥补政治上的缺陷而又不便直接提出来的,常常写成诗歌,打算逐渐呈给皇帝。这首先可以扩大皇帝的见闻,帮助他治理国家;其次可以报答提拔我的恩德,尽到谏官的责任;最后可以实现我平生的志愿。哪晓得目的还没有达到,却已经惹出祸事;诗歌还没有呈给皇帝,却已经引起流言蜚语。

关于这,也让我告诉你:听到我的《贺雨诗》,都叽叽咕咕,已认为不对头了；听到我的《哭孔戡诗》，都板起面孔，不高兴了；听到《秦中吟》，有权有势、靠拢皇帝的就一个瞅着一个，脸变得铁青了；听到《乐游园》寄你的诗，把持政权的就磨拳擦掌了；听到《宿紫阁村诗》，掌握军权的就咬牙切齿了。一般的反应就是这样，不可能详细叙述。没有交情的，认为沽名钓誉，认为攻击政治，认为诽谤朝廷；有交情的，就劝我汲取牛僧孺直言得罪的教训，不要写这样的诗歌；甚至兄弟妻子都说我做错了。认为我没有做错的，在全国范围内，也不过两三个人。有一个名叫邓鲂的，看见我的诗，非常高兴；没多久，邓鲂死了。有一个名叫唐衢的，读了我的诗，感动得哭泣；没多久，唐衢死了。此外便是你；而你十年以来又这样受打击，抬不起头来。唉！难道"六义"、"四始"的精神，老天爷有意破坏它，不可能支持起来吗？或者，老天爷不愿意让诗人把民间疾苦反映出来，使皇帝知道吗？不然，为什么有志于诗歌创作的人都这样不顺利啊！

　　然而我又想到：我不过是关东的一个普通男子。除了读书写文章而外，傻头傻脑的再不懂得其他事情；甚至连写字、画画、下棋、赌博等可以联系群众的活动，也一窍不通。其愚蠢笨拙，由此可知。刚参加考试的时候，朝廷里没有亲戚，达官中没有朋友，拖着跛腿跨入角逐名利的道路，张着空拳走进比赛文章的战场。十年中间，三次考取，名字传入众人的耳朵，脚板踏上重要的职位，退朝接交名流，入朝侍奉皇帝。既然开始由文章得名，那么，终于由文章得罪，也是应该的。

　　近来又听亲戚朋友们说：礼部和吏部选拔人才，多半拿我所作的赋、判作为标准。此外有许多诗句，也往往被人传诵。我感到惭愧，不相信这种说法。后来回到长安，又听说有一个名叫高霞寓的军官，想娶妓女；那个妓女自夸道："我能够朗诵白学士的《长恨歌》，难道和其他妓女一样吗？"她因此抬高了身价。同时，你的来信中也说：你到达通州的时候，看见旅馆里的柱子中间也有题我的诗的，这又是什么人啊？还有，我从前路过汉南的时候，恰好碰上主人聚众娱乐宾客，妓女们看见我来了，指着我说："这是《秦中吟》、《长恨歌》的作者啊！"从长安直到江西，三四千里，凡学校、佛寺、旅店、船舟之中，往往有题我的诗的，士庶、僧侣、寡妇、处女的口里，往往有诵我的诗的。这些虽然是小玩艺儿，不值得称道；然而现代一般人所重视的，却正是这个。就是前代作家如王褒、扬雄，前辈诗人如李白、杜甫，对此也不能忘怀。古人说："名是公器，不可多取。"我算什么人，已经过多地窃取了当代的文名。既窃取当代文名，又想窃取当代富贵,就算我是造物主,难道愿意把这二者一起给人吗?我现在处境这样狼狈,原是理所当然啊!

何况古今诗人大多数不很得意。像陈子昂、杜甫,都仅仅弄到个拾遗的官儿,困苦而死。李白、孟浩然等,连一个小官儿也没有弄到,一辈子贫穷憔悴。在现代诗人中,孟郊六十岁,才得到个协律的职称;张籍五十岁,官衔还是个太祝。那都是多么出色的人物啊!我的才能哪能赶上他们。现在虽然受到降职的处分,在离京城很远的地方干打杂的工作;而官衔列入五品,每月拿四五万的俸禄,冷了有衣穿,饿了有饭吃,养活自己之外,还能接济家庭,也算并没有亏待我这个白家的儿子啊!微之,微之,请不要挂念我吧!

几个月来,我从书箱中检出新旧诗稿,按种类分卷。第一类:自做拾遗以来,凡所遇所感,有关"美刺兴比"的,和自武德至元和,就内容标题,命名《新乐府》的,共一百五十首,叫做讽谕诗。第二类:或下班回家,或因病休养,知足保和,陶冶性情的,共一百首,叫做闲适诗。第三类:外界事物强烈地激起内心的情理,从而抒写这种感受的,共一百首,叫做感伤诗。第四类:凡五言七言,长篇短篇,自二百句到四句的,共四百多首,叫做杂律诗。编成十五卷,约八百首左右。将来见面,便拿给你看。

微之,古人说:"穷则独善其身,达则兼济天下。"我虽然没出息,还常常拿这话勉励自己。大丈夫所坚持的是原则,所等待的是时机。时机来了呢,像云中的龙,风里的鹏,豪迈地、毫不迟疑地奋力飞腾,做一番事业。时机不来呢,像大雾中的豹子,像高空里的飞鸿,静悄悄地隐藏起来。进也好,退也好,出来建功立业也好,呆在家里也好,在什么情况下不悠然自得呢?所以,我的志愿在于兼济天下,我的行动在于独善其身。把这种志愿和行动坚持到底,就是原则;把这种志愿和行动用语言表现出来,就是诗歌。叫做讽谕诗的,正是体现兼济天下的志愿的;叫做闲适诗的,正是反映独善其身的行动的。因而读我的诗歌的人,不难看出我的原则啊。此外如杂律诗多半是受一时一物、一笑一吟的触发,草草写成,不是我平生所重视的。只在亲戚朋友欢聚的时候,用来助兴,分别的时候,用来消愁。在编排的过程中没有删去,将来有替我编集子的,不妨抽掉它。

微之,重视耳闻而轻视眼见,推崇过去而贬低现代,这是人之常情啊!用不着征引古代的例子,就像近代的韦应物,他的歌行体的诗,不仅有才华,而且有深刻的社会意义;他的五言诗,也高雅闲淡,具有独特的风格,现在摇笔杆的人谁能赶上他。然而当他活着的时候，人们也不大重视；必须等到他死后，才推崇他。现在我的作品，人们所喜爱的，都不过是杂律诗和《长恨歌》之类。人们所重视的，正是我所轻视的。至于讽谕诗，意见尖锐而语言朴素；闲适诗，思想闲淡而音节和缓。朴素加和缓，人家不喜爱也是自然而然的。喜爱它们的，在同时代人中只有你一个啊！然而千百年后，怎料到再没有像你一样的人懂得喜爱我的诗歌呢？所以，八九年来，和你稍稍得意，就以诗歌互相警惕；稍受挫折，就以诗歌互相勉励；分居独处时，就以诗歌互相安慰；同在一起时，就以诗歌互相娱乐。了解我，责备我，都是由于诗歌啊！就像今年春天，在长安城南游玩，和你马上相戏，因而各自背诵清新艳丽的小诗，不混杂其他篇章。从皇子陂回到昭国里，你吟我唱，二十多里路上，声音不绝。樊宗师和李建在旁，没办法插嘴。了解我的人，把我看成诗仙；不了解我的人，把我看成诗魔。为什么呢？绞脑汁，费力气，日日夜夜，不知道辛苦，这不是诗魔又是什么！偶然和朋友遇到优美的风景，或者在花开的时候刚吃完饭，或者在月明的时候正吃醉酒，一咏一吟，忘记了老年就要到来；就是跨上鸾鹤，游览蓬莱仙境的人，也不见得更比这快乐，这不是诗仙又是什么！微之，微之，我和你之所以能够不顾形骸、忽略踪迹、蔑视富贵、轻视人间，也正是由于这个啊！这时候，你兴致勃勃，约我索取朋友们最擅长的诗歌，如张籍的古乐府，李绅的新歌行，卢拱、杨巨源的律诗，窦巩、元宗简的绝句，广泛地搜集，严格地选择，然后编排起来，叫做《元白往还诗集》。有作品被考虑编入这个诗集的朋友们，都踊跃欢喜，认为这是一件大事。唉！话还没有说完，你已经被贬到远方。过不了几个月，我也受到类似的打击。情绪低落，什么时候能够完成？这又是令人伤心的事情啊！

  还有，我曾经对你说：一般人搞创作，都自以为是，舍不得删改，往往有繁冗的缺点；至于哪一篇好，哪一篇坏，自己更无法辨别。必须等待有高明的见解而又不偏袒、不姑息的朋友共同讨论，加以删改淘汰，然后才能繁简适中。我和你写文章，更有繁多的毛病。自己都不满意，何况旁人呢！现在各人暂时将自己的诗歌散文编在一起，粗略地分一下卷，排一下次序；等和你见面的时候，各人再拿出自己的作品，完成从前的志愿。但又不知道相见是什么时候，相遇在什么地方。万一死神忽然降临，那怎么办呢？微之，微之，你能体会我的心情吗！

  浔阳的腊月天，从江上吹来凛冽的寒风，刺人肌肤。眼看到年底了，心绪更加悲凉。夜这么长，又睡不着觉，拿上笔，铺上纸，孤零零地趴在油灯前面，想到什么就写什么，层次不清。希望你读这封信的时候，不要因为它噜苏杂乱而感到厌倦，姑且用它代替一晚上的谈话吧！微之，微之，你能体会我的心情吗！

乐天再拜

原文

月日[②]，居易白[③]，微之足下[④]：

自足下谪江陵至于今，凡枉赠答诗仅百篇[⑤]。每诗来，或辱序[⑥]，或辱书，冠于卷首。皆所以陈古今歌诗之义[⑦]，且自述为文因缘与年月之远近也。仆既爱足下诗[⑧]，又谕足下此意[⑨]，常欲承答来旨，粗论歌诗大端，并自述为文之意，总为一书，致足下前。累岁以来，牵故少暇；间有容隙，或欲为之，又自思所陈，亦无出足下之见，临纸复罢者数四，卒不能成就其志，以至于今。今俟罪浔阳[⑩]，除盥栉食寝外无余事[⑪]，因览足下去通州日所留新旧文二十六轴[⑫]，开卷得意，忽如会面。心所蓄者，便欲快言，往往自疑，不知相去万里也。既而愤悱之气思有所泄[⑬]，遂追就前志，勉为此书。足下幸试为仆留意一省。

夫文尚矣[⑭]，“三才”各有文[⑮]；天之文，“三光”首之[⑯]；地之文，“五材”首之[⑰]；人之文，《六经》首之[⑱]。就《六经》言，《诗》又首之。何者？圣人感人心而天下和平。感人心者，莫先乎情，莫始乎言，莫切乎声，莫深乎义。诗者，根情、苗言，华声、实义。上自贤圣，下至愚呆[⑲]，微及豚鱼，幽及鬼神，群分而气同，形异而情一，未有声入而不应，情交而不感者。圣人知其然，因其言，经之以“六义”[⑳]；缘其声，纬之以“五音”[㉑]。音有韵[㉒]，义有类[㉓]。韵协则言顺，言顺则声易入；类举则情见[㉔]，情见则感易交。于是乎孕大含深，贯微洞密，上下通而一气泰[㉕]，忧乐合而百志熙[㉖]。二帝三王[㉗]所以直道而行，垂拱而理者[㉘]，揭此以为大柄[㉙]，决此以为大宝也。

故闻“元首明，股肱良”之歌[㉚]，则知虞道昌矣[㉛]。闻《五子洛汭之歌》[㉜]，则知夏政荒矣。言者无罪，闻者足戒。言者闻者，莫不两尽其心焉。

洎周衰秦兴[㉝]，采诗官废[㉞]。上不以诗补察时政，下不以歌泄道人情[㉟]。乃至于谄成之风动，救失之道缺。于时六义始刓矣[㊱]。

《国风》变为《骚辞》[㊲]，五言始于苏、李[㊳]。苏、李、骚人[㊴]，皆不遇者，各系其志，发而为文。故河梁之句[㊵]，止于伤别；泽畔之吟[㊶]，归于怨思。彷徨抑郁，不暇及他耳。然去《诗》未远,梗概尚存。故兴离别,则引"双凫""一雁"为喻㊷;讽君子小人,则引"香草""恶鸟"为比㊸。虽义类不具㊹,犹得风人之什二三焉㊺。于时六义始缺矣。

晋、宋以还,得者盖寡㊻。以康乐之奥博㊼,多溺于山水;以渊明之高古㊽,偏放于田园;江、鲍之流㊾,又狭于此。如梁鸿《五噫》之例者㊿,百无一二焉。于时六义寖微矣。

陵夷至于梁、陈间㉛,率不过嘲风雪㉜,弄花草而已。噫,风雪花草之物,三百篇中岂舍之乎㉝?顾所用何如耳㉞。设如"北风其凉"㉟,假风以刺威虐也;"雨雪霏霏",因雪以愍征役也㊱;"棠棣之华"㊲,感华以讽兄弟也;"采采芣苢"㊳,美草以乐有子也。皆兴发于此而义归于彼。反是者,可乎哉!然则,"余霞散成绮,澄江净如练"㊴,"离花先委露,别叶乍辞风"之什㊵,丽则丽矣,吾不知其所讽焉。故仆所谓嘲风雪,弄花草而已。于时六义尽去矣。

唐兴二百年,其间诗人不可胜数㊶。所可举者,陈子昂有《感遇诗》二十首㊷,鲍防有《感兴诗》十五首㊸。又诗之豪者,世称李、杜。李之作,才矣奇矣,人不逮矣㊹,索其风雅比兴,十无一焉。杜诗最多,可传者千余首;至于贯穿今古,觥缕格律㊺,尽工尽善,又过于李。然撮其《新安吏》㊻、《石壕吏》、《潼关吏》、《塞芦子》、《留花门》之章,"朱门酒肉臭,路有冻死骨"之句,亦不过三四十首。杜尚如此,况不逮杜者乎!

仆常痛诗道崩坏,忽忽愤发。或食辍哺,夜辍寝㊼,不量才力,欲扶起之。嗟乎,事有大谬者,又不可一二而言。然亦不能不粗陈于左右㊽。

仆始生六七月时,乳母抱弄于书屏下,有指"无"字"之"字示仆者,仆虽口未能言,心已默识;后有问此二字者,虽百十其试,而指之不差。则仆宿习之缘,已在文字中矣。及五六岁,便学为诗。九岁,谙识声韵。十五六始知有进士,苦节读书。二十已来,昼课赋,夜课书,间又课诗,不遑寝息矣㊾。以至于口舌成疮,手肘成胝,既壮而肤革不丰盈,未老而齿发早衰白,瞥瞥然如飞蝇垂珠在眸子中也㊿,动以万数㉛。盖以苦学力文所致,又自悲矣。家贫多故,二十七方从乡试㉜,既第之后,虽专于科试,亦不废诗。及授校书郎时,已盈三四百首。或出示交友如足下辈,见皆谓之工,其实未窥作者之域耳。

自登朝来,年齿渐长,阅事渐多。每与人言,多询时务;每读书史,多求理道。始知文章合为时而著,歌诗合为事而作。是时皇帝初即位,宰府有正人。屡降玺书㉝,访人急病。仆当此日,擢在翰林㉞,身是谏官,月请谏纸,启奏之外,有可以救济人病,裨补时阙⑤,而难于指言者⑥,辄咏歌之⑦,欲稍稍递进闻于上⑧。上以广宸聪⑨,副忧勤⑩;次以酬恩奖,塞言责;下以复吾平生之志⑪。岂图志未就而悔已生⑫,言未闻而谤已成矣。

又请为左右终言之:凡闻仆《贺雨诗》,而众口籍籍⑬,已谓非宜矣;闻仆《哭孔戡诗》,众面脉脉,尽不悦矣;闻《秦中吟》,则权豪贵近者,相目而变色矣;闻《乐游原》寄足下诗,则执政柄者扼腕矣⑭;闻《宿紫阁村诗》,则握军要者切齿矣。大率如此,不可遍举。不相与者号为沽名⑮,号为诋讦,号为讪谤。苟相与者⑯,则如牛僧孺之戒焉⑰。乃至骨肉妻孥⑱,皆以我为非也。其不我非者,举世不过三两人。有邓鲂者⑲,见仆诗而喜,无何而鲂死。有唐衢者⑳,见仆诗而泣,未几而衢死。其余即足下,足下又十年来困踬若此㉑。呜呼,岂"六义""四始"之风㉒,天将破坏不可支持耶。抑又不知天之意不欲使下人之病苦闻于上耶?不然,何有志于诗者,不利若此之甚也!

然仆又自思关东一男子耳。除读书属文外,其他懵然无知㉓。乃至书画棋博,可以接群居之欢者,一无通晓,即其愚拙可知矣。初应进士时,中朝无缌麻之亲㉔,达官无半面之旧㉕。策蹇步于利足之途㉖,张空拳于战文之场。十年之间,三登科第,名入众耳,迹升清贯㉗,出交贤俊,入侍冕旒㉘。始得名于文章,终得罪于文章。亦其宜也。

日者又闻亲友间说:礼、吏部举选人,多以仆私试赋判传为准的㉙。其余诗句,亦往往在人口中。仆恧然自愧㉚,不之信也。及再来长安,又闻有军使高霞寓者,欲聘倡妓。妓大夸曰:"我诵得白学士《长恨歌》,岂同他妓哉!"由是增价。又足下书云:到通州日,见江馆柱间有题仆诗者。复何人哉!又昨过汉南日,适遇主人集众乐娱他宾,诸妓见仆来,指而相顾曰:"此是《秦中吟》、《长恨歌》主耳。"自长安抵江西,三四千里,凡乡校、佛寺、逆旅、行舟之中,往往有题仆诗者;士庶、僧徒、孀妇、处女之口,每每有咏仆诗者。此诚雕虫之戏㉛,不足为多。然今时俗所重,正在此耳。虽前贤如渊、云者㉜,前辈如李、杜者,亦未能忘情于其间哉!古人云:"名者公器,不可以多取。"仆是何者,窃时之名已多。既窃时名,又欲窃时之富贵,使已为造物者,肯兼与之乎?今之迍穷㉝,理固然也。

况诗人多蹇㉞。如陈子昂、杜甫,各授一拾遗,而迍剥至死㉟。李白、孟浩然辈㊱,不及一命,穷悴终身。近日孟郊六十㊲,终试协律,张籍五十㊳,未离一太祝。彼何人哉!彼何人哉!况仆之才,又不逮彼。今虽谪佐远郡,而官品至第五,月俸四五万,寒有衣,饥有食,给身之外,施复家人。亦可谓不负白氏之子矣。微之微之,勿念我哉!

仆数月来,检讨囊帙中⑩,得新旧诗,各以类分,分为卷。首自拾遗来,凡所遇、所感,关于"美刺兴比"者,又自武德迄元和,因事立题,题为《新乐府》者,共一百五十首,谓之讽谕诗。又或退公独处,或移病闲居,知足保和,吟玩性情者一百首,谓之闲适诗。又有事物牵于外,情理动于内,随感遇而形于叹咏者一百首,谓之感伤诗。又有五言、七言、长句、绝句,自一百韵至两韵者⑪,四百余首,谓之杂律诗。凡为十五卷,约八百首。异时相见,当尽致于执事⑪。

微之,古人云:"穷则独善其身,达则兼济天下⑫。"仆虽不肖⑬,常师此语。大丈夫所守者道,所待者时。时之来也,为云龙,为风鹏,勃然突然,陈力以出⑭;时之不来也,为雾豹⑮,为冥鸿⑯,寂兮寥兮,奉身而退。进退出处,何往而不自得哉?故仆志在兼济,行在独善⑰。奉而始终之则为道,言而发明之则为诗。谓之讽谕诗,兼济之志也;谓之闲适诗,独善之义也。故览仆诗,知仆之道焉。其余杂律诗,或诱于一时一物,发于一笑一吟,率然成章,非平生所尚者。但以亲朋合散之际,取其释恨佐欢。今铨次之间⑱,未能删去,他时有为我编集斯文者,略之可也。

微之,夫贵耳贱目,荣古陋今,人之大情也。仆不能远征古旧,如近岁韦苏州歌行⑲,才丽之外,颇近兴讽;其五言诗又高雅闲淡,自成一家之体。今之秉笔者,谁能及之?然当苏州在时,人亦未甚爱重;必待身后,然后人贵之。今仆之诗,人所爱者,悉不过杂律诗与《长恨歌》以下耳。时之所重,仆之所轻。至于讽谕者,意激而言质,闲适者,思淡而词迂;以质合迂,宜人之不爱也。今所爱者,并世而生,独足下耳。然千百年后,安知复无如足下者出而知爱我诗哉。故自八九年来,与足下小通则以诗相戒,小穷则以诗相勉,索居则以诗相慰⑳,同处则以诗相娱。知吾罪吾,率以诗也。如今年春游城南时,与足下马上相戏,因各诵新艳小律,不杂他篇,自皇子陂归昭国里,迭吟递唱,不绝声者二十里余。樊李在旁㉑,无所措口。知我者以为诗仙,不知我者以为诗魔。何则?劳心灵,役声气,连朝接夕,不自知其苦,非魔而何!偶同人当美景,或花时宴罢,或月夜酒酣,一咏一吟,不知老之将至。虽骖鸾鹤、游蓬瀛者之适㉒,无以加于此焉。又非仙而何!微之,微之,此吾所以与足下外形骸、脱踪迹、傲轩鼎㉓、轻人寰者,又以此也。当此之时,足下兴有余力,且欲与仆悉索还往中诗㉔,取其尤长者,如张十八古乐府㉕、李二十新歌行㉖、卢、杨二秘书律诗㉗、窦七、元八绝句[122]，博搜精掇，编而次之，号《元白往还诗集》。众君子得拟议于此者，莫不踊跃欣喜，以为盛事。嗟乎，言未终而足下左转，不数月而仆又继行。心期索然，何日成就，又可为之叹息矣。

又仆尝语足下：凡人为文，私于自是，不忍于割截，或失于繁多；其间妍媸，益又自惑。必待交友有公鉴无姑息者，讨论而削夺之，然后繁简当否得其中矣。况仆与足下为文，尤患其多。己尚病之，况他人乎！今且各纂诗笔[129]，粗为卷第，待与足下相见日，各出所有，终前志焉。又不知相遇是何年，相见在何地，溘然而至[130]，则如之何？微之，微之，知我心哉！浔阳腊月，江风苦寒，岁暮鲜欢[131]，夜长无睡。引笔铺纸，悄然灯前，有念则书，言无次第。勿以繁杂为倦，且以代一夕之话也。微之，微之，知我心哉！乐天再拜。

注释

①元九：即元稹，字微之。这封信是白居易在江州写给元稹的　②月日：某月某日。　③白：陈述。相当现代书信中常用的"启"。　④足下：对对方的尊称。　⑤枉："屈就"的意思，用以表示对对方尊重。仅：这里作"几乎"、"差不多"讲。唐朝人的诗文中多有这样用法。如杜甫诗："山城仅百层。"　⑥辱：和"屈"的用法相似，过去书信中的客套话中常用。辱序：屈就你写序。　⑦陈：陈述。　⑧仆：第一人称代词，相当于"我"，不过多一层自谦的意思。⑨谕：理解、领会。　⑩俟(sì)：等待。封建时代的官吏时常耽心因失职得罪，所以以"俟罪""待罪"为谦辞。　⑪盥栉(guàn zhì)：洗脸梳头。　⑫轴：这里相当于"卷"。　⑬愤悱：抑郁烦闷。　⑭尚：久远。　⑮三才：天、地、人。　⑯三光：日、月、星。⑰五材：金、木、水、火、土。　⑱《六经》：《诗》、《书》、《易》、《礼》、《乐》、《春秋》。　⑲愚呆(ái)：愚人、呆子。　⑳"六义"：汉代人认为《诗经》有"六义"，即：风、雅、颂、赋、比、兴。前三者是《诗经》在音乐上的分类，后三者是诗歌的表现手法。就其实质说，"六义"兼指《诗经》的体裁和表现手法。白居易在提到"六义"，或"风雅比兴"、"美刺比兴"的时候，往往更着重于《诗经》的现实主义精神。　㉑经、纬：在这里都作动词用，是组织的意思。五音：又叫五声，即宫、商、角、徵、羽。　㉒韵：凡声母相同的字，属同一韵。　㉓"义"即上文的"六义"。"义有类"，是指几种不同的体裁和不同的表现手法。　㉔"类"是上文"义有类"的类。"类举则情见"的意思是：选择恰当的体裁和表现手法，情感就容易表达出来。　㉕泰：通泰。㉖熙：和乐、和平。　㉗二帝：尧、舜。三王：夏代的禹、商代的汤、周代的文王、武王。　㉘垂拱而理：垂衣、拱手，治理天下。即所谓"无为而治"。　㉙柄：权柄。　㉚"元首明哉，股肱良哉，庶事康哉！"见《尚书·皋陶谟》。"元首"指君，"股肱"指臣。　㉛虞：朝代名。传说中舜有天下时期。　㉜即伪古文《尚书·五子之歌》。据说：夏代的统治者太康荒淫失国，其弟五人在洛汭等他，述大禹之戒以作歌。其中之一是："惟彼陶唐，有此冀方；今失厥

道，乱其纪纲。乃底灭亡。” ㉝洎(jì)：同“及”。 ㉞采诗官：汉代以来的许多学者认为古代有采诗之官。如《汉书·艺文志》：“古有采诗之官，王者所以观风俗，知得失，自考正也。”白居易以这种理想化了的采诗制度为根据，建立他的现实主义诗歌理论，是和韩愈在“复古”的口号下进行散文改革的精神一致的。 ㉟道：同“导”。 ㊱刓(wán)：削。 ㊲骚辞：指以屈原的《离骚》为代表的楚辞。 ㊳苏李：指苏武、李陵。过去有些人认为苏武、李陵的赠答诗是五言诗之祖，其实苏、李赠答诗是后人的伪作。 ㊴骚人：指屈原。 ㊵指苏李赠答诗。李陵与苏武诗第三首：“携手上河梁，游子暮何之！徘徊蹊路侧，悢悢不能辞。行人难久留，各言长相思，安知非日月，弦望自有时。努力崇明德，皓首以为期。” ㊶指屈原的《离骚》等作品。《楚解》《渔父》篇：“屈原既放，游于江潭，行吟泽畔；颜色憔悴，形容枯槁……” ㊷苏武诗：“双凫俱北飞，一雁独南翔。子当留斯馆，我当还故乡。……” ㊸王逸《离骚经序》：“《离骚》之文，依诗取兴，引类譬喻。故善鸟香草，以配忠贞；恶禽臭物，以比谗佞。” ㊹不具：不完备。 ㊺什二三：十分之二三。 ㊻盖：大概。寡：少。 ㊼康乐，即谢灵运(385—433)。谢灵运封康乐公，故又称谢康乐，曾做过山水优美的永嘉太守，诗作偏重于山水的描写。白居易对他没有反映重大的社会问题而感到遗憾，但对他的山水诗的成就，还是肯定的，在《读谢灵运诗》中说：“……谢公才廓落，与世不相遇；壮志郁不用，须有所泄处。泄为山水诗，逸韵谐奇趣，大必笼天海，细不遗草树，岂惟玩景物，亦欲摅心素；往往即事中，未能忘兴谕。因知康乐作，不独在章句。” ㊽渊明：陶潜。 ㊾江、鲍：指江淹、鲍照。(50)梁鸿：字伯鸾，汉章帝时人，与妻孟光居霸陵山中，以耕、织为业。曾东出关，路过京城，作《五噫歌》。歌辞是：“陟彼北芒兮，噫！顾瞻帝京兮，噫！宫阙崔巍兮，噫！民之劬劳兮，噫！辽辽未央兮，噫！” (51)陵：山陵。夷：平。陵夷：山陵夷为平地，是走下坡路的意思。(52)率：大抵、都。 (53)三百篇：即《诗经》。《诗经》共三〇五篇，约称三百篇。 (54)顾：文言文中作转折词用，相当于“但”。 (55)“北风其凉”：《诗经·邶风·北风》篇的第一句。全诗是讽刺虐政的。 (56)“雨雪霏霏”：《诗经·小雅·采薇》篇最后一章中的句子。全诗是写戍守边防的兵士生活的，最后一章：“昔我往矣，杨柳依依。今我来思，雨雪霏霏。行道迟迟，载渴载饥。我心伤悲，莫知我哀。”愍(mǐn)：怜悯。 (57)“棠棣之华”：《诗经·小雅·棠棣》篇中的句子。全诗是劝谕兄弟友爱的。棠棣，植物名。果实像李子，但略小。花两三朵为一缀。诗人看到棠棣之华(花)两三朵彼此相依，联想到兄弟应该互助团结。 (58)“采采芣苢”：《诗经·周南·芣苢》篇中的句子。 (59)“余霞”两句：谢朓《晚登三山还望京邑》诗中的句子。 (60)“离花”两句：鲍照《玩月城西门廨中》诗中的句子。什：《诗经》中的雅、颂，十篇为“什”，后来因称诗篇为“什”。 (61)不可胜(shēng)数(shǔ)：计算不完，言其多。胜，尽。数，计算数目。 (62)陈子昂(661—702)，是初唐时期以“复古”为口号而大力提倡诗歌改革的诗人，白居易显然受了他的影响。他在《修竹篇》的序中说：“文章道弊五百年矣，汉魏风骨，晋、宋莫传，然而文献有可征者，仆尝暇时观齐梁间诗，彩丽竞繁，而兴寄都绝，每以永叹，窃思古人，常恐逶迤颓靡，风雅不作，以耿耿也。”白居易的说法正和这一致。他的《感遇诗》三十八首(白居易说二十首,不确),就是他的诗歌理论的实践。诗见《陈伯玉文集》。 ㊳鲍防,字子慎,天宝末举进士,善辞章。《新唐书》本传说他"于诗尤工,有所感发,以讥切世敝,当时称之。" ㊷逮(dài):及。 ㊺靦缕(luó lǚ):委曲详备。 ㊻撮(cuō):摘取。 ㊼哺:吃饭。寝:睡觉。 ㊽左右:过去书信中用以称对方,表示尊敬。 ㊾不遑:不暇。 ㊿瞥瞥然:晃动貌。眸子:眼中瞳仁。 ○71动以万数:动不动就以五位数字计算。 ○72乡试:唐代州县的考试叫乡试。白居易在宣城参加乡试。考取后,由宣州太守"贡到京城,考进士"。 ○73玺(xǐ):本来是印章的通称,秦以后专指帝王的印。玺书:本来指盖印章的文书,秦以后专指皇帝的诏书。 ○74擢(zhuó):提拔。 ○75裨(bì):益,补。阙:同缺。 ○76指言:直言。 ○77辄(zhé):常。 ○78上:皇上。 ○79宸(chén):皇帝居住之处,因此代替皇帝。宸聪:皇帝的听闻。 ○80副:协助。 ○81复:酬答。 ○82岂图:不料。 ○83籍籍:聒噪。 ○84扼腕:握持手腕。有三义:一、表示失意,二、表示振奋,三、表示愤怒。这里是第三义。 ○85相与者:有交往的人。 ○86苟:假若、如果。 ○87牛僧孺:字思黯,唐穆宗时宰相,牛、李党争中牛党的领袖。他在元和时对策,指陈时政,语言激烈,受到处分。所以白居易的朋友劝白以牛僧孺为戒。 ○88妻孥(nú):妻子。 ○89邓鲂:白居易同时的诗人,贫困早死。白居易有《邓鲂、张彻落第诗》和《读邓鲂诗》,后者是邓鲂死后写的,录如后:"尘架多文集,偶取一卷披,未及看姓名,疑是陶潜诗。看名知是君,恻恻令我悲。诗人多蹇厄,近日诚有之:京兆杜子美,犹得一拾遗;襄阳孟浩然,亦闻鬓成丝。嗟君两不如,三十在布衣,擢第禄不及,新婚妻未归,少年无疾患,溘死于路岐。天不与爵寿,唯与好文词。此理勿复道,巧历不能推。" ○90唐衢:见前《伤唐衢诗》及注解。 ○91踬(zhì):被障碍物绊倒叫踬。困踬:指受打击、不顺利。 ○92"四始":《史记·孔子世家》中说:《诗经》的《关雎》篇为《国风》之始,《鹿鸣》篇为《小雅》之始,《文王》篇为《大雅》之始,《清庙》篇为《颂》之始。这里的"四始"实际上是指《诗经》。 ○93懵(měng)然:无知的样子。 ○94缌麻:"五服"中的最轻者,穿丧服三个月。"无缌麻之亲",是说连关系疏远的亲属或亲戚也没有。 ○95半面之旧:不很相熟的朋友。 ○96蹇(jiǎn):跛。利足:是"蹇步"的反面,即捷足。这句的意思是:自己拖着蹇步和那些利足的人们在"仕途"上赛跑。"利足",借指善于钻营奔走。 ○97清贯:指侍从皇帝的官员。 ○98冕旒:古代最尊贵的礼冠,天子之冕十二旒(用五采丝绳穿五采玉,叫旒),诸侯以下递减。这里指天子的冕旒,实际上是指皇帝。 ○99赋、判:两种文体。 ○100恧(nǜ)然:惭愧的样子。 ○101扬雄《法言》中认为辞赋是小孩子雕虫篆刻的玩艺儿,壮夫不为。 ○102渊、云:指王褒、扬雄。王褒字子渊、扬雄字子云,二人都以辞赋著称。 ○103迍(zhūn):困厄。 ○104蹇:这里作"困顿"、"不得意"解。 ○105迍剥:困顿。 ○106孟浩然:和李白同时的诗人,参看前面《游襄阳怀孟浩然》注解。 ○107孟郊(751—814):和白居易同时的诗人。 ○108张籍:和白居易同时的诗人。参看前面《读张籍古乐府》诗注解。 ○109帙(zhì):书套。 ○110旧体诗以两句为一韵。 ○111执事:对对方的尊称,与"左右"相似。 ○112语见《孟子》,"兼济"作"兼善"。 ○113不肖:不贤。 ○114陈力:拿出力量。 ○115雾豹:藏在雾里的豹子。《古列女传》上说:"南山有玄豹,雾雨七日而不食者何也？欲以泽其毛而成文章也。" ⑯冥鸿：飞在高空的鸿雁。扬雄《法言·问明》："鸿飞冥冥，弋人何篡焉。""冥冥"是遥远的天空，人是捕鸟的人。意思是：鸿飞在远空，捕鸟的人捕不到它。 ⑰"志在兼济，行在独善"，是修己以安人的意思。 ⑱铨(quán)次：排次序、编排。 ⑲韦苏州：即较白居易稍早的诗人韦应物。贞元初年，他做苏州刺史，所以被称为韦苏州。 ⑳索居：离开朋友独居。 ㉑樊、李：当指樊宗师、李建。 ㉒古代传说，渤海中有蓬莱、方丈、瀛洲三座仙山。蓬瀛即蓬莱、瀛洲。 ㉓古代大夫以上的官坐的车叫"轩"。"鼎"是烹饪器，古代大官"列鼎而食"。诸侯五鼎食（牛、羊、豕、鱼、麋），卿大夫三鼎食。这里的"轩鼎"指达官贵人。 ㉔还往：往来的朋友。 ㉕张十八：张籍。 ㉖李二十：李绅。 ㉗卢、杨二秘书：卢拱、杨巨源。 ㉘窦七、元八：窦巩、元宗简。 ㉙笔：古代把没有韵的文章叫"笔"。 ㉚溘(kè)然：本作"忽然"讲，这里指死。 ㉛鲜：少

祭十二郎文

韩 愈

年、月、日，小叔叔愈，在听到你去世消息的第七天，才能强忍哀痛，倾吐衷情，派遣建中打老远赶去，备办些时鲜食品，祭告于十二郎灵前：

唉！我从小就做了孤儿——等到长大，连父亲是什么样子都记不清，唯一的依靠，就是哥哥和嫂嫂。哥哥才到中年，又死于南方，我和你都年幼，跟随嫂嫂把哥哥的灵柩送回河阳安葬。后来又和你跑到江南宣州找饭吃，虽然零丁孤苦，但没有一天和你分离过。我上面有三个哥哥，都不幸早死，继承先人后嗣的，在孙子辈中只有一个你，在儿子辈中只有一个我，两代都是独苗苗，身子孤单，影子也孤单。嫂嫂曾经一手抚你、一手指我说："韩家两代人，就只有你们了！"你当时更小，大概没有留下什么记忆；我虽然能记得，但那时候并不懂得嫂嫂的话有多么悲酸啊！

我十九岁那年，初次来到京城。此后四年，我到宣州去看你。又过了四年，我往河阳扫墓，碰上你送我嫂嫂的灵柩前来安葬。又过了两年，我在汴州做董丞相的助手，你来看我，住了一年，要求回去接妻子。第二年，董丞相去世，我离开汴州，你接家眷来与我同住的事儿便化为泡影。这一年，我在徐州协理军务，派去接你的人刚动身，我又离职，你又没有来得成。我想就算你跟我到徐州，那还是异乡做客，不是长久之计。作长远打算，不如回到西边的故乡去，等我先安好家，然后接你来。唉！谁能料到你突然离开我去世了呢？我

和你都年轻,满以为尽管暂时分离,终于会长久团聚的,所以才丢下你跑到京城求官做,企图挣几斗禄粮。如果早知道会弄出这么个结局,即便有万乘之国的宰相职位等着我,我也不愿一天离开你而去就任啊!

去年孟东野到你那边去,我捎信给你说:"我论年纪虽然还不到四十岁,可是两眼已经昏花,两鬓已经斑白,牙齿也摇摇晃晃。想到我的几位叔伯和几位兄长都身体健康、却都过早地逝世,像我这样衰弱的人,哪能长命呢?我离不开这儿,你又不肯来,生怕我早晚死去,使你陷入无边无际的悲哀啊!"谁料年轻的先死而年长的还活着、强壮的夭折而病弱的却保全了呢?唉!这是真的呢?还是做梦呢?还是传信的弄错了真实情况呢?如果是真的,我哥哥的美好品德反而会使他的儿子短命吗?你这样纯洁聪明却不应该承受先人的恩泽吗?年轻的强壮的反而夭亡,年长的衰弱的反而全活,这是万万不能相信的啊!这是在做梦,这是传错了消息。可是,东野报丧的信件,耿兰述哀的讣文,为什么又分明放在我身边呢?唉!这是真的啊!我哥哥的美好品德反而使得他的儿子夭亡了啊!你纯洁聪明最适于继承家业,却不能承受先人的恩泽了啊!所谓"天",实在测不透;所谓"神",的确弄不清啊!所谓"理",简直没法推;所谓"寿",根本不可知啊!

虽然如此,我从今年以来,花白的头发有的已经全白了,动摇的牙齿有的已经脱落了,体质一天比一天衰弱,精神一天比一天衰退,还有多少时间不跟随你死去呢!死后如果有知觉,那我们的分离还能有多久?如果没有知觉,那我哀伤的时间也就不会长,而不哀伤的日子倒是无穷无尽啊!你的儿子才十岁,我的儿子才五岁。年富力强的都保不住,这样的小孩儿,又能期望他们长大成人吗?唉!实在伤心啊!实在伤心啊!

你去年来信说:"近来得了软脚病,越来越厉害。"我回信说:"这种病,江南人多数有。"并不曾为此而发愁。唉!难道这种病竟然夺去了你的生命吗?还是另患重病而无法挽救呢?你的信,是六月十七日写的;东野来信说,你死于六月二日;耿兰报丧的信没有说明你死于哪月哪日。大约东野的使者没有向家人问明死期;耿兰报丧的信不懂得应当说明死期;东野给我写信时向使者询问死期,使者不过信口胡答罢了。是这样呢?不是这样呢?

如今我派遣建中祭奠你,慰问你的儿子和你的乳母,他们如果有粮食可以维持到三年丧满,就等到丧满以后接他们来;如果生活困难而无法守满丧期,现在就把他们接来。其余的奴婢,都让他们为你守丧。等到我有力量改葬的时候，一定把你的灵柩从宣州迁回，安葬于祖先的坟地，这样才算了却我的心愿。唉！你生病我不知道时间；你去世我不知道日期；你活着我们不能互相照顾，同住一起；你死后我又不能抚摸你的遗体，尽情痛哭；入敛之时不曾紧靠你的棺材；下葬之时不曾俯视你的墓穴；我的德行有负于神灵，因而使你夭亡；我不孝顺、不慈爱，因而既不能和你互相照顾，一同生活，又不能和你互相依傍，一起死去。一个在天涯，一个在地角。活着的时候，你的影子不能和我的身子靠拢；去世以后，你的灵魂不能和我的梦魂亲近。这都是我自己造成的恶果，还能怨谁呢！茫茫无际的苍天啊，我的悲哀何时才有尽头呢！

　　从今以后，我对这个世界还有什么可以留恋的！打算回到故乡去，在伊水、颍水旁边买几顷田，打发我剩余的岁月。教育我的儿子和你的儿子，希望他们成才；抚养我的女儿和你的女儿，等待她们出嫁。我想要做的，不过如此罢了。唉！话有说尽的时候，而悲痛的心情却是没完没了的，你是能够理解呢？还是什么都不知道了呢？唉！伤心啊！希望你的灵魂能来享用我的祭品啊！

原　文

　　年、月、日，季父愈闻汝丧之七日，乃能衔哀致诚，使建中远具时羞之奠，告汝十二郎之灵①：

　　呜呼！吾少孤，及长，不省所怙②，惟兄嫂是依。中年，兄殁南方，吾与汝俱幼，从嫂归葬河阳③。既又与汝就食江南，零丁孤苦，未尝一日相离也。吾上有三兄，皆不幸早世，承先人后者，在孙惟汝，在子惟吾，两世一身，形单影只。嫂尝抚汝指吾而言曰："韩氏两世，惟此而已！"汝时尤小，当不复记忆；吾时虽能记忆，亦未知其言之悲也。

　　吾年十九，始来京城。其后四年，而归视汝。又四年，吾往河阳省坟墓，遇汝从嫂丧来葬。又二年，吾佐董丞相于汴州④，汝来省吾，止一岁，请归取其孥⑤。明年，丞相薨，吾去汴州，汝不果来。是年，吾佐戎徐州⑥，使取汝者始行，吾又罢去，汝又不果来。吾念汝从于东，东亦客也，不可以久，图久远者，莫如西归，将成家而致汝。呜呼！孰谓汝遽去吾而殁乎⑦！吾与汝俱少年，以为虽暂相别，终当久相与处，故舍汝而旅食京师，以求斗斛之禄。诚知其如此，虽万乘之公相，吾不以一日辍汝而就也！

　　去年，孟东野往⑧，吾书与汝曰："吾年未四十，而视茫茫，而发苍苍，而齿牙动摇。念诸父与诸兄,皆康强而早世,如吾之衰者,其能久存乎?吾不可去,汝不肯来,恐旦暮死,而汝抱无涯之戚也。"孰谓少者殁而长者存,强者夭而病者全乎!呜呼!其信然邪?其梦邪?其传之非其真邪?信也,吾兄之盛德而夭其嗣乎?汝之纯明而不克蒙其泽乎?少者强者而夭殁、长者衰者而存全乎?未可以为信也!梦也,传之非其真也,东野之书,耿兰之报⑨,何为而在吾侧也?呜呼!其信然矣!吾兄之盛德而夭其嗣矣!汝之纯明宜业其家者,不克蒙其泽矣!所谓天者诚难测,而神者诚难明矣!所谓理者不可推,而寿者不可知矣!

虽然,吾自今年来,苍苍者或化而为白矣,动摇者或脱而落矣,毛血日益衰,志气日益微,几何不从汝而死也!死而有知,其几何离?其无知,悲不几时,而不悲者无穷期矣。汝之子始十岁,吾之子始五岁,少而强者不可保,如此孩提者,又可冀其成立邪?呜呼哀哉!呜呼哀哉!

汝去年书云:"比得软脚病,往往而剧。"吾曰:"是疾也,江南之人常常有之。"未始以为忧也。呜呼!其竟以此而殒其生乎?抑别有疾而致斯乎?汝之书,六月十七日也;东野云,汝殁以六月二日;耿兰之报无月日。盖东野之使者,不知问家人以月日;如耿兰之报,不知当言月日;东野与吾书,乃问使者,使者妄称以应之耳。其然乎?其不然乎?

今吾使建中祭汝,吊汝之孤与汝之乳母。彼有食可守以待终丧,则待终丧而取以来;如不能守以终丧,则遂取以来。其余奴婢,并令守汝丧。吾力能改葬,终葬汝于先人之兆⑩,然后惟其所愿。呜呼!汝病吾不知时,汝殁吾不知日,生不能相养以共居,殁不能抚汝以尽哀,敛不凭其棺,窆不临其穴⑪,吾行负神明,而使汝夭,不孝不慈,而不得与汝相养以生、相守以死,一在天之涯,一在地之角,生而影不与吾形相依,死而魂不与吾梦相接,吾实为之,其又何尤!"彼苍者天","曷其有极"⑫。

自今以往,吾其无意于人世矣!当求数顷之田于伊、颍之上⑬,以待余年。教吾子与汝子,幸其成;长吾女与汝女,待其嫁。如此而已。呜呼!言有穷而情不可终,汝其知也邪?其不知也邪?呜呼哀哉!尚飨⑭!

注释

①十二郎:韩愈次兄韩介之子,过继给其长兄韩会,因在族中排行十二,故称十二郎。　②怙(hù):依靠。《诗经·小雅·蓼莪》里有"无父何怙",后来就常用来形容对父亲的依靠。③河阳:在今河南孟县。　④董丞相:指董晋。曾任御史中丞、御史大夫,兼任过汴州刺史。

汴州：州治在今河南开封。　⑤孥(nú)：妻子儿女统称。　⑥佐戎：辅佐军事。韩愈当时在徐州任节度推官。徐州：即今江苏徐州。　⑦遽(jù)：突然。　⑧孟东野：孟郊字东野，唐代著名诗人。　⑨耿兰：十二郎的仆人。　⑩兆：墓地。　⑪窆(biǎn)：落葬。　⑫曷(hé)：何。　⑬伊：伊河，在今河南西部。颍：颍河，在今安徽西部和河南东部，是淮河的支流。⑭尚飨(xiǎng)：亦作"尚享"。飨，祭品。

祭鳄鱼文

韩　愈

维年月日，潮州刺史韩愈，派遣军事衙推秦济，把一头羊、一口猪投到恶溪的潭水里，给鳄鱼吃，并对鳄鱼说：

在古代，有贤德的帝王拥有广大的国土，封锁深山大泽，用网捕，用刀刺，把那些祸害人民的毒虫凶蛇恶兽驱逐到四海之外。到了后代，有些君主德薄力弱，不能维护辽远的地区，连长江、汉水之间都丢给蛮、夷、楚、越，更何况地处五岭、南海之间，距离京城万里之遥的潮州呢？鳄鱼在这里潜伏繁殖，也算很合宜的场所。当今的天子，继承了大唐帝国的皇位，神圣、仁慈、威武，四海之外，宇宙之内，所有地方都归他统治，更何况大禹行踪所至、古代扬州所辖、刺史县令所管、进贡纳税以供天地宗庙百神祭祀之费的潮州呢？鳄鱼啊，你们不应该和我这个刺史官共同居住在这片土地上啊！

刺史奉天子的命令，镇守这里的土地，治理这里的人民，而鳄鱼却张大眼睛，跃出潭水，侵占土地，吞食人、畜、熊、豕、鹿、獐，从而养肥你们的身体，孕育你们的子孙，与刺史抗拒争雄。我这个刺史官，虽然驽钝软弱，又怎肯在鳄鱼面前低首下心，战惧恐栗，给吏民丢脸，苟且偷生于堂堂官府之中呢！况且，我是接受天子的任命来这里做官的，我的地位和职责，使我不得不向鳄鱼讲明道理：

鳄鱼啊！你们如果有灵性，就听刺史说：潮州这地方，大海就在它的南边，鲸、鹏之类的大动物，虾、蟹之类的小生命，无一不在那里安家，靠海生长，靠海吃喝。鳄鱼们！你们早晨出发，晚上就可以到达那里了。现在与鳄鱼约定：限三天之内，率领你们的同伙迁到南边的大海里去，避开天子任命的刺史。三天不够，就五天；五天不够，就七天。如果过了七天还不见行动，那就是始终不肯迁移了！那就是眼中没有刺史，不听我的话了！要不然，那就是愚蠢顽劣，我这个做刺史的虽然对你们讲了不少话,你们却听不见、弄不懂了!要知道:凡是傲视天子任命的刺史、不听刺史告诫、不回避刺史而迁入大海,和愚蠢顽劣而祸害人民生畜的一切丑类,统统都应该杀掉。刺史就要挑选武艺高强的吏民,拿起强弓毒箭,和鳄鱼较量,直到斩尽杀绝,才肯罢手。你们可别后悔啊!

原 文

维年月日①,潮州刺史韩愈②,使军事衙推秦济③,以羊一、猪一投恶溪之潭水④,以与鳄鱼食,而告之曰:

昔先王既有天下,列山泽⑤,罔绳擉刃⑥,以除虫蛇恶物为民害者,驱而出之四海之外。及后王德薄,不能远有,则江、汉之间,尚皆弃之以与蛮、夷、楚、越,况潮,岭海之间,去京师万里哉!鳄鱼之涵淹卵育于此,亦固其所。今天子嗣唐位,神圣慈武,四海之外,六合之内,皆抚而有之,况禹迹所掩,扬州之近地⑦,刺史、县令之所治,出贡赋以供天地宗庙百神之祀之壤者哉!鳄鱼其不可与刺史杂处此土也!

刺史受天子命,守此土,治此民,而鳄鱼睅然不安溪潭⑧,据处食民、畜、熊、豕、鹿、獐,以肥其身,以种其子孙,与刺史亢拒⑨,争为长雄。刺史虽驽弱,亦安肯为鳄鱼低首下心,伈伈睍睍⑩,为民吏羞,以偷活于此邪?且承天子命以来为吏,固其势不得不与鳄鱼辨。

鳄鱼有知,其听刺史言:潮之州,大海在其南,鲸、鹏之大,虾、蟹之细,无不容归,以生以食,鳄鱼朝发而夕至也。今与鳄鱼约,尽三日,其率丑类南徙于海,以避天子之命吏。三日不能,至五日;五日不能,至七日;七日不能,是终不肯徙也,是不有刺史、听从其言也。不然,则是鳄鱼冥顽不灵,刺史虽有言,不闻不知也。夫傲天子之命吏,不听其言,不徙以避之,与冥顽不灵而为民物害者,皆可杀。刺史则选材技吏民,操强弓毒矢,以与鳄鱼从事,必尽杀乃止。其无悔!

注释

①维:句首语气词。 ②潮州:州治在今广东潮安。 刺史:唐代州级行政长官。 ③军事衙推:唐代节度、观察使等下属官吏。 ④恶溪:指今广东韩江及其上游梅江。 ⑤列:同"迾",阻挡。 ⑥擉(chuō):刺。 ⑦扬州:古代九州之一。 ⑧睅(hàn)然:凶狠的样子。睅,眼睛突出。 ⑨亢:通"抗"。 ⑩伈(xǐn)伈睍(xiàn)睍:恐惧不敢正视的样子。

附：

论霍松林先生"古诗今译"理论与实践

韩梅村

在我国,"翻译"作为一个正式语词,产生于佛教经典的传入。据南朝梁(502—557)慧皎《高僧传》(三)《佛陀什》记载:"先,沙门法显于师子国得《弥沙塞律》梵本,未被翻译,而法显迁化。"《隋书·经籍志》(四)云:"至桓帝(147—167)时,有安息国沙门安静,赍经至洛,翻译最为通解。"不仅说明了"翻译"一词的缘起,而且说明了"翻译"的基本内涵就是"把一种语言文字的意义用另一种语言文字表达出来"(《现代汉语词典》第345页)。

随着社会的发展,不同时空人群之间的交流活动越来越频繁,交流范围也越来越趋于广泛。"方言与民族共同语、方言与方言、古代语与现代语之间"也需要"一种用另一种表达"(《现代汉语词典》第345页)。于是,人们把这种不同类型的话语之间"一种用另一种表达"也称作"翻译"。

从"翻译"一词的产生到"翻译"一词涵盖范围的扩大,这本身就说明了各种翻译活动在人们日常生活中所处地位的极其重要。正因为这样,所以早在中唐时代,著名诗人刘禹锡就在《送僧方及南谒柳员外》中极力为那些从事佛学经典及其他所有"把一种语言文字的意义用另一种语言文字表达出来"的翻译工作者们争取应有的社会地位:"勿谓翻译徒,不为文雅雄。"即在刘禹锡看来,那些翻译家们,毫无疑问地都是"文雅雄",都是文化素养很高、知识很渊博的大作家、大学者。刘禹锡的这一富有远见卓识的看法,随着社会的发展进步,早已得到了人们的认同。

一

摆放在我面前的这本《唐音阁译诗集》是我国当代著名学者、诗人霍松林先生的古诗今译集。在各类翻译作品中,它属于"古代语与现代语之间一种用另一种表达"一类。先生教学科研任务一直很繁重,几十年来,却尽量挤出时间进行古诗今译工作。先生在谈到他孜孜于这一工作的心理动因时说道:"(上世纪)40年代末至50年代前期,我在高等学校里主要讲授古典诗歌,但也讲过现代诗歌

（新诗）。从古典诗歌到现代诗歌，这中间有继承革新，也有发展变化。为了通过切身的艺术体验领会从古典诗歌到现代诗歌的发展变化，从而探索继承与革新的关系问题，我试图作一点古诗今译的工作。同时，关于现代诗歌的民族形式问题，包括'建行'问题等等，当时大家都很关心，开展过几次讨论。这也使我想到：按照尽可能忠实于原作的原则，用现代汉语翻译古典诗歌，也许会提供可资借鉴的东西。还有，中国古典诗歌特别是唐诗，享有崇高的世界声誉；但能阅读原作的外国读者并不多，需要翻译。一位有志于翻译唐诗的外国朋友曾经对我说：如果把原作用现代汉语翻译过来，那么再用外语翻译，就容易得多。至于国内初学古典诗歌的广大读者，倘若把原作和今译相对照，也易于理解和接受。基于这样一些考虑，我零零星星地翻译唐诗"（《唐音阁译诗集·后记》）。综观先生论述，可以说，先生进行古诗今译的目的主要有三个方面：(1)教学与研究的目的。在先生看来，无论是从事中国诗歌史（含现当代诗歌史）教学与研究，还是从事文学理论教学与研究，都面临着这样一个课题：在古典诗歌与现代诗歌之间，从理论上讲，肯定存在一种继承与革新的关系；但这种关系具体来说，究竟是怎样的？显然先生极其希望在实地翻译古典诗歌过程中，"通过切身的艺术体验"，亲自现场感受"从古典诗歌到现代诗歌的发展变化"，然后将这种真实感受（感性认识）上升到理性层面，以深入"探索继承与革新的关系问题"。(2)发展与繁荣现代诗歌创作的目的。在先生看来，如果"按照尽可能忠实于原作的原则"对古典诗歌加以今译，也许会从中寻找到关于现代诗歌形式方面某些"可资借鉴的东西"。(3)传播我国古典诗歌的目的。中国古典诗歌，特别是唐代诗歌，尽管自其产生之日起，无论是在国内还是国外，都得到了相当程度的传播，但以我国古典诗歌特别是唐代诗歌的艺术成就与其产生的实际影响相比较，还是显得相当薄弱。因此，先生认为，通过古诗今译，无论对国内"初学古典诗歌的广大读者"，还是对从事汉诗翻译工作的外国朋友通过我国学者古诗的今译，将有关的中国古典诗歌转译为他们本国语种的诗歌，都会带来极大方便。正因为先生觉得古诗今译有如上这诸多方面的功效与价值，所以尽管教学和科研任务十分繁重，还是从20世纪50年代开始，即"零零星星地翻译唐诗。李白、杜甫、王维的名作，都译过一些。白居易的诗译得较多，共计一百来篇，因而附上原作及注释，编为《白居易诗选译》，于1956年交百花文艺出版社出版"。"改革开放以来"，"稍有空隙，或者作几首旧体诗，或者搞一点唐诗今译"，陆陆续续，积少成多，这样，1999年，当河北教育出版社要为先生出版文集时，先生即将这些译诗"和原来的《白居易诗选译》合在一起",作为文集之一种,题名《唐音阁译诗集》,交出版社出版(《唐音阁译诗集·后记》)。

二

为了全面实现自己的价值期待,先生在古诗今译过程中,明确为自己确立了一条"尽可能忠实于原作"(《唐音阁译诗集·后记》)的翻译原则,亦即翻译标准。

在我国翻译史上,最早为翻译确立基本原则的当是近代著名学者、作家、翻译家严复先生(1854—1921)。严先生在《译天演论例言》中说道:"译事三难:信、达、雅。"假如说这句话还不足以说明这就是严先生为其翻译文字确立的基本原则的话,那么下面这段话的意思就十分清楚了:"易曰:'修辞立诚。'子曰:'辞达而已。'又曰:'言之无文,行之不远。'三者乃文章正轨,亦即为译事楷模。故信达而外,求其尔雅。"(《中国历代文论选》第4册,第123页)客观地说,严先生提出的"信、达、雅"三字翻译原则,堪称言简意赅。然而也正是由于其言过简的缘故,终觉有些笼统,不大容易准确掌握和实地操作。著名学者、作家钱钟书先生对翻译则提出了"化"的原则。钱先生在一篇题名《林纾的翻译》的研究文章中说:"文学翻译的最高标准是'化'。把作品从一国文字转变为另一国文字,既能不因语言习惯的差歧而露出勉强造作的痕迹,又能完全保存原有的风味,那就算得入于'化境'。"(《文学研究集刊》第1册,第1页)这可说是严复先生翻译原则的发展和深化,它比之于严复先生的"信、达、雅"来,无疑精确具体得多,也更容易理解一些。由于钱先生是先提出翻译的原则,然后再用这一原则反观林纾翻译的外国文学作品,亦即钱先生是专门针对"把一种语言文字的意义用另一种语言文字表达出来"的外国文学作品的翻译问题进行论说的,因此对于"古代语与现代语之间一种用另一种表达"的古诗今译来说,钱先生提出的标准就和严复先生所确立的标准一样,只具有一般的指导意义,还不能具体解决问题。先生在古诗今译问题上不仅提出了"尽可能忠实于原作的原则",而且在这一原则下,还提出了一整套实现这一原则的具体原则。先生说:"译每一首诗都押韵,都力求体现其特定的情思、意境和神韵,这是我译各体诗的共同追求。但各体诗各有特点,译诗也不能忽视这些特点。大致说来,译古体诗中的齐言诗,既力求节奏和谐,又力求句式整齐或大体整齐,以体现原作的均齐感;译古体诗中的杂言诗,则句式长短综错,以体现原作的情感波涛和起伏变化的气势。至于译近体诗中的律诗,原作的一整套平仄声调,当然不能照搬,但必须注意节奏的抑扬顿挫;偶句押韵,一韵到底,中间两联讲究对仗的特点,我也力求保持,从而尽可能体现这种精美的格律诗的独特风貌。"(《唐音阁译诗集·后记》)这就是说,在先生看来,古诗今译,只有从内容到形式,全面贯彻这些具体原则,才能最终实现"尽可能忠实于原作的原则"。显然,先生针对古诗今译这一特定话语领域所提出的翻译原则十分全面而又非常具体,不仅标准明确,而且具有极强的可操作性。

三

先生在一篇题为《关于古典诗歌的今译》的文章中说:"笼统地说,古典诗歌(包括诗、词、曲等)'今译'很难。具体地说,则难度也有大有小,各不相同。比如《诗经》和《楚辞》等等,对于今天的读者来说,文字障碍大,不容易读懂,一用现代汉语翻译,就读懂了,感到解决问题。就这一点而言,文字障碍越大的作品反而越好译。当然,要译得好,那还需要准确地传达原诗的意境,且具有较高的艺术性。一句话,译作本身也应该是诗。即使这些方面还不够理想,但已经帮助读者读懂了原诗,已经赢得了存在价值。与此相反,那些在今天读起来毫无文字障碍的好诗,要'今译'就特别困难。既无文字障碍而仍需'今译'的诗,其难于领会之处,必然不在孤立的字句,而在全诗的意境。因而要译好这样的诗,必须彻底弄懂全诗的章法和句法,从而彻底掌握全诗的意境,设身处地,进行艺术上的再创造。当然,所谓再创造,并不意味着脱离原作,甚至违背原作,而是运用现代汉语、运用新诗的形式,尽可能完美地体现原作的意境和风格。原作的含蓄之处如果读者难于领会,可以稍加引申和发挥……"(《唐音阁随笔集》第225—226页)

先生的这段论述,是在谈论古典诗歌中"文字障碍大"的诗和"毫无文字障碍的好诗"翻译起来究竟哪个容易、哪个困难些的问题;同时也是在谈论根据读者阅读古典诗歌作品的现实需要,怎样具体进行古诗今译的问题,亦即今译的方法和步骤等问题。

因为在先生看来,像《诗经》、《楚辞》这类"对于今天的读者来说,文字障碍大,不容易读懂"的诗歌作品,由于读者的关注点首先集中在疏通词句、读懂作品上,而作为译者"一用现代汉语翻译",读者"就读懂了,感到解决问题",因此,在翻译方法上,应当将注意力首先集中在帮助读者扫清文字障碍上。而对于"那些在今天读起来毫无文字障碍的好诗","既无文字障碍而仍需'今译'的诗",先生认为"其难于领会之处,必然不在孤立的字句,而在全诗的意境"上。因此先生提出,"要译好这样的诗",在方法上,就"必须彻底弄懂全诗的章法和句法,从而彻底掌握全诗的意境,设身处地,进行艺术上的再创造",以"尽可能完美地体现原作的意境和风格",对于"原作的含蓄之处如果读者难于领会,可以稍加引申和发挥",将气力主要花费在如何运用现代汉语再现原诗的意境上。

先生在这段论述中,实际上只是具体论述了《诗经》、《楚辞》这类"文字障碍大"的作品和"今天读起来毫无文字障碍"的作品这样两类在语言文字难度方面处于两个极端的作品的翻译方法问题。我们知道,在这两个端点之间,大量存在的,则是既有一定文字障碍、意境又不大容易把握的作品。这就是说,作为古诗今译者,应当综合运用先生在论述上述两类古典诗歌作品翻译时所提出的方法,即在对原诗进行翻译时,既要帮助读者扫清原诗的语言文字障碍,又要引导读者弄懂原诗的句法和章法,彻底掌握原诗意境。因为除了"今天读起来毫无文字障碍"的古典诗歌作品无须将疏通词句作为今译的一项内容外,那些处在语言文字障碍很大的一端的《诗经》、《楚辞》,诚如先生所说,"要译得好",也"还需要准确地传达原诗的意境,且具有较高的艺术性",即"译作本身也应该是诗"。这就说明,对于绝大多数古典诗歌作品来说,其今译应当完整包括疏通词句和引导读者掌握原诗意境这样两个步骤。不难看出,先生这段论述实际上是给我们系统而明确地阐明了古诗今译的步骤、方法与要求。步骤:扫清文字障碍→"弄懂全诗章法和句法,从而彻底掌握全诗的意境"→进入原诗意境之中,调动自己的生活积累和知识积累,"设身处地"地展开联想和想象,"进行艺术上的再创造"→译诗。方法:搞清原诗的字面意思→"彻底弄懂全诗的章法和句法"→对于"原作的含蓄之处如果读者难于领会,可以稍加引申和发挥"。要求:"运用现代汉语、运用新诗的形式,尽可能完美地体现原作的意境和风格"。准此,我们现在就可以根据先生安排的古诗今译步骤和方法,以及先生给出的古诗今译原则,探讨一下先生是怎样在自己的"今译"实践中,依照一定的步骤,运用一定的方法,贯彻他的古诗今译原则,进行古诗今译的了。

(一)以明白易懂的话语准确传达原诗语词意义

对于那些初学古典诗歌的广大读者来说,读懂作品是他们的第一需求。而要使他们读懂作品,今译者就必须依据词不离句的原则,对作品逐字逐句地进行正确的疏解。这样,准确而明了地在译诗中传达出每一语词在句子中的意义就十分重要。

而造成诗句解读障碍或误解的原因则是多方面的。

1. 有的是由于一词多解而造成理解上的迷误。这就需要译者依据作品内容实际作出正确选择。如白居易《买花》句云:"灼灼百朵红,戋戋五束素。"其中的"戋戋"就包含着"众多貌"和"浅少貌"两个意思差不多完全相反的含义。有的研究者选择了其中"浅少貌"的含义,"认为上句指百朵红牡丹,下句指五束白(素)牡丹,'灼灼'言其红艳,'戋戋'言其微少"。先生通过对全诗章法结构的仔细研究和对中唐时代社会普遍尊崇红牡丹而鄙视白牡丹风俗的深入考察,认定"戋戋"不是"言其微少"而是言其众多,以至"委积貌"(《唐音阁鉴赏集》第230—231页),从而将这两句诗正确地译为"鲜艳的红花百朵,精致的白绢五束"(《唐音阁译诗集》;下面引用的诗文、注文凡来自《唐音阁译诗集》者,不再注明出处),即买花的人要买回百朵鲜艳的红牡丹就需要以多达25匹(一束等于五匹)上等的白绢作为代价,从而形象有力地揭露了当时长安贵族生活的极度奢华,廓清了对这句诗理解上的迷误。

2. 有的往往由于望文生义而产生理解上的迷失。杜甫《自京赴奉先县咏怀五百字》句云:"葵藿倾太阳。"有的注家未作仔细考察就贸然认定其中的"葵"为向日葵。先生以向日葵传入我国在"17世纪"(清代前期)为据,断定杜甫诗中的"葵"实为曹植诗中的卫足葵而非17世纪传入我国的向日葵,于是将这句诗正确地译为:"可是连葵藿的叶子都朝着太阳。"这就拨正了某些注家的误解、误导,给读者提供了一个正确可靠的答案。

3. 有的则因为诗中出现了一些具体植物的名字而在理解上出现迷茫。如王维《辛夷坞》句云:"木末芙蓉花。"诗歌题名《辛夷坞》,内容却是歌咏"芙蓉花",似乎文不对题。先生指出:"辛夷花与芙蓉花类似,这里的芙蓉花实指辛夷。裴迪《辋川集》和诗有'况有辛夷花,色与芙蓉乱',可证。"那么是不是王维真的不懂?结合全诗考察,王维不是不懂,而是玩了一回幽默,他故意借用辛夷花的"色与芙蓉乱",装傻似的称辛夷花为芙蓉花,不过是为了聊博在场朋友的哈哈一笑罢了;而对于读者,他则通过诗题加以暗示。正因为这样,所以先生在翻译时就直接将诗句中的"芙蓉花"译为"辛夷花":"每一个枝条的末端都冒出辛夷的花苞。"做到了对原诗的忠实。由此可见,尽量多地了解各种植物的名称,及其形状、颜色、习性等特点,对于正确解读作为社会生活的反映的古典诗歌,是十分必要的。

4. 有些古代词语现在仍然存在,但其原始义已部分萎缩或偏移,而许多读者却往往按照现在人们的理解去解读,常常造成理解上的错误。如李白《古风》第47首末尾两句:"讵知南山松,独立自萧瑟。"其中的"萧瑟"一词,现在一般多理解为寂寞、凄凉;实际上,它的原始义却是"秋风声"(《辞源》2722页),"寂寞凄凉"只是它的引申义。先生联系诗的上下句意,将"萧瑟"译为"风吹苍松声",从而准确地译为:"岂知南山上的苍松,在秋风中独立吟啸!"既不失"萧瑟"的本意,又将诗人笔下的"南山松"人格化,可说非常忠实而又具有创意地译出了原诗的神韵。

5. 有的诗因为其中表现了某些宗教文化而让读者费解。如王维《过香积寺》尾联云:"薄暮空潭曲,安禅制毒龙。"其中的"空"、"安禅"、"制毒龙",就都表现了佛教文化;而"制毒龙"更是融入了一个有名的佛教故事。所以没有这方面的文化修养,就无法对其进行破解。先生将这联诗译为:"暮色苍茫中看见一潭清水空无一物,大概是参禅的高僧已经制服了毒龙。"并且说明,这里"'毒龙'比喻妄想"。原诗经过先生这一译一注,意思一下子就豁然贯通了。

6. 有的诗,诗人为了增大作品容量而融入了某些典故。

其中有些典故进入作品后,与作品融为一体,从字面上看,也十分通顺,即使不知道它是典故,也不会影响阅读;但如果知道其中运用了某一典故,却能引发阅读过程中的联想和想象,让作品产生一种艺术上的张力。如杜甫《壮游》句云:"黑貂宁免敝,斑鬓兀称觞。"先生译为:"一件貂裘,怎免越穿越破,两鬓斑白,只好自己祝寿,独自举觞。"完全属于直译,看不出其中运用了什么典故。然而先生在注文中明确说明,前句"用苏秦典。《战国策·秦策一》:苏秦'说秦王,书十上而说不行,黑貂之裘敝,黄金百金尽'"。当读者明白了"黑貂宁免敝"背后深藏的这一历史故事后,其想象力一下子就会被激活,就会在历史人物苏秦曾有的历史处境和诗人杜甫曾有的"现实"处境之间进行比照,从而深切感受到,诗人回忆他当年满怀希望地来到京都长安,却未得到任用的窘迫,不仅会深切地对杜甫怀才不遇表现出一种同情,并且进而还会对当时的社会现实进行深层次的思考。显然,与只明白这句诗的字面意思相比,人们从中解读出的内容明显要丰富深刻得多。

然而古典诗歌中大多数典故,如果弄不清其中原委,就会像一块巨石拦在那里,阻拦读者继续阅读下去。比如同是杜甫的《壮游》,其中就有这样一句:"曳裾置醴地。"如果不知道这句诗中分别用了《汉书·邹阳传》:"何王之门,不可曳裾"和"楚元王敬穆生,置醴以代酒"的历史典故,就无法破解这句诗。而有了先生的译诗:"出入于侯门王府,曾受到隆重的礼遇",再结合先生为这句诗作的注释,两相对照,心中的疑团很快就会释然。

古典诗歌中的典故,不仅有历史典故,还有文学典故、神话典故等等。文学典故如李白《渡荆门送别》句:"江入大荒流。"先生译为:"浩荡的长江正向海外的荒漠日夜奔流。"而先生在注文中则说明,诗中的"大荒"来自《文选·吴都赋》刘渊林注:"大荒,谓海外也。"神话典故如李商隐《无题》尾联:"蓬山此去无多路,青鸟殷勤为探看。"先生译为:"仙女的住处离这儿不远,有谁能替我去探望问安!"这其中就用了"蓬莱,神话传说中的海上仙山"和青鸟是"神话传说中为西王母送信的仙鸟"两个典故。

典故多为正面使用,但也有反用的。如先生指出的,王维《山居秋暝》尾联"随意春芳歇,王孙自可留"就属于典故反用。先生将这两句诗翻译为:"春天的芳草虽然早已衰败,这纯朴安静的地方仍值得王孙久留。"然后在后面的注释中说明:"'随意'两句""反用《楚辞·招隐士》'王孙游兮不归,春草生兮萋萋','王孙兮归来,山中兮不可久留'语意。《招隐士》意在招山中的隐士出来做官,王维则说山中安静纯朴,愿意在此久留。"由此可见,只有弄懂诗中典故内容及其用法,才能对诗作出正确解读。

总之,古典诗歌中经常用典,这是一个客观存在的事实。它给初涉古典诗歌的读者读通读懂原诗带来了很大困难;有时只有注释还未必能解决问题,而有了像先生这样好的译本加上必要的注释,就会收到事半功倍的阅读效果。

7. 有的诗字面意思不一定艰涩,但设若没有必要的语法、修辞以至逻辑学修养,照样会出现误解误读现象。如杜甫《丹青引赠曹将军霸》句云:"丹青不知老将至。"从字面看,这句诗的主语是"丹青"。但"丹青"怎么会"不知老将至"呢?明显不合逻辑。先生将这句诗翻译为:"于是潜心学画,忘记了年龄的增长。"通过和原诗对照,我们发现,原来诗受字数严格限制,诗人只好将一个完整句子才能表达清楚的意思浓缩为最有表现力的"丹青"两个字,然后借助和"不知老将至"的巧妙组合,让读者揣摸遗落在"丹青"之外的大部分内容,从而达到对整句诗意思的完整理解。又如白居易《陵园妾》七、八两句:"青丝发落丛鬓疏,红玉肤销系裙缦。"先生在疏解下句的"缦"字时明确指出,"缦""有好几种解释,这里作宽讲"。理由是它"与上句的'疏'相对"。显然,这是从修辞学角度观照对偶句,对"缦"字作出的合理解释。这样,先生就将这两句诗译为:"青丝似的头发脱落得疏了两鬓,红玉似的肌肤消瘦得宽了绣裙。"文从字顺,读者一下子就弄明白了两句诗的准确含义。

总之,由于先生始终坚守"尽可能忠实于原作的原则",在疏通词句基础上,准确、传神地对原诗句子加以"今译",这就不仅帮助"国内初学古典诗歌"的广大读者读通、读懂了原诗,为他们进一步学习古典诗歌奠定了坚实的基础,而且使国外拟将中国古典诗歌介绍给他们本国广大读者的翻译家们有了一个可以信赖的可靠今译本,不只是省掉了直接面对原作时所需要花费的成倍的气力,而且还让他们避免了可能由于误解了原诗,以致误译的错失;而对于那些关心继承与革新确切关系,以及那些关注现代诗歌建设的专家学者和诗人们也具有一种启迪和借鉴的作用。

(二)以最恰切的句式准确完整地表达原诗意境

当先生以明达、准确的话语疏通着古典诗歌的词句时,就已经开始考虑,如何在"尽可能忠实于原作的原则"下,完整地对原诗进行"今译"的问题了。为此,先生给自己确立了一个总的目标,即"译每一首诗都押韵,都力求体现其特定的情思、意境和神韵"(《唐音阁译诗集·后记》)。然而我们知道,"特定的情思、意境和神韵"不是一种孤立的存在,而是通过符合"这一""特定的情思、意境和神韵"的"有意味的形式"(《二十世纪西方美学名著选》上册,第156页)表现出来的。因此,先生在"今译"古典诗歌时,尽量尊重了古典诗歌的元形式。

其一,依照原诗句的元特点予以今译。如白居易《感情》句云:"人只履犹双。"这是一个表示转折关系的句子。先生译为:"鞋还是一对,人却分在两处。"原汁原味,只是在今译时,将"人只"和"履犹双"顺序调换了一下,将"人只"改译为"人却分在两处"而已,基本意思未有丝毫改变。又如白居易《江南遇天宝乐叟》句云:"冬雪飘飖锦袍暖。"先生译为:"冬雪飘飖,更觉得锦袍温暖。"将原诗句中所显示的对比、衬托关系表现得更为显豁。再如杜甫《茅屋为秋风所破歌》第三句:"茅飞渡江洒江郊。"先生译为:"茅草直飞过江去,才洒向江郊。"不仅准确地译出了原句"飞"、"渡"、"洒"三个动词之间的连动关系,而且译句通过"直"和"才"两个副词的关联,将本来是秋高气爽的八月却突然狂风大作,且风力之大、之猛和诗人茅舍损毁之严重真实地表现了出来。

其二,或为了新诗的押韵,或出于某种表达上的需要,先生对原诗某些诗句前后位置加以调整,但诗的原意丝毫未变。如白居易《新丰折臂翁》中的

"儿别爷娘夫别妻"一句,先生译为:"丈夫辞别妻子,儿子辞别爷娘。"以和前面译诗中的"瘴"、"汤"、"亡"、"伤"等字协韵。——这是句内两个短语之间前后位置的调换。又如白居易《新制布裘》中句:"谁知严冬月,支体暖如春。"先生译作:"浑身像春天一样暖和,哪里晓得严冬的寒冷。"——这是两句之间前后位置的调换。其中尽管也有音韵方面的考虑,但作为一种艺术上的再创作,译诗在表达诗人借以自责,从而为下文的抒发社会理想蓄势方面我认为更胜于原诗:原诗突出了"冷",从而透露了穿上新制布裘后的喜悦;译诗突出了"暖",表现了自己身体暖和以后就会对他人所受的"冷"淡漠和对自己曾经受过的"冷"很快遗忘,字里行间流露出某种自我责备的意思。其境界的高下一目了然。再如白居易《百炼镜》三、四句:"江心波上舟中铸,五月五日日午时。"先生译为:"五月五日太阳正中,在江心波上的船中铸成。"——这也是两句之间前后位置的调换。可说主要是出于押韵的需要。因为这两句诗主要是强调百炼镜熔铸的"时间地点都很奇特":对时间和地点同样强调。所以从本质上说,或时间在前,或地点在前,对诗歌原意都不会产生大的影响。当然,从叙事学角度考察,先生的译诗无疑更加符合逻辑。

其三,先生"今译"对原诗中的某些句子进行了击碎、重建,以达到"忠实于原作"的目的。如李白《古风》(其十五)开头四句:"燕昭延郭隗,遂筑黄金台。剧辛方赵至,邹衍复齐来。"先生译为:"燕昭王招贤纳士,筑起了黄金高台。他先从身边开始,重用了明智的郭隗。乐毅、剧辛、邹衍……便纷纷从远方赶来。"这里,先生译诗特别强调了燕昭王筑黄金台的用意,以及重用郭隗的来龙去脉;而"纷纷从远方赶来"一句,则极其形象生动地表现了燕昭王延揽人才策略所取得的显著成效。其较之原诗,可说是具有创意地表现了原诗的情思和神韵。而这一艺术效果的取得,则是由于先生在彻底弄通了句法的基础上,对原诗句子采用了击碎、重建策略的缘故。又如白居易《秦吉了》五—八句:"昨日长爪鸢,今朝大嘴乌。鸢捎乳燕一窠覆,乌啄母鸡双眼枯。"先生译为:"昨日长爪鸢,扑翻乳燕窝,今日大嘴乌,啄瞎母鸡眼。"显然是将原诗中间两句顺序加以调换,从而形成了一种新的组合方式。这种新的组合方式,给人以内容更为集中、条理更为清晰畅达的审美感知。再如白居易《鹧鸪》开头:"山鹧鸪,朝朝暮暮啼复啼,啼时露白风凄凄。黄茅冈头秋日晚,苦竹岭下寒月低。"先生译作:"山鹧鸪,你日日夜夜地叫啊叫啊,叫得多么伤心!在苦竹岭下的悲凉的月夜,在黄茅冈头的寂寞的黄昏,你叫啊叫啊,直叫得寒风凄凄,白露零零。"对照原诗,我们看到,先生译诗不仅解构了原诗固有的结构,而且在用现代话语重建诗的结构时,充分发挥了现代诗歌形式自由的优势,以反复的艺术方式,加重了诗的悲剧气氛。它既是白居易诗歌原有的情思、意境和神韵,又分明烙记着先生的诗意创造。

其四,一般情况下,先生总是尽量依循原诗固有句型进行"今译",但有时为了更好地传达原诗意境、神韵和情思,也会改变原诗句子的类型。如白居易《卖炭翁》句云:"卖炭得钱何所营?身上衣裳口中食。"先生译为:"身上的粗衣口中的淡饭,全指靠几文炭钱。"将原诗的设问句改成了陈述句。两相比照,原诗句以问答形式揭示了"卖炭得钱"与"身上衣裳口中食"的因果联系,强调说明只有"卖炭得钱"才能保证一家人的"身上衣裳口中食";并且有着一种一提一顿以引起读者注意的修辞效应。译诗不仅以"全指靠"三字突出了"卖炭得钱"是卖炭翁一家人维持生命的"唯一"依靠,并且以"粗"、"淡"、"几文"作修饰,强调说明了卖炭翁辛辛苦苦地烧出的木炭价钱极其低廉,只能满足全家人最基本的生存需求,其所受剥削的极其严重、社会的严重不公等内涵,就都包含在这寥寥的十几个字中了。这无疑是大大增加了诗的容量。又如白居易《阴山道》句:"五十匹缣易一匹,缣去马来无了日。"先生译作:"五十匹缣只换得一匹瘦马,缣去马来,啥时才能作罢?"将原来的陈述句转换为反问句,加之"只"、"瘦"等修饰词语的嵌入,就使原诗的纯粹感叹、无可奈何与隐含不满一变而为对不公正的边防贸易的愤怒抗议与控诉。诸如上述译诗句子类型的变换,不仅没有违背原作的基本精神,而且使原诗的"情思、意境和神韵"变得更加具体、鲜明和丰满。可以说,这是对原诗的一种真正意义上的忠实。

其五,先生为了使译诗从内容到形式,全面地忠实于原作,在诗行的设置上,也尽量服从于原作,即一句译作一句。如王维《杂诗》:"君自故乡来,应知故乡事。来日绮窗前,寒梅著花未?"先生译作:"你刚从家乡出来,该知道家乡近况。在我那雕花窗前,梅花可已经开放?"原作四句,今译也是四句,可谓铢两悉称。

但有时为了体现原作精神,先生对原诗部分句子也采取了一句译作两句的办法。如李商隐《流莺》尾联:"曾苦伤春不忍听,凤城何处有花枝?"先生译作:"你这伤春的鸟儿都在没完没了地哀啼,使同样伤春的我悲伤不已!唉!这繁华的京城里园林栉比,可是让你栖息的花枝上哪儿去寻觅?"译诗前两句以流莺的伤春衬托自己的伤春,以示"伤春"程度之深,从而说明何以"不忍听";后两句以京城园林之多与流莺只需一条栖息的花枝即可,却无处可找相比照,以示自己的寂寞、孤独和不容于世。使原诗较为隐晦的意象得到了相对明澈的呈现,而且音韵抑扬起伏,给人以和谐均衡的审美感知。

有时全诗都是一句译作两句。如白居易《邯郸冬至夜思家》:"邯郸驿里逢冬至,抱膝灯前影伴身。想得家中深夜坐,还应说着远行人。"先生译作:"住在邯郸的客店里,碰上这冬至佳节;在油灯前抱膝沉思,只有影子陪着我坐到深夜。料想家里人这时候也还在坐着,念叨我这个出门人——在哪里歇脚,怎样过节……"译诗以"客店"与"佳节"相比照,突出了诗歌主人公处境的孤寂;又增加了"家里人"、"念叨"的具体内容,从而使全诗的悲剧气氛显得更为浓重。

也有两句译作三句或一句译作三句的。前者如李白《独坐敬亭山》后两句:"相看两不厌,只有敬亭山。"先生译作:"如今啊!只剩下我和你这座敬亭山。互相依恋,相看两不厌。"后者如白居易《魏王堤》末句:"柳条无力魏王堤。"先生译作:"噢,那就是魏王堤!你看那柳丝儿柔弱得毫无力气,一任轻风把她们扶起,扶起。"译诗较之原诗,明显地,其意象显得更加明晰,更易为读者所接受,也更加重了诗的表现力度;而整篇诗译句之间却始终保持着一种和谐与均衡。

先生在译诗诗行的设置上,多数为双行,这更加符合广大读者的欣赏习惯;但也有少数诗篇,整体呈现为单行的,如白居易的《村居苦寒》、《魏王堤》,李白的《独坐敬亭山》、《越中览古》等译诗都是。这不仅是"今译"完整传达原诗内容的需要,也是先生在诗行设置上的一种有益探索和尝试。

其六,先生译诗不仅在诗行设置方面进行了有益的实践,而且在对诗行内部关系的协调上,也进行了量体裁衣式的探索。

先生说他"译古体诗中的齐言诗,既力求节奏和谐,又力求句式整齐或大体整齐,以体现原作的均齐感;译古体诗中的杂言诗,则句式长短综错,以体现原作的情感波涛和起伏变化的气势"(《唐音阁译诗集·后记》)。这里先生没有明说,但从先生话语中分明透示出:原诗的一定形式是与诗人所要表达的一定"情思、意境和神韵"相适应的这样一层意思。因此,要准确、完整地译出诗人在其作品中所表现的某一特定"情思、意境和神韵",就必须充分尊重诗人在作品中所采用的某一特定形式。我认为,先生正是在他的这一审美观念支配下,进行他的古诗今译实践的。如白居易的《妇人苦》,每句五字,属于古体诗中的齐言诗。先生的译诗,则每句七字,可谓句式整齐。又如王维的《临高台送黎拾遗》:"相送临高台,川原杳无极。日暮鸟飞还,行人去不息。"每句五字,也属于古体诗中的齐言诗。先生译作:"朋友啊,我登上高台送你,川原渺茫,望不到边际。太阳将落,鸟儿都飞了回来,你却向远方走去,顾不得休息。"译句大体整齐,在充分尊重原作形式的同时,又表现出了译诗句式多样化的趋势。再如李白的《梦游天姥吟留别》,全诗四十五句,少则每句四言,多则每句九言,长短综错,属于古体诗中的杂言诗。先生译诗,也是句式长短不齐,少则一句四字,多则一句十三字,忠实地体现了"原作的情感波涛和起伏变化的气势"。

先生说他"译近体诗中的律诗",则要求自己"必须注意节奏的抑扬顿挫,偶句押韵,一韵到底,中间两联讲究对仗的特点……也力求保持,从而尽可能体现这种精美的格律诗的独特风貌"(《唐音阁译诗集·后记》)。而为使译诗体现出"格律诗的独特风貌",先生说他主要从两方面用力:

1. 要求译诗各句字数相等或大致相等。

先生通过翻译实践,总结出了一套翻译近体诗的巧妙方法,即"律诗的中间两联如果译成对偶句,那么每联的字数也就相等。在此基础上精心琢磨,全篇诗就有可能译成齐言诗或大致的齐言诗"(《唐音阁译诗集·后记》)。译成齐言诗的,如白居易《鹦鹉》:"竟日语还默,中宵栖复惊。身因缘彩翠,心苦为分明。暮起归巢思,春多忆侣声。谁能坼笼破,从放快飞鸣!"先生译作:"成天价忽而讲话忽而又沉默,半夜里一时安息一时又惊醒。身体被囚禁只由于羽毛美丽,心灵受折磨只因为是非分明。晚间常涌起回到老窝的思潮,春天常发出怀念同伴的心声。什么人能彻底打破这只牢笼,让它快意地歌唱自由地飞行。"今译诗句,大致齐言的,如白居易的另外一首题名为《鹦鹉》的七言律诗:"陇西鹦鹉到江东,养得经年嘴渐红。常恐思归先剪翅,每因喂食暂开笼。人怜巧语情虽重,鸟忆高飞意不同。应似朱门歌舞伎,深藏牢闭后房中。"先生译为:"陇西的鹦鹉被捉到南方,养过一年,渐渐地成长。只有喂食,才打开铁笼,恐怕飞去,先剪坏翅膀。人爱嘴巴伶巧,虽有感情,鸟想自由地飞翔,另有愿望。就像关在富贵人家的歌女,忘不了追求解放的理想。"两诗今译后无论是齐言,还是大致齐言,我们发现,其"中间两联"都译成了对偶句,由此"每联的字数也就相等"。这样,以此为基础,经过先生"精心琢磨",前一首《鹦鹉》终于被译成了"齐言诗",后一首也被译成了"大致的齐言诗"。更为可贵的,是两首译诗都十分"注意节奏的抑扬顿挫",而且"偶句押韵,一韵到底";译诗中间两联则将律诗"讲究对仗的特点"也予以"保持","从而尽可能"地体现了"精美的格律诗的独特风貌"。应当说,先生所做的这些努力,都是为了使译诗"尽可能忠实于原作"所作的尝试。正是在这种古诗今译的精心实践中,先生发现,这样做"有得也有失"。先生所说的"得",我体会是指译诗从内容到形式都"尽可能忠实于原作";而"失",先生已经说明,是指这样做,"难免受拘束,译得不够活泼、自然"。为了摆脱译诗过程中的过于受"拘束",让译诗在"尽可能忠实于原作的原则"下,尽量显得"活泼、自然",先生又开始进行起了新的实践,这就是,"律诗中的对偶句,译诗不一定全都对偶,有时还将一句译成两句"(《唐音阁译诗集·后记》)。其中,"律诗的对偶句,译诗不一定全都对偶"的,如王维《过香积寺》二三联:"古木无人径,深山何处钟。泉声咽危石,日色冷青松。"先生译为:"老树成林,找不见人走的小径,深山幽邃,从何处飘来隐隐钟声。流泉在嶙峋的岩石间穿行,呜呜咽咽,落日的微光抹向青松,感到清冷。""律诗中的对偶句","有时还将一句译成两句",如杜甫《空囊》第三联:"不爨井晨冻,无衣床夜寒。"先生译作:"本来无米可炊,不想举火,何况井水结冰,汲不出清泉。白天没有棉衣,夜晚被褥单薄,也难御寒。"我们发现,先生在新的"古诗今译"实践中,在追求译诗话语进一步走向"活泼、自然"的同时,却始终坚守着"尽可能忠实于原作"的今译原则。是否可以这样说,先生追求译诗话语进一步走向"活泼、自然",是充分考虑到"古代语"与"现代语"表述上的不同特点,为了进一步落实"尽可能忠实于原作的原则",从实际出发,而作出的一种方式方法上的调整?我以为,回答应当是肯定的。

2. 正像先生指出的,"律诗,由于句有定字,篇有定句,一首五律不过四十个字,一首七律不过五十六个字,所以力求言外见意。一联如此,整篇诗亦如此。而这些言外之意,一般读者是很难把握的,所以译诗应尽可能译出言外之意,或引导、启发读者了解原作的言外之意"(《唐音阁译诗集·后记》)。如杜甫的《月夜》:"今夜鄜州月,闺中只独看。遥怜小儿女,未解忆长安。香雾云鬟湿,清辉玉臂寒。何时倚虚幌,双照泪痕干。"先生译为:"今夜晚鄜州的明月,妻子一个人遥望。可怜我小小的儿女,还不懂她忆念长安的心肠。秋夜的浓雾浸湿了她飘香的秀发,秋月的清辉寒透了她白玉似的臂膀。啊!何时才能并立窗前,让温馨的月光照干我俩的泪痕,驱散离别的悲伤!"这首诗集中写了妻子对诗人的深情思念,而将诗人对妻子儿女的思念遗落在有限的诗句之外;不仅如此,而且当读者读到"啊!何时才能并立窗前,让温馨的月光照干我俩的泪痕,驱散离别的悲伤"这样一些表现了言外之意的诗句时,一定会"引导、启发"他们作进一步的追问:诗人此时身在长安,为什么会把妻小安置在鄜州?是什么原因使他们一家不能正常团聚?而只有当读者真正弄清了蕴含于作品之中的言外之意后,才会真正体认到作品内蕴的丰富深邃,从而获得一种对作品深层意蕴认知后的审美愉悦。

先生在绝句的"今译"问题上主要谈了遇到的三种情况:(1)"一种情况是:原诗明白如话,却风神摇曳,韵味无穷。而要翻译出韵味来,就实在难于措辞。"(2)"另一种情况是:原作气势雄伟,激情喷涌,也很难在译诗中得到完美的表现。"(3)"更多的情况是:或言不尽意,或含而不露,或大幅度跳跃。必须彻底弄懂原诗,才能进行艺术创作。"(《唐音阁译诗集·后记》)均未涉及诗的"建行"等形式方面的内容。我以为,这并不意味着先生觉得在绝句今译上不存在"建行"等形式方面的问题,而是绝句与律诗一样,都属于格律诗范畴,二者在句子结构上有着某种相同要求,在译诗"建行"上存在着相同情况的缘故。譬如,在第一种情况下,先生引用了李白的《哭宣城善酿纪叟》:"纪叟黄泉里,还应酿老春。夜台无李白,沽酒与何人?"先生译作:"纪老啊!你到了阴间,大概还在酿酒,自负盈亏。可是,阴间没有李白,你酿出好酒,卖给谁?"李白的这首小诗对于具有一般阅读能力的读者来说,的确相当通俗。但这首诗正如先生所说,却"风神摇曳,韵味无穷"。译诗在原诗基础上特别通过"自负盈亏"、"可是"、"好酒"、"卖给谁"等语言指令,让我们联想到,"纪老"酿酒本领一定非常高超,酒的品位一定很高;然而却一生穷愁潦倒,寻找不到第二个真正赏识他酿出的好酒的人,这是写"纪老",其实也是诗人自己人生的真实写照;"酿出好酒,卖给谁?"这是写"纪老"死后更加孤独,也是诗人失去老朋友后更加孤独的痛苦呼号,译诗更是通过这一独特的表达方式,昭示了二人交谊的深厚和相互赏识程度之深。不仅如此,我们还可以顺着诗人为我们提示的这一思路,触摸出诗人在字里行间表露出的对当时社会严重不公正现实的强烈不满和抗议。而从译诗诗行的建构来看,前两句一句译为一句,后两句译为三句,"可是"一词单独成行,共计六行;句式则长短参差,试加以吟读,我们从中分明感受到了诗人内心世界的波涛汹涌和愤懑不平。先生在"另一种情况"下,引用了李白的《横江词》其六:"月晕天风雾不开,海鲸东蹙百川回。惊波一起三山动,公无渡河归去来!"先生译为:"月晕风急,弥天大雾不肯散开。凶恶的鲸鱼,把入海的百川统统赶回。受惊的波浪,把三山直打得摇摇摆摆。你切莫渡河啊！赶快回来！赶快回来！"先生在译诗中充分利用了现代诗歌形式自由的表现特点,句子或长或短;加之又钳入了一些能够充分表现诗人情感的修饰语词,就将原作所表现的环境的万分险恶和诗中抒情主人公急切呼叫的情感活灵活现地表现了出来。先生在第三种情况下,引用了李商隐的《谒山》:"从来系日乏长绳,水去云回恨不胜。欲就麻姑买沧海,一杯春露冷如冰！"先生译为:"谁都想拴住太阳,永葆青春,可是从哪里去找这样的长绳！只恨那白云归山,流水东去,时光也跟着消失得无影无踪。我想从麻姑手里买来沧海,而那沧海——一转眼就变成一杯春露,冷得像冰！"这首诗主要抒发了时光易逝,世事多变,一切非人力所能掌控的悲哀。但却表现得十分含蓄,具有极大的艺术魅惑力。在表现手法上,诗歌通过一般人的普遍心理期待、古代神话传说,将这一主题表现得极为新颖别致、凄切感人,而又极耐人寻味。先生在"今译"这首诗时,通过"……都……可是……"、"只……也……"、"我想……就……"等句式的运用,以及大致齐言的句式表达,将原诗所要表现的感叹"今译"得跌宕起伏而又生动传神,具有极强的艺术感染力量。

四

先生的古诗今译实践可说是对他的古诗今译理论的生动阐释和有力支持。不仅如此,由于先生古诗今译的成功实践,还使先生的译诗成为自在的审美对象。

钱钟书先生说过:"好译本的作用是消灭自己;它把我们向原作过渡,而我们读到了原作,马上扔开了译本。"(《林纾的翻译》,载《文学研究集刊》第1册,第3页)一般来说,事实确实如此。钱先生的这个观点其实在先生的《唐音阁译诗集·后记》里也得到了大体相同的表述。先生说:"初学古典诗歌的广大读者,倘若把原作和今译相对照,也易于理解和接受。"先生还在同一篇文章中,通过"一位有志于翻译唐诗的外国朋友"的话说明,那位外国朋友似乎也有类似看法,先生转述说,那位"外国朋友曾经对我说:如果把原作用现代汉语翻译过来,那么再用外语翻译,就容易得多"。这就是说,在先生和那位"有志于翻译唐诗的外国朋友"看来,翻译的作用确乎如钱先生所说,"仿佛做媒似的"(《文学研究集刊》第1册,第3页),其作用就是"把我们向原作过渡"。但我以为,先生进行古诗今译的部分目的虽然是为了满足上述两类人群的阅读需要或翻译诉求,却又不满足于仅仅达到这一目标。因为作为一位古典文学和文艺理论研究专家,先生还抱有更大的期望。即期望在古诗今译过程中,"通过切身的艺术体验领会从古典诗歌到现代诗歌的发展变化,从而探索继承与革新的关系问题",期望通过古诗今译的具体实践,能在解决现代诗歌的民族形式问题上获得一些"可资借鉴的东西"。正因为如此,所以先生没有将古诗今译只是当做一般意义上的"古代语与现代语之间一种用另一种表达",而是一直将古诗今译当做"一种艺术的再创作"(《唐音阁译诗集·后记》)。而这就使先生的译作超越了一般"媒"的层界而上升为一种自在的审美对象。

  翻译工作从根本上说,的确难度很大。钱钟书先生就曾从文学研究和文学翻译工作的比较中得出过文学翻译工作更为困难的结论。他说:"我们研究一部文学作品,事实上往往不能够而且不需要一字一句都透彻了解的。有些生字、词句以至无关紧要的章节都可以不求甚解;我们一样写得出头头是道的论文,完全不必声明对某字、某句和某节缺乏了解,以表示自己特别诚实。翻译可就不同。原作里没有一个字滑得过去,没有一处困难躲闪得了。一部作品读起来很顺畅容易,到翻译时就会出现疑难,而这种疑难常常并非翻翻字典所能解决。不能解决而回避,那就是任意删节的'讹';不肯躲避而强解,那又是胡猜乱测的'讹'。翻译者蒙了'反逆者'的恶名,却最不会制造烟幕来掩饰自己的无知和误解。"(《文学研究集刊》第1册,第13—14页)

  钱先生所说的翻译过程中的困难情况我在尝试着进行古文翻译过程中就亲自品尝过。我曾经长期在中学从事语文教学工作,给学生讲授过不少古诗和古文。对于古诗,我只能做到在词句上疏通,在疏通词句、讲清句法章法基础上,通过提示的方法,引导学生深入品味诗的意境和其中奥妙;至于"今译",从来就没有奢望过。对于古文,我在疏通词句、讲清作品章法结构基础上,曾试图通过自己的亲手翻译给学生提供一个明了、准确而又完整的"范本"。然而当我实际进行"今译"时,钱先生所说的翻译过程中的困难情况出现了:"原作里没有一个字滑得过去,没有一处困难躲闪得了。"作品"读起来"觉得了无障碍,心领神会,可是到了"今译"时"就会出现疑难,而这种疑难常常并非翻翻字典所能解决"。一篇古文翻译下来,常常搞得筋疲力尽,但通读起来,仍觉疙疙瘩瘩,不能让自己满意。这才深深地感觉到,既要做到"尽可能忠实于原作",又要译得通畅、富有文采,俾其译文本身就是一篇漂亮的散文作品,实在是太难了。

  而先生搞的还是"古诗"今译。我们知道,诗歌是一种讲究精炼性、具有跳跃性和含蓄性的艺术,是文学中的文学。翻译起来,其难度远非古文今译可比;而先生将自己古诗今译的标准设定得又非常之高,其困难程度更是可想而知。自然,先生通过古诗今译实践,也感觉到了其中的困难。综合先生论述,在先生看来,其困难大概包括这样几个方面:(1)先生说:"经过长期的实践,我深感古诗今译也是一种艺术的再创作。译一首诗,往往比自己作一首诗还要费脑筋。这因为自己作诗,可以自由地遣词造句、驰骋想象,而译诗呢,既要把前人的作品译成'诗',又不能远离原作,随意挥洒。"(《唐音阁译诗集·后记》)——这是先生从古诗今译性质方面立论,说明古诗今译受到了原诗内容和形式双重限制,是在重重限制中追求有限自由的一种艺术上的再创作,因此有时"往往比自己做一首诗还要费脑筋"。(2)先生说,古典诗歌中的有些诗,"原诗明白如话,却风神摇曳,韵味无穷。而要译出那韵味来,就实在难于措辞"(《唐音阁译诗集·后记》)。——这是先生从有些诗作言浅意深的特点出发,说明对这类诗只有译出其中的深层意味,或通过译诗能够引导读者体味出诗的深层意味来,才会给读者带来实际帮助,从而获得存在价值。应当说,这是十分不易的。(3)先生说,在古典诗歌中还有一类诗,"原作气势雄伟,激情喷涌,也很难在译诗中得到完美的表现"(《唐音阁译诗集·后记》)。——这是先生从艺术风格角度立论,说明译诗要真正译出原诗的个性风格来实在是困难重重。(4)先生说,在大量古典诗歌作品中,有时"或言不尽意,或含而不露,或大幅度跳跃。必须彻底弄懂原诗,才能进行艺术再创作"(《唐音阁译诗集·后记》)——这是先生从中国古典诗歌普遍具有的含蓄等特点立论,说明古诗今译的困难。(5)先生说:"唐代是诗歌体裁、题材、风格百花齐放的时代,就体裁(样式)说,可分为古体、近体两大类。古体诗包括五古、七古、乐府、歌行等等,有齐言体,也有杂言体。近体诗包括五绝、七绝、五律、七律等等,都是齐言。古体诗并无固定的平仄、对偶,每篇可长可短,用韵较宽,可一韵到底,也可随时换韵,是比较自由的。其中的杂言体,每篇各句,长短错杂,短至一字,长到十字以上","可以说是我国传统诗歌中的自由诗。至于近体诗,则句有定字,篇有定句,讲究平仄、对仗和用韵,是十分精美的、严格意义上的格律诗。各种体裁各有优势,适于表现不同题材,形成不同风格。"(《唐音阁译诗集·后记》)——这是先生从我国古典诗歌特别是唐代诗歌体裁、题材和风格多样化角度立论,侧面说明了,要对它们进行"量体裁衣"式的翻译,存在许许多多的具体困难。总之,因为古诗今译存在上述诸多困难,所以先生深有感触地说:"中国古典诗歌由于具有含蓄、凝练、富于联想和想象等艺术特点,解释尚感困难,因而有'诗无达诂'的说法。要准确地翻译而不损失原作的韵味,几乎是不可能的。尤其是唐诗中的佳作,象外有象,言外有意,弦外有音,味外有味,是那样的情韵悠扬,动人心魄,不论是用外语翻译还是用现代汉语翻译,都吃力不讨好。"(《唐音阁译诗集·后记》)而这也正是许多学人对古诗今译望而却步的基本原因。

先生明知古诗今译很难,几十年来却仍然坚持古诗今译不止。我认为,这除了先生对古诗今译的独特价值有着足够的认知外,还由于先生在古诗今译方面有着整体上的特殊优势的缘故。还"在抗日战争期间上中学的时候",先生就"既作新诗,也作旧体诗,都在当时的报刊上发表过";"从上大学开始",虽然"只作旧体诗,却仍然读新诗,并关注新诗创作的发展动向";上世纪"40年代末至50年代前期",先生"在高等学校里主要讲授古典诗歌,但也讲过现代诗歌(新诗)"(《唐音阁译诗集·后记》)。这就是说,先生旧体诗和新体诗兼擅,对这两种诗歌形式各自特点、规律及其发展变化全都熟烂于心。(1)其中就新诗而言,从"作新诗"到后来的"仍然读新诗",一直"关注新诗创作的发展动向",再到后来的讲授"现代诗歌(新诗)"——可说既有理论,又有创作实践经验:论理论,写出了上个世纪五六十年代在全国影响甚大的《文艺学概论》,该书的"诗歌"一章对现代诗歌的特点、规律、类型等,进行了全方位的探讨与描述;讲实践,先生不仅创作新诗,而且达到了"在当时报刊上发表"的水平。(2)再就旧体诗词而言,先生从中学时代的"也作旧体诗",到后来的"只作旧体诗",再到后来的于继续创作旧体诗的同时,还"在高等学校里主要讲授古典诗歌"——不仅熟悉中国古代诗歌发展史,熟悉中国古代诗歌一代代承传、演变的关系,了解各种诗体的具体特点和要求,而且具有创作旧体诗词的扎实功底和杰出才华。正因为这样,先生的旧体诗词创作,从青年时代起,即受到诗界前辈的交口称赞和推许,现在更是被诗界广为推崇。而先生在古典文学研究领域,则是饮誉海内外的著名专家。像先生这样,学贯古今、兼容中西,既能写得一手漂亮的新诗,又能作出中规中矩、水平出众的旧体诗的大学者、大诗人,可说是极其少见的。因此,当先生一旦决定搞古诗今译,尽管也面临如先生上面所说的各种困难,但还是坚持搞了下去,而且获得了巨大成功。1956年,先生将今译的白居易诗"一百来篇","附上原作及注释,编为《白居易诗选译》","交百花文艺出版社出版。1959年第一次印刷15000册,不久销售一空,后来又多次重印"(《唐音阁译诗集·后记》)。1980年,"黑龙江人民出版社愿意重印这本书",先生"对原来的译诗和注释,都作了必要的加工,又在每首诗后,写了说明和分析。由于分析的比重相当大,所以改名'《白居易诗译析》'"(见该书"前言"),1981年一次就印刷了49300册。1999年,河北教育出版社要为先生出"文集",先生即将数量尚达不到单独结集出版的关于王维、李白、杜甫、李商隐的译诗"和原来的《白居易诗选译》合在一起",编成《唐音阁译诗集》(见该书"后记"),于2000年予以出版。从先生译诗一版再版,多家出版社先后出版情况可以看出,各个层面的读者不仅非常需要,并且十分欢迎先生的译诗。

先生译诗之所以半个世纪以来能够多次由多家出版社先后出版,受到读者普遍欢迎和高度评价,最根本的,是由于先生在进行古诗今译时,始终恪守着"尽可能忠实于原作的原则",以及这一原则下的各项具体原则的缘故。显而易见,这就在相当程度上满足了各种类型读者的心理期待:"初学古典诗歌的广大读者","把原作和今译相对照",会比较容易地读懂原诗,从而有所收获;"有志于翻译唐诗的外国朋友",完全可以放心地借助于这个今译本,将有关诗人的有关诗歌作品用他们本国的语种翻译给他们国家的读者;关心"现代诗歌的民族形式问题、包括'建行'问题等等"的诗歌理论工作者和广大诗人正可以从原诗与译诗的比照中得到启发,从而或心里踏实地着手建构自己有关新诗形式等问题的理论体系,或比较容易地寻找到适应表现时代生活而又符合民族阅读习惯的现代诗歌形式;专门研究中国文学史和文艺理论的专家们,从先生唐诗今译的实践中,也可以具体考察到"从古典诗歌到现代诗歌的发展变化"轨迹,这样就可以进一步从理论层面上深入"探索继承与革新的关系问题"。钱钟书先生所说的"好译本"的标准,先生是完完全全地达到了的。

然而综观钱先生有关这方面的论述,我以为,钱先生确立的这个"好译本"标准,似乎只是衡量这类书籍的一个基本标准,而不是最高标准。因为钱先生在评论林纾翻译时就曾说过:"林译除迭更司、欧文以外,前期的那几种哈葛德小说也颇有它们的特色。我发现自己宁可读林纾的译文,不乐意读哈葛德的原文。"钱先生并且进一步说道:"翻译者运用'归宿语言'的本领超过原作者运用'出发语言'的本领,那是翻译史上每每发生的事情。"(《文学研究集刊》第1册,第24—25页)其实还有一种情况钱先生没有说,那就是原作已公认为名著或非常优秀的作品,译作也十分出色,都具有传世价值。先生译诗之所以半个世纪以来能够多次由多家出版社出版,受到读者普遍欢迎和高度评价,除了先生始终恪守"尽可能忠实于原作的原则"这一原因外,另一个重要原因,就是先生的译诗在诗歌形式上成功地完成了由古典诗歌向现代诗歌的艺术转换,这些译诗本身就是一首首优秀的现代诗歌的缘故。我们知道,古代汉语语法体系下的古典诗歌与现代汉语语法体系下的现代诗歌之间,无论语词运用,句式结构,还是节奏旋律的生成,等等,都存在着明显差异,它们各有自身的规律和要求。如果不懂得现代诗歌特点,或虽然懂得现代诗歌特点,却不会运用一种荡溢着日常生活气息的文学化语言(相对于那些书卷气严重的语言)进行翻译,其结果必然是对古典诗歌的作践,将会严重损害古典诗歌的美好声誉,败坏读者胃口。弄不好,还有可能会让读者从此远离古典诗歌。这绝不是危言耸听。钱先生就曾说过:"坏翻译会发生一种消灭原作的效力。拙劣晦涩的译文无形中替作品拒绝读者;他对译本看不下去,就连原作也不想看了。这类翻译不是居间,而是离间,摧灭了读者进一步和原作直接联系的可能性,扫尽读者的兴趣,同时也破坏原作的名誉。"(《文学研究集刊》第1册,第3页)可谓一针见血,深刻至极。前面已经说过,先生在运用祖国语言方面,既能驾轻就熟地运用文言文进行写作,也能运用自如地用老道的白话文进行写作;既创作了大量让同行羡慕的旧体诗词,也创作过一定数量的在报刊上发表过的动人心旌的新诗和散文(《青春集》)。将古典诗歌与现代诗歌完全打通的独特修炼,使先生的译诗就既忠实于原诗,而又具有现代诗歌的基本品格。这里无妨举几个例子。白居易《别州民》云:"耆老遮归路,壶浆满别筵。甘棠无一树,那得泪潸然?税重多贫户,农饥足旱田。唯留一湖水,与汝救凶年。"先生译诗云:"父老们遮住去路,筵席上摆满酒杯;我没办法什么好事,哪来惜别的眼泪!薄田养不活饥民,穷人负担着重税。只留下一片湖水,为你们消除旱灾。"这首译诗基本上是一句句对着译下来的(第三联例外),译诗各句字数相等,第三联还译成了对偶句,可说忠实地译出了原诗的"情思、意境和神韵"。读者把今译和原诗相对照,很容易地就会读懂原诗。不仅如此,如果专门吟读先生的译诗,你一定会深深地感受到,其语言娴熟流畅,意境鲜明突出,语调时缓时急,抑扬有度,具有极强的节奏感,完全是一首合乎规范的现代诗。又如李白《客中作》:"兰陵美酒郁金香,玉碗盛来琥珀光。但使主人能醉客,不知何处是他乡。"先生译作:"兰陵美酒,散发着郁金的芳香。盛满玉碗,泛起琥珀似的红光。只要贤主人能够殷勤醉客,就不觉得漂泊在异国他乡。"译句两两字数相等,具有一种明显的整饬美。其中一二两句分别嵌入动词"散发"和"泛起"，给人一种酒香扑鼻、酒色诱人的现实生活气息。第三句在"主人"前面置一"贤"字，明确表达了对"主人"的期盼和谢意。第四句点明"漂泊"，与诗题呼应，昭示了诗歌主人公当下处境及其孤独心理。可说这是先生在彻底弄懂原诗后对原作所作的准确把握和具有创意的艺术传达。它不仅是一首合乎规范的现代诗歌，而且是一种融入了先生人生体验的艺术再创作。

再看杜甫的《绝句》："江碧鸟逾白，山青花欲燃。今春看又过，何日是归年。"先生译作："江水碧绿，白鸥更洁白耀眼，山色青翠，红花将燃起火焰。今年的春天眼看又要过去，什么时候我才能回到故园？"原作前两句以对仗句式勾勒了一副美轮美奂的天府成都春景图。先生译诗特意将其中表现色彩的词语"碧"、"白"、"青"等单音词借助现代汉语的组词特点，恰切地转换为具有现代语法意义的"碧绿"、"洁白"、"青翠"；又根据诗意，在"花"前增加了一个"红"字，在"燃"后增加了"火焰"等具有色彩感的词语，并让其相互对比、烘托，从而形成了一幅多彩多姿、色彩绚丽而又色调和谐、气氛热烈、更具直观色彩的成都春景图。诗的三四句是在前两句写景基础上抒发思乡感情。这里，先生特别运用了"什么时候"、"才能"、"故园"等话语，与一二句所表现的热烈气氛形成鲜明对照，突出了原诗所表现的触美景而生发的思念家乡、急切盼望回归故里的凄切感情。这无疑是一首很成功的译作，它非常准确地传达了原诗所表现的思绪。而这主要是由于先生真正弄清了杜甫这首诗的"诗心"所在，所以"今译"时就特别留意在原诗的关键地方着墨用力的缘故。也正因为如此，译诗就不仅成为通向原诗的坚实桥梁，而且它本身就是一个美的艺术存在。

总归一句话，我认为先生的译诗不仅属于钱钟书先生所说的一般意义上的"好译本"，而且属于钱先生所说的"好译本"中有其突出个性"特色"（《文学研究集刊》第1册，第24页）的那一类译本。因为先生的这些译诗不仅可以帮助"初学古典诗歌的广大读者"对照原诗，从而读懂原诗，进而激发起他们深入钻研的兴趣，而且这些译诗本身就是具有很高审美价值的优秀艺术作品：既忠实体现了原诗的"情思、意境和神韵"，又融进了先生诸多人生体验，是先生"今译"时设身处地进行联想和想象的艺术再创作。正因为如此，我们阅读先生译诗，往往可以从中窥见先生一贯的创作风格：明朗清醇的文笔，绵密有致的情思，抑扬顿挫的鲜明节奏，洋溢于字里行间的博大之气，以及熠熠于话语间的斐然文采等等。可以毫不夸张地说，先生的译诗一定会伴随着原诗，成为一代又一代读者的良师益友，长久地流传下去；而且定会历久而弥新。